李骏虎作品集

婚姻之痒

李骏虎 著

中国书籍出版社
China Book Press

图书在版编目（CIP）数据

婚姻之痒 / 李骏虎著 . —北京：中国书籍出版社，2020.1

ISBN 978-7-5068-7543-1

Ⅰ.①婚… Ⅱ.①李… Ⅲ.①长篇小说—中国—当代 Ⅳ.① I247.5

中国版本图书馆 CIP 数据核字（2019）第 269362 号

婚姻之痒

李骏虎　著

图书策划	戎　骞　崔付建
责任编辑	成晓春
责任印制	孙马飞　马　芝
出版发行	中国书籍出版社
地　　址	北京市丰台区三路居路 97 号（邮编：100073）
电　　话	（010）52257143（总编室）（010）52257140（发行部）
电子邮箱	eo@chinabp.com.cn
经　　销	全国新华书店
印　　刷	三河市华东印刷有限公司
开　　本	650 毫米 ×940 毫米　1/16
字　　数	200 千字
印　　张	15.25
版　　次	2020 年 1 月第 1 版　2020 年 1 月第 1 次印刷
书　　号	ISBN 978-7-5068-7543-1
定　　价	62.00 元

版权所有　翻印必究

自　序

　　我生长在那个全民"文学热"的时代。20世纪80年代,"改革开放""思想大解放"带来全国性的写作阅读高潮,从城市到广大的农村、矿山,有点文化的人们都拿起笔来写小说、散文、诗歌、报告文学、文艺评论,抒发情怀,记录时代。在晋南的一个小村庄,也有两个做着狂热的文学梦的年轻农民,其中一个就是我的父亲,这使我在刚刚能够开始阅读的时候,随手就能够拿到《人民文学》《小说月报》《作品》《青春》《汾水》(后改为《山西文学》)这样的文学杂志,对于一个偏远的乡村里的孩子来说,的确是得天独厚的精神资源。就是在父亲的熏陶和指导下,我开始写作和投稿,小学没毕业就开始发表作品。

　　有人说,那个时候的全民文学热是不正常的,也有人因此而慨叹后来的文学被边缘化,我也曾这样想。但我现在不这样认为了,我现在知道，全民都想当作家的确是不切实际的，但人人都应该养成写作和阅读的习惯，尤其在我们解决了生存问题，开始追求生命质量的时代；我同时理解到，文学作为社会主流的时代的确是一种特殊现象，但文学应该对社会发展和时代进步产生深远影响却是不容置疑的，时下文学越来越圈子化，越来越丧失对社会大众的影响力，越来越跟时代发展没有关系，这才是不正常的。仅仅是文学圈里的繁荣，是虚假的繁荣。这也是当下文学为大众所敬而远之的原因。狄更斯、托尔斯泰、雨果，都曾为人类社会的进步做出历史性的贡献，我们看到，真正的文学大师是为人类写作的，他们从不曾把文学学术化、圈子化。为什么要写作，从事文学的终极目的是什么，这是作家们应该思考的永恒课题。跳出圈子，为人民写作，这是我大概从十四年前形成的文学观念。我后来的文学道路，就是在这个观念的指导下往前走的。

每一个作家的文学生涯中，都有自己阶段性、标志性的作品和文学事件，我也是如此。我真正意义上的小说写作，开始于中专时代完成的第一部短篇小说《清早的阳光》。那个时候，没有读过几本文学名著，也几乎没有任何的文学观念，就是靠着农村生活的积累和一点天分创作的，我对自己想象力的确信，也来自这篇纯粹的作品。每一个作家都有自己的软肋，我也有，我在文学素养上的欠缺就是没有接受过必要的写作训练，当时，也没有完成与经典的对话，我就是个"野狐禅"。这个短篇之后，我回到故乡小城谋生，很多年不能超越自己，后来因为一个机会又回到了太原，有三年时间学着用王小波的风格写小说，数量不下三十万字。这其中有一个中篇、三个短篇被文学杂志《大家》2000年的同一期刊发，还配发了整页的作者艺术照，这是我文学生涯中的第一个作品小辑，从此我开始浮出水面，成为我这一代作家里较早的出道者，这要感谢

《大家》主编李巍老师的错爱，他还曾想把我打造成男版的J.K.罗琳，可惜我才力不逮。

在我读过小仲马的《茶花女》和陀思妥耶夫斯基的《被侮辱与被损害的》后，在卢梭的《忏悔录》里找到了思想指导（我其实并没有读完这本书，但哲学家强大的思想力量通过开头的几页书就主导了我），开始写作第一部长篇小说《奋斗期的爱情》。那是20世纪末的事情，我在山西日报社工作，每天晚饭后打上一盆热水放到办公桌下泡脚，铺开稿纸写两三千字，保持了一个良好的写作进度。我在子报工作的弟弟陪着我，他也写点东西。那个时候生活条件异常艰苦，我们兄弟俩租住在一个倒闭的工厂的小楼单间里，房子里没有水管也没有厕所，需要用矿泉水瓶子从报社灌水带回去用。晚上十点多，完成当天的写作进度，我俩骑着从街上四十块钱买来的旧自行车赶夜路回住处。如果在夏天，经常一个霹雳大雨倾盆，根本来不及躲避就被浇成了落汤鸡；如果在冬天，融化的大雪在马路上冻成纵横的冰棱，车轮压上去，一摔就是十几米远。但我们心里都有一团火，就是永不熄灭的文学火焰，能够在窒息的大雨中和摔惨的马路上哈哈大笑。《奋斗期的爱情》被文学杂志《黄河》以头条的位置发表后，很快被收入长江文艺出版社"九头鸟长篇小说文库"，这在当时是个特例，因为文库里的作者除了我，都是很有名的前辈作家。要感谢《黄河》主编张发老师和长江文艺出版社的李新华老师，正是《奋斗期的爱情》使我开始有了"粉丝"，其中包括不少跟我年龄相仿的现在很知名的青年作家，当时他们刚开始尝试写作。

我开始不满足于圈子，而从大众的欢迎中得到自信，源自于我的第一部畅销作品《婚姻之痒》。2002年到2005年之间，我开始了自己第一个完整的创作阶段，创作了一系列以心理描写见长的都市情感和婚姻家庭题材小说,并整理成长篇小说借助于各大门户网站的读书频道贴出来。磨铁文化老总、诗人沈浩波的弟弟沈笑,当时在新浪网读书频道做版主,他把《婚姻之痒》加精置顶,后来得到了四千多万的点击量,数千读者跟读并试图提供思路参与创作。在读者意识到我有把女主角庄丽写死的企图时,很多人对我发出了威胁。那年的情人节,读者们把《婚姻之痒》打印出来,用精美的礼品纸包装好,作为情人节礼物互赠。有人留言说看了这部作品与爱人达成了谅解,有人说决定奉行独身主义,这使我对文学的社会功能产生了自觉的思考,也开始与逐渐向圈子和学术坍缩的文学背道而驰。现任人民文学出版社社长臧永清,其时担任春风文艺出版社的副总编辑,他策划的"布老虎"丛书风靡一时,他跟我签下了首印四万册的出版合同,可惜的是,他后来去了中信出版做副社长。他也因此专程打来电话表达了对我这本小说的遗憾。然而很快,创业阶段的沈浩波就闻讯来到太原,通过朋友联系到我,在电话里诚恳地做了半个小时的洽谈。沈浩波的策划和营销能力是非常超前和强大的,在他的策划下,我一下子"火"了起来,不断接受全国各城市晚报和都市报的采访,《婚姻之痒》也进入新华书店系统公布的2005年文学类畅销书前五名,接着又拍成了电视连续剧,由著名影星潘虹和李修贤主演。

是作家都有代表作,有被自己认可的,有被读者认可的,还有被圈子认可的,我截至目前被这三个领域基本认同的代表作,是长篇小说《母系氏家》,这也是我第二个完整的创作阶段的主要作品。这部小说也是对"山药蛋派"老一辈作家谆谆教导的"生活是创作的唯一源泉"的致敬和实践,她的创作,完全是非功利性的、自发的、水到渠成的。2005年元月,我被选派到故乡洪洞挂职体验生活,报到后,县政府让我先回太原,等待通知再正式上班,这一等就是两个多月，于是，从毕业后就为了生存和理想打拼的上班生活突然停止了，生活节奏出现了巨大的断档和真空。文学创作是闲人的职业，人心里越安静思想越活跃，忘记了是什么触发了灵感和回忆，我开始写作我生长的那个小村庄的女人们的个性和人生故事，写到六七万字的时候，县政府通知我报到上班，我给她起了个题目《炊烟散了》，作为一个大中篇发给约稿的杂志。这就是《母系氏家》的蓝本，她并不是按照时间轴写的，而是把两代女人的人生历程交叉辉映着写。两年半后，我在鲁迅文学院第七届中青年作家高研班学习，从繁忙的政府工作中脱身出来，文学的机能重新复活，一个晚上，我想到《炊烟散了》里面有一个人物可以再写一个中篇，就围绕这个叫秀娟的美丽、善良的老姑娘写了一个晋南农村麦收之前的故事，起名为《前面就是麦季》。跟以生活为背景的小说不同，《前面就是麦季》是以《炊烟散了》为背景的，这种以另一部小说的世界为背景的小说写作，弥补了我的作品虚构程度小的弱点。稿子完成后，恰好《芳草》杂志主编、著名作家刘醒龙老师来鲁院物色刊物"年度精锐"的专栏作家，我有幸蒙他慧眼相加，《前面就是麦季》就成为开年《芳草》杂志的头题作品，后来获得了第五届鲁迅文学奖的优秀中篇小说奖。

每个作家都有自己的特质，有些作家艺术感强，善于写中短篇，有些作家命运感、历史感强，擅长写长篇，我是以长篇为主要创作形式的作家，中篇产量最少，却阴差阳错获得了中篇小说的最高荣誉，这正是命运的耐人寻味之处啊。也还是在鲁院时，《十月》杂志主编王占君老师来约稿，嘱我写个长篇给他，我以《炊烟散了》和《前面就是麦季》为基础，用时间顺序把故事展开讲述了一遍，完成了长篇小说《母系氏家》的第一稿，发在《十月》长篇小说的头题。在陕西人民出版社出版单行本之前，我又用两个月的时间改了第二稿,增加了几万字,后来获得了首届陕西图书奖,同时获奖的长篇小说有贾平凹的《秦腔》,陈忠实老师是文艺奖评委会的组长,他用浓重的陕西话跟我开玩笑说:写得比老贾好!

《母系氏家》也获得了赵树理文学奖,几年后我又写了她的姊妹篇《众生之路》。著名评论家胡平老师认为,《众生之路》的"呈现"比《母系氏家》的"表现",在艺术上更高一个层次。能超越自己,我觉得比超越别人更值得高兴。

人的心理倾向是受生理影响的,换句话说,我们的身体变化某种程度上决定着精神走向,四十岁左右的时候,我开始喜欢读历史了,历史事件的神秘感和对历史人物探究欲望,使我的写作转向第三个完整的阶段:抗战史的研究和书写。无论写历史还是现实,作家都是以发生在自己脚下的这块土地上的故事为富矿的。我发现红军东征山西有着改变中国革命进程、促成抗日民族统一战线形成的伟大意义,于是,经过两三年的打通史料和实地考察准备,完成了全面展现这一历史阶段的国际国内政治形势和战争过程的长篇小说《中国战场之共赴国难》。这是我目前为止体量最大的一部作品,有四十万字,也是第一部完全以长篇的艺术结构从零创作的作品,她并未得到文学评论界多少的关注,却产生了很大的社会影响,成为当年中国新闻出版报公布的年度文学类优秀畅销书前十名。跟我的第一本畅销书《婚姻之痒》主要以读者个体为购买对象不同,《中国战场之共赴国难》不是一本一本地卖的,她被省内外很多机关单位、企业、学校多则几百本,少则几十本的团购,作为读书活动的主题书。《文艺报》以整版的篇幅发表了我的创作谈《今天怎样写救亡史》。《中国战场之共赴国难》使我彻底背向文坛、面向大众,赵树理曾经说过他的文学创作理念是:"老百姓看得懂,政治上起作用。"山西作家中的前辈张平、柯云路是这个理念的杰出实践者，我是他们的追随者。

我并不是文学性、艺术性的反对者，我热爱并且探究小说的艺术性，但我反对文学学术化、圈子化，我不愿意搞"纯文学"创作，我希望我的作品像狄更斯一样受到普通人的欢迎。我也醉心于福克纳、博尔赫斯、卡夫卡的作品，但我向往着托尔斯泰、雨果那样超越作家的思想情怀，我逐渐开始了自己的第四个完整创作阶段，我希望自己能够像巴尔扎克那样把同时代的人们变为我笔下的艺术形象，展开一副包罗万象的时代画卷。

感谢中国书籍出版社和策划人戎骞小兄的美意，要给我出一套比较完整的作品集，由于我的一再坚持精减，还有近几年出的新书的原出版社都不愿出让版权，成为目前这八本的规模，留待随后陆续补进。

目前，我出版了18种、25本书，其中一半左右是长篇小说，戎骞要求我写的这篇自序里，我未提及散文、诗歌和评论的创作情况，是因为我想以主要创作形式来梳理自己的文学历程，今后这仍然是我的主要方向。一个作家只要不丧失对长篇小说的兴趣和能力，其他的体裁就有一个强大的思想本源。

2019年8月17日　于太原

第一章
纸　婚

婚姻幸福的人也难免会有梦中情人

　　天将亮时，马小波从一个长长的梦中醒来，他微微支起上身，靠在床头，忧郁地望着朦胧中熟睡的妻子。眼前的这个女人年轻、健康，说不上漂亮，但是端庄秀丽，她沉沉的酣睡令人心生羡慕，——只有心地善良、家庭幸福的女人才会有这样安稳的好觉。马小波忍不住替她掠去脸庞上的几丝散发，并在他清理出来的温热肌肤上轻轻一吻。由于刚刚逝去、印象还颇为新鲜的那个梦，马小波第一次产生了对妻子的愧疚，即使是面对熟睡中的庄丽，他也感到了不安。马小波隐隐觉得，对于他们还未经考验的婚姻来说，那个梦似乎是个不祥之兆。

在马小波的梦中，他走在一条不知名、从未走过但非常熟悉的大街上，在无休止的漫步之中，一个高挑而漂亮的女孩儿突然出现在他的面前。当然，马小波从未见过她，但他却很自然地想到了她是自己的大学同学。女孩站在他面前，很好看地微笑着，然后她说："嗨，你还是老样子！怎么样，这几年有没有跟他们联系？"

马小波明白她所说的"他们"指的是他们的老同学，只是在脑子里能够浮现面孔的所有老同学里，马小波怎么也找不到眼前这位女孩的脸。不过这不妨碍他对她的深信不疑，因为这是在梦中，梦中自有不同于现实当中的逻辑。马小波回答："你也没变嘛，还是那么漂亮，而且比起从前来，更有气质了。"

女孩快活地笑起来，笑容灿烂，身体抖动得也很优雅，她再次重复了上个问题的一半："你都跟谁们经常在一起？"马小波报上了几个名字，有男有女，全是在这个城市里生活的老同学。

"你们在一起的时候是不是经常提到我？"女孩用期待的眼神望着马小波，她似乎有点伤感。

可是你是谁呀？马小波有点懊恼自己的愚笨，他为自己忘掉这位漂亮的女同学的名字而自责，从邂逅到现在，他们还没称呼过对方的名字，这是不是意味着在梦的世界里可以不称呼名字就能交流，只要你开口，所有的人都会知道你是不是在对他说话？这个想法让马小波觉得自己很聪明，他轻松地笑起来，想当然地顺口说："你是苏小妹，是我上大学时的恋人，他们当然要经常向我问起你了，不过在我家的时候他们绝对不敢，我老婆庄丽很计较这些的。"

苏小妹突然咧了咧好看的小嘴，像是要哭的样子，她扑上来跟马小波拥抱在一起，——在马小波的感觉中，苏小妹不像上大学时那样瘦筋筋的了，她柔若无骨，抱在怀里很舒服。马小波听见苏

第一章 纸 婚

小妹在他肩头小声地抽泣。这个女孩很高,几乎比马小波还要高,马小波抱着她,像抱着一根青翠的竹子。这根青翠的竹子微微地颤动着她的枝叶,用委屈得令人心碎的声音抱怨马小波:"林立,你真是个糊涂蛋,当年我只不过想出国深造几年,你不愿意和我一起去,在国内等我也好啊,犯不着赌气跟庄丽结婚嘛,——你怎么会跟庄丽生活在一起?!"

马小波有点犯傻,首先是有人把他的名字叫成林立,这在醒着的时候是绝对不礼貌的事情,但在梦中,别人把你叫做什么,你只会猛省,原来自己是叫这个名字的;其次是有人诋毁他跟庄丽的幸福婚姻,这在现实中也是绝对不允许的事情,可是现在也有不同。在梦中,马小波的旧情人提起他的老婆来,他觉得像是在说着一个梦中梦的人物,换言之,马小波把梦境当成了现实,把现实当成了梦。所以他能够处变不惊地接受这一切,给一个从未见过的"女同学"安上自己初恋情人的名字,听任别人给自己更改名字并且指责自己原本无可指摘的幸福婚姻。因为对这一切的绝对信任,马小波在梦中尚能心平气和。但是他没有想到,悠悠转醒后,即使只是面对熟睡中的妻子,他也心有愧意,仿佛真是做了什么对不起她的事情。

好在庄丽浑然不知,她深深地睡着,轻轻地呼吸,在黎明的光亮中面色红润,仿佛她是世界上最幸福、营养最好的那个人。马小波很奇怪庄丽的面色为什么会这么红,难道她也像自己一样做着一个玫瑰色的梦?马小波很想把庄丽叫醒问上一问,但他忽然发现,原来是床头贴的大红喜字映红了新婚爱人的脸。再度的惭愧令马小波失笑,他把身体缩回温暖的被子里,紧紧地抱住了庄丽丰满的身体,心中充满了一个情人的爱和丈夫对妻子的关怀。但是庄丽却被他弄醒了,她睁开由于刚刚睡醒而略显惊恐的大眼睛问:"天亮了吗？几点了？"马小波不回答，一味地亲吻和抚摸她。庄丽发了片刻呆，转身抱住马小波，用绵软的身体贴住他，温柔而略带沙哑地问道："你是不是想来了？"马小波只好说是，他准备用火热的现实来驱散那粉色的梦境。

庄丽的单位在郊外，上下班都要赶单位唯一的一趟班车。事毕以后，她略微和马小波温存一番，爬起来匆匆洗漱过，奔出门去了。马小波靠在床头，面对突然空荡荡的房间，像是又做过了一个梦。卧室的门半开着，客厅里回荡着石英钟毫无情调的"嚓嚓"声。马小波想起了梦中苏小妹问过的那句话："你怎么会跟庄丽生活在一起？！"

是呀，我怎么会跟一个叫庄丽的女人生活在一起？马小波望望天花板上的玻璃吊灯，奇怪自己为什么从来就没有思考过这个问题。生活中有许多人人以为理所当然的事情，但只需问个为什么，马上会变得没道理起来。马小波想认真地思考出一个答案，脑子里却又蹦出一个道理来：不过，萨特说存在就是真理，没道理可讲的事情本身就是道理，没必要为此浪费脑细胞吧？

马小波渐渐想明白了：那个苏小妹，只不过是他自己借以反思的一个参照物而已。有些问题醒着的时候不去想，是因为理智的顾忌，梦中就不同了，它是一个人回到天性和自在境界的时候，有许多细微而本质的问题会在梦中变形、具象化后再现。这是否说明梦境才是真正的真实呢？想想自己和周围的人每天的言行举止，马小波强烈地感到了现实的虚无。

"有时候，人人都是消失了的，包括我自己。"马小波一个人失笑了。

"但是在相对存在的生活中，我的婚姻是幸福的。"这一点马小波觉得毋庸置疑。

好妻子也难免成为丈夫的第三种压力

马小波的单位是家财大气粗的文化公司，上下班的交通费都补贴进了员工的津贴里，马小波这样的中层管理人员每月的交通费打车绰绰有余，但是马小波每天上下班还是坐公交车，不是他小气，是庄丽不许。"每天打车会脱离生活，不知道人民群众都需要些什么，你创造出来的文化产品就会和市场需求脱节。还是坐公交车好啊，每天都能听见家长里短、牢骚埋怨的，那才是你永不枯竭的灵感源泉。"庄丽一不撒娇二不撒泼，挺讲道理地规劝马小波，弄得他没有话说。好在他每天坐的那路车不是很挤，有时候还能坐上座儿，而且也就两站地，马小波乐得说一句"听老婆的话跟党走"。

"坐环行车就坐环行车吧，省下钱来买它一部私车，"马小波不无疼爱地对庄丽说，"等着吧，我很快就会买一辆小车，每天接送你上下班，省得你天天风雨无阻地等那挤死人的接送车了。"

庄丽很高兴听到马小波说出这样体贴的话来，为了他的理想的早日实现，她把家庭财政支出控制得更紧缩了。

庄丽出门个把小时后，马小波下了楼，往二百米外的环行车站牌下走，一路照例打量着街上来来去去的各种品牌和车型的小车，目光平静，好像他正走向轿车市场，在心里对比着马上就要买到的那种轿车的车型和性能。但今天他跟往日想的有点不一样，他在想：庄丽说得真没错，坐上轿车的人每天视而不见、听而不闻，根本不知道街上发生了些什么，对于丰富多彩的人生来说，这是多大的损失啊——同样是活一辈子,别人热热闹闹地在一起有说有笑互通消息,你一个人目不转睛地盯着前面的车屁股,连心事都不敢想。小车坐上了,虚荣和舒服都有了,火热的生活没了,不值!马小波自己笑了,他又想道:有时候看似没脑子的庄丽真的是在本能地做着一些很有哲理性的事情,看来人本身也是个辩证体呀。

马小波走到站牌下,望了望街道的尽头,根本看不见公交车的影子。天冷,风大,他躲在一棵大柳树后面,缩起脖子望着一辆接一辆红色、黑色、白色的小轿车在寒冷的空气中轻快地滑过。车里的人穿得很薄、很体面,不像眼前等公交车的这一帮这样臃肿不堪。有辆私车还是有好处啊,至少在这样的天气里人不受罪,出门赴约也很有面子。作为一个男人,比自己不受罪更重要的是不让老婆孩子受罪;比自己有面子更重要的还是让老婆孩子不受罪。马小波记起他在老家农村的一个玩伴,前两年就是因为抢车杀人被枪毙了。警察审问他的杀人动机时,小伙子回答说,为了逢年过节走亲戚时老婆孩子不受冻。警察并没有被感动,认定他是个黑心烂肠子的坏小子,给了他不少苦头吃;法律更没有被感动,利利索索把他给毙了。但是马小波被感动了,不是因为交情好就混淆是非,而是被事实触动了。事后马小波跟几个哥们儿去那小子家看望安慰他老婆,他老婆怀里抱着儿子抽抽搭搭地说:"他真是不值得呀,去年春节走亲戚,他用摩托车带着我和孩子,路上滑,摔了一跤,回来后他把冻得直哭的儿子抱在怀里说,要是有辆小轿车就好了,你和孩子就不用遭这份罪了。我以为他也就是说说,想不到他竟然去抢人家的车,还把人给杀了。这下好,连个骑摩托带我们走亲戚的人都没有了。"马小波本来是痛恨那小子的凶残行径的,那时候却被深深地感动了。也就是从那时起,马小波暗下决心一定要让老婆孩子坐上轿车,但凭他的文化素质,是决不会做那些伤天害理的事情的。车当然要买,靠抢是断断不能的,靠庄丽一块两块的省也不顶事,马小波的想法是光明正大地干出个成就来,真正成为体面的有车族,比如搞一个价值几十万上百万的创意。

正在脑子里盘算大事,车来了。马小波排在了等车的长龙的最后,他每次总不能比别人早上车,排在前面也挤不上去,因为他根本就不挤。车里人不太多,但总有几个人没有座位,马小波又总是其中之一。马小波拉着吊环,听旁边两个跟他年龄相仿的小伙子谈天。穿皮夹克的那位问穿风雪衣的那位:"强子,你这回买房子老婆家里给帮多少?"风雪衣笑笑说:"不知道,那得看她爸高兴给多少了,咱多不嫌多少不嫌少,反正不是自己挣的,人家给多少咱都没说的。"皮夹克叹口气说:"唉,看人家你多好啊,娶了个老婆处处能替你分担压力,我就不行了,娶了个老婆多了一种压力。"风雪衣安慰皮夹克:"可别这么说,对于一个男人来说,注定要有三种压力:工作、生活和老婆。我在一份报纸上看到一篇文章,《好妻子决不成为丈夫的第三种压力》,可是你想想,哪个女人不是她丈夫的第三种压力?"皮夹克英雄所见略同地附和道:"这话没错,尤其是对那些有事业心的男人,妻子的不理解和胡搅蛮缠真正会成为精神上的压力。总之,当男人不容易,当一个好男人更不容易啊。"马小波很钦佩这两位的见解,看来,也只有男人才更能理解男人的苦衷啊。

接下来的一天里,马小波一直在想着"好妻子也是丈夫的第三种压力"这句话,边工作边琢磨,像在嚼一块口香糖,不同的是越嚼越觉得有味道。以至于回到家里第一眼看到庄丽,他就感到有点累。庄丽刚刚洗过澡,戴着浴帽,她的脖子很长,把头发都塞进浴帽里时更显得白净秀美。马小波换过衣服,揽住庄丽吻了吻她的脖子，然后去拿电视机遥控器，翻找起喜欢看的节目。庄丽抱起双臂，靠到沙发上冷眼旁观。马小波翻了半天，津津有味地看起了动画片。他盯着电视屏幕拍了拍庄丽的腿说："倒杯水过来，咱们一块儿看动画片。"庄丽待着没动，面无表情地望着电视画面。马小波觉察到不对劲，扭过脸来嬉笑着问道："怎么了，在单位遇到不顺心的事了？"庄丽摇摇头，依然望着电视。

"那是怎么了，谁惹你了？"马小波伸出手臂去抱住妻子，另一只手摸着她光滑的脸蛋温柔地问。

"你！"庄丽瞪了丈夫一眼。

"我怎么你了？"马小波丈二和尚摸不着头脑。

"就是因为你没怎么我，你对我越来越不感兴趣了！"庄丽委屈地噘起了小嘴。

"我怎么就对你不感兴趣了？你千万不敢这么说，我们结婚还不到一年呀。"马小波辩解道。

"你也知道我们结婚还不到一年？刚结婚的时候，你看到我戴着浴帽的样子就冲动得不行，抱住亲个没完，现在倒好，轻描淡写地亲亲脖子就完了。看来我都没电视在你心目中的位置重要了。"

"你怎么这么想？"马小波哭笑不得，"我忙了一天，总得放松放松吧，难道一回来就和你做爱？"

"你还有脸说做爱？结婚不到一年，你一个星期才跟我做一次，真不敢想象二十年后你还有没有兴趣再看我一眼！"

"看看你，这也不能怪我一个人呀，每次我有了要求，你总是说累得厉害，我总不能强奸你吧！"马小波努力地想逗笑她。

"你不要巧嘴滑舌，你就是对我丧失了兴趣，你不能满足我的需求，这一点我心里最清楚了。"

"你胡说什么，今天早上咱们不是做得挺好吗？你亲口说美

第一章 纸 婚

不胜收的。对了,每次都是你先求饶我才罢休的,你怎么混账起来了?!"

"我不管,反正我上班时拉长个脸,人家就会猜出我们性生活不和谐,看你的脸往哪里搁!"

"哈哈哈,"马小波忍俊不禁,"你这是什么混账逻辑,哦,只要你拉长个脸,别人就看出你丈夫性无能来了?那大街上吊着脸的女人到处都是,他们的老公都是太监?"

庄丽也被逗笑了,她拧住马小波,含羞带臊地报复他。马小波趁机把她压在沙发上亲热起来,他尽量显得很投入,但这种事情越理智越没趣,因为庄丽那一番话,马小波觉得自己的热情越高越虚假,只好索然地把庄丽拉起来,用温情脉脉的眼神望着她说:"小丽,你以后不能这么说我了,时间长了弄成心理障碍,说不定我真就阳痿了,你后悔也来不及了。"庄丽也开始觉得自己有点过分了,嘟嘟小嘴说:"我也就是想让你对我热情一点,别忽略了我的存在。你总是睡在床上看书,我跟你睡在一个被窝里,可你经常理都不理我,对于你来说,夏天我就是一块炭,冬天我又是一块冰,你跟我温存一会儿再去看书不好吗?我是个年轻健康的女人呀。"马小波笑笑说:"好吧,既然认真起来了,那咱们都认真说说这个事情。你光想着别人满足你的需求,可你想过别人吗?你老想让我对你热情一些,可你想过你对我做过什么吗?你知道你的老公每天想些什么吗?你关心过他的事情吗?你对他够体贴吗?如果要指责,我也要指责你对我不够体贴,因为我觉得你还应该对我更温存一些,理解一点,而你并没有做到最好。"

马小波一本正经地诉说着,庄丽刚要辩解,他又换上了一副甜蜜的笑容,用温柔的口吻说:"看看,是不是,没有哪个丈夫或者妻子是完全能让对方满足的。婚姻生活嘛,就像我们居住的地球一样，生存与灭绝，繁荣与衰败，色彩或浓或淡都有着与之最相适应的生态平衡，我们不能强求恐龙的不灭绝，也不能指责人类成为地球的主宰，这一切都是最合理最自然的存在，我们只能尽可能地维持这种平衡也就是了。婚姻生活也是这样，热情与否，每周做爱的次数，两个人的合作方式，都是由个性决定、经过磨合以后自然确定的最合理结构，你要人为地改变它，结果反而会适得其反。"

庄丽自知辩不过马小波，不甘心地扳起手指头来："我对你不够好吗，我每天给你做饭，洗衣服……"

马小波盯着她的手指头，突然急火攻心，大叫一声，脸色煞白，出了一头虚汗。庄丽一看马小波真急了，这才慌了手脚，抱住他温言款语地哄劝起来，像对待一个婴儿。

晚上，马小波又梦见了苏小妹，苏小妹问他："林立，庄丽在你心目中的位置是什么？"马小波老老实实地回答："庄丽是个好妻子，但她也是我的第三种压力。"

没有女人为自己的出走感到幸福

第二天刚到公司，马小波就被叫到总经理办公室。总经理微笑着说："小马啊，乐园房地产公司对你的广告策划非常满意，正常费用之外，他们额外给了咱们一套一百平方米的半价住房。公司研究了一下，按照咱们的奖励机制，这套房子归你，每平方米公司再为你补贴五百块钱。我刚才征求了你们策划部经理姜永年的意见，他也同意房子归你，你要好好干呀！"马小波赶紧推辞："王总，

第一章　纸　婚

我不要，还是给你们领导吧。"王总一摆手："胡说，这怎么行，公司有公司的规定，你这是要我们犯错误？"他拍拍马小波的肩膀，亲切地询问，"是不是缺钱啊？有困难公司会帮你的，你可以向公司贷款，我给你签字作保。"

马小波感动得差点哭了，站起来说："不是的，王总，公司待我太好了，我真不知道该怎么谢您。半价每平方米一千五百元，公司再补贴五百，十万块钱就买一套高档住房，我不敢要呀。"王总又一摆手："不要也得要，买不起公司给你想办法。"他换了一种调侃的语气接着说，"听说你老丈人很有钱啊，女婿买新房，他能不帮把手？"王总的话说到了马小波的心坎上，一想起这位一心为了孩子们幸福的老丈人，马小波心里就有了底，在许多涉及钱的问题上，总是岳父让马小波方寸不乱。

出了总经理办公室，马小波到楼梯间给庄丽打了个手机，告诉她这个喜讯。马小波的耳朵充分感受到了庄丽的兴奋，她像往常一样，遇到这种大事情，第一句话就是："我要赶紧打电话告诉咱爸咱妈！"马小波也习惯了这种程序，他知道接下来的事情就全归岳父操纵了，每逢这类经济问题，岳父总是能显示出他生意人的头脑冷静和作为长辈的无私奉献。马小波乐得不去操这份心，岳父也乐于为孩子们出一把力。因此马小波与岳父的关系比岳父与自己儿子的关系还要融洽——马小波尊敬老人并且承认岳父的能力。作为女婿，他更懂得岳父的心理，大事都让老人做主。马小波挂了电话，感觉上房子的事情已经解决完了，他心里没有了一点压力。

晚上下班回到家里，跟马小波的推断一样，岳父岳母果然都来了。岳父对马小波的经济状况了如指掌，他带来了四万块钱——那正是马小波买那套房子所缺少的。岳父照旧陈述了一番他一心为孩子们好的原则，然后对女婿的出人头地表示欣慰，为了马小波能把接下来的路走好，他告诫他不要骄傲，并教给他许多为人处世的道理。这些道理马小波已经从岳父那里听过很多遍，但他依然很认真地听着，并适当地提出一些问题阐述一下自己的想法。马小波不是逢场作戏，也不是为金钱而折腰，他理解岳父的苦心，对他为孩子们付出的无私的爱感到崇敬。岳父常说"顺者为孝"，马小波最大的优点就是孝顺听话，他爱自己的父母，同时也爱自己妻子的父母。同时，他觉得自己被两对父母爱着，感到很幸福。岳母还为女婿买了一套保暖内衣，这让作为女儿的庄丽有点嫉妒地嘞了嘞嘴。岳父则投入地与给他长脸的女婿进行着语重心长的长谈。

岳母拆开内衣包装，岳父停下说话，让马小波去卧室把那套保暖内衣换上。马小波换上出来给岳父母看过，两位老人才放心地走了。马小波感到很幸福，穿着那套内衣歪在沙发上看电视。庄丽却有点闷闷不乐，马小波看出她的表情里闪烁着一丝不快。

"过来，陪我看会儿电视？"马小波心情愉快地招呼妻子。

庄丽却破了粗口："舒服死你吧！"

马小波愣了，问道："怎么了，你？"

庄丽离马小波远远地坐下，冷冷地瞧着丈夫说："你一点儿也不体谅我父母的难处，我爸挣点钱容易吗？你知道他付出多大的辛苦！"

"体谅，谁说我不体谅？我比你更体谅咱爸妈的难处。"马小波发自肺腑地说。

但庄丽显然以为他言不由衷，猝然道："你怎么就忍心要他的钱？！"

因为心情好，马小波压根儿没跟她生气的打算，就开导庄丽："不是我忍心要咱爸的钱，而是我懂得他的心，我要是拒绝他的钱，他肯定会生气的。咱爸不是说过吗，'顺者为孝'，我坚持一个原则，就是让老人们顺心，他们高兴做什么，我决不会反对的。"

"你少花言巧语了！"庄丽挖苦道，"我父母就那么贱？给别人钱才高兴？"

"那要看他们给什么人钱了，给自己孩子钱，有什么不高兴的？哪个父母不是希望孩子们过得好？"

"那你父母为什么不给咱们钱？"

"我父母是农民，他们哪里来的那么多钱？"

"同样都是父母，为什么不公平对待？"

"什么叫公平对待？"马小波终于被迫还击了，"我告诉你，天下父母都是为孩子们付出的，但付出的方式不一样。——我的父母虽然穷，给不出我几万块钱来，但是这不说明他们没有付出，他们节衣缩食让孩子们都上了大学，把孩子们培养成材，让我们兄弟几个都改变了一生的命运，走上了自己的道路，有了自己的社会地位，并且过上了好日子。你说，这是不是付出？这一切是多少钱能买来的？我的父母是给不出我几万块钱来，但他们给我的却是无价的财富，有什么能比给自己的孩子一辈子的幸福更贵重的呢？"

"你是说你的父母比我的父母好啦？我的父母没把孩子培养成材，只会给点钱？"庄丽也急眼了。

马小波尽量想把气氛缓和下来，换了平和的语气说："我不是这个意思，我们没有权力评价我们的父母，你爸妈也好，我爸妈也好，都是一心给孩子们做贡献，方式虽然不一样，但是心情却是一样的，没有什么高下之分。可怜天下父母心，我感激我父母也感激你父母，我只是不想让你指责我的父母而已。"

但庄丽不依不饶："好，我没本事，我没考上大学，拖累了父母。你高贵，你给你父母争了光。可你为什么要拿我父母的钱？"

"你搞清楚了,不是我拿,而是我们接受了我们父母的帮助。"

"你少跟我扯在一起,那是我的父母,不是你的父母。"

"你的父母?"马小波坐起来,嘲笑地望着庄丽,"你去问问'你的父母',是你对他们好,还是我对他们好?你知道你父母的心思,还是我知道你父母的心思?咱爸为什么能跟我推心置腹地长谈,而跟你们姐弟老是话不投机?你懂不懂为人父母的心理,你让老人高兴过吗?"

"我知道你聪明,马小波,说实话,我一直怀疑你在欺骗我的父母,你骗取他们的感情,骗取他们的金钱。我真怕你是设圈套,在谋害我的父母!"

"你怎么能说出这种话来?!我是个什么样的人你还不知道?"

"我不知道!"

马小波仿佛被什么重物击中,呆呆地望了庄丽老半天才缓过劲来,又皱眉头又摇头地说:"你不要胡搅蛮缠好不好,一个人的孝心是装得出来的吗?我至于为了几万块钱去装腔作势吗?跟你说过多少次了,我只是为了让老人心里高兴,难道你们不孝顺父母,也要要求我不孝顺他们吗?"

庄丽冷笑道:"我说不过你,但我警告你,坏人迟早是要遭报应的!"

"好!"马小波站起来,把茶几上那一包钱推给庄丽,"你去把钱还给你父母吧,我不要。没这几万块钱,你看我能不能买下房子!"

庄丽看看愤怒的马小波,把钱拿起来装进包里,冲进卧室穿上外套,又跑到走道里去换鞋。马小波眼睛盯在电视上,不理睬她的

第一章 纸 婚

威胁。

"我再也不回来了!"庄丽穿戴停当,看见马小波没有拦住她的意思,气不打一处来,甩门出去了。马小波见她真走了,也生了气,想摔个东西来泄泄愤,忍住了。他并不担心庄丽真的会出走,她也曾吓唬过他几次,但每次都是去楼下超市买盒鞋油或者买袋醋又回来了。因此马小波放心地看着电视,心里估摸着庄丽多长时间后就会回来,给她进行着倒计时。

没多久,果然有人用力地敲门。马小波赶紧跑过去拉开门。庄丽站在门外冷冷地看着马小波说:"我忘带手机了,把我的手机拿过来,我马上就走,再也不回来了。"马小波笑着把她拉进来,关上门,强行抱住她,哈哈大笑。庄丽一动不动地在马小波怀里僵了片刻,哭了。马小波心中突然一软,长长地叹口气说:"我知道你心疼你的父母,可你犯不着这么折磨我呀。难道我就不辛苦?我每天承受着工作、生活,还有各方各面的压力,回到家里得不到放松和理解,还得花费精力来哄你高兴,我容易吗?你想想,如果不是我拼命地工作,哪里来的机会买这么便宜的房子?"

庄丽泪眼婆娑地望着马小波,带着孩子一样委屈的表情说:"我不是为了钱,我就是觉得我爸太辛苦了。"

"这个我理解,就是因为他太辛苦了,我才一切都顺着他,让他高兴。"

"我也不是不心疼你,我心疼你,但我从小养成了这么个倔脾气,自己拿自己都没办法,你不要跟我一般见识。"

"我知道,我还不了解自己的妻子吗?但你也要改一改,别因为你的脾气把老公折磨死了。"马小波做出一副哀苦的鬼脸。

庄丽破涕为笑,推了马小波一把。马小波趁机帮庄丽脱掉外套,替她挂起来,又撕了块面巾纸,给她擦去脸上的泪痕。

"你去看会儿书吧,又把你的学习时间耽搁了,对不起。我要先去睡了,明天还要早起上班。"庄丽哀哀地说,她这阵儿乖得像个孩子。

"好吧,你先去睡。"马小波吻了吻庄丽,看着她换了拖鞋了去卫生间。

马小波去了书房,想看点书,却感到有点累,就捧着书发呆。庄丽洗漱完了,端了杯水过来给马小波放到桌子上,自己先去睡了。马小波决心要看几页书,就硬着头皮翻开了《加缪文集》,接着读《鼠疫》。加缪忙里偷闲地讲述了其中一个人物约瑟夫·格朗的爱情和婚姻:

格朗很早就结婚,对象是邻居家的一个贫穷的姑娘。……有一天两人在卖圣诞礼物的店铺面前走过,她朝着橱窗里陈列的东西看得出了神,把身子往后一仰靠住他说:"太美了!"他紧紧地握着她的手腕。这样他们就订了终身。

往后的事,照格朗说,十分平凡,正如一般人一样:他们结了婚,还有点相爱,两个人都工作,工作一忙,爱情也就淡了。……读者读到这里,应该用些想象力才能了解格朗的话。劳累的工作助长他随波逐流、得过且过的思想,他越来越少说话,他也没有能够继续满足妻子的希望:仍得到他的爱。一个忙于工作的人,生活在贫穷中,前途逐渐渺茫,每晚在晚餐桌上默默无言,在这样的环境中哪里还谈得上爱情?她也许已经感觉到痛苦了,但当时她忍着没离开他;人们长期饮着苦酒而不自知的情况也是有的。这样一年一年地过去,到后来,她走了。当然她不

第一章 纸 婚

是一个人走的。"我爱过你,但现在我厌倦了……我并不因这次出走而感到幸福,但是并不一定为了幸福才找新的开端。"这就是她信中的大意。

"哦,这么悲惨!"马小波被触动了,忍不住把自己同格朗做了个比较。与格朗不同的是,他有能力养活自己的妻子,庄丽完全可以不出去工作,但考虑到她应该有一个自己的交际圈子,而且她自己也不希望整天一个人待在家里,特别是考虑到岳母的强烈要求,马小波才给她找了一份杂志社的资料管理员的工作。像格朗夫妇一样,工作一忙,感情似乎也就淡了。因为工作占去了两个人相处的时间,工作带来的劳累还让两个人下班后筋疲力尽心情不好。但马小波知道他还是深爱着庄丽的,甚至比谈恋爱时更爱了,而庄丽也还没有考虑到离开他,她跑出去,只是为了吓唬他,为了得到他的爱怜和温言软语的哄劝。女人总是不把她生气的真正原因说出来,她需要从爱人猜出的谜底里得到满足,而他却让她失望了,他没有去找她,却窝在家里生气。或许庄丽像格朗的妻子一样,"也许已经感觉到痛苦了,但当时她忍着没有离开他"。是啊,"人们长期饮着苦酒而不自知的情况也是有的",尤其对于女人,得不到爱,那就是痛苦。不是苦难的生活赶走了格朗的妻子,而是没有爱情的煎熬逼走了她。

马小波突然想起庄丽总挂在嘴边的一句话:"我就是活你呢,你就是我的全部寄托。"马小波猛醒:庄丽不是为了钱才跟他生气,她是怕自己是冲着钱才跟她结的婚,所以她要闹。多可怜的女人呀,而自己还糊里糊涂地跟她计较。这样下去,庄丽说不定真会出走,我不能逼她做出这样痛苦的选择,我要防患于未然,因为我们是相爱的。

马小波合上书，走进卧室。他打开床头灯，看到庄丽睡得很香，像个毫无心事的孩子，忍不住吻了吻她软软的唇。马小波脱光了衣服，钻进被窝时看到庄丽也是裸着身体，忍不住轻松地笑了——为了最大限度地享受两个人在一起的幸福，他们约定一辈子睡一个被窝，而且除非庄丽在特殊时期可以穿底裤，其他时间两个人都要脱得不着一丝地抱在一起睡，——他知道庄丽还没有对他们的爱情和婚姻失望。马小波钻进被窝，前胸贴住庄丽的后背，他从妻子的体温里感到了幸福。

"我是爱你的，你绝不能离开我……"他把嘴贴在她的耳边，对着这个睡梦中的人儿祷告。

我们的爱情也曾被传为佳话

马小波的父母千里迢迢从乡下来看望儿子媳妇，活了大半辈子了，头一回来省城，没有个人陪着简直寸步难行。偏偏公司这段日子接的活儿格外多，马小波只好把父母放在家里看电视，下班后才能赶回家里跟二老吃顿饭。庄丽更不用提，她那个单位请个假就扣工资，文印室的岗位更是不能离人，因此，公公婆婆到晚上才能见媳妇一面。老头、老太太虽然都是农民，但能让三个儿子都上了大学，当然不是那没见识的人。二老理解儿子、媳妇的难处，力争变消极因素为积极因素，变拖累为支持：每天早晨儿子、媳妇还没起床，早餐就准备好了；中午马小波一回家就能吃上他曾经吃了十几年的酸菜面条；晚饭则是庄丽最喜欢的馒头和稀饭。以至于小两口对老两口由衷地说："妈、爸，干脆你们就别回去了，在这里给我们做饭得了。"老太太当然非常乐意,但是老头只是憨厚地笑了笑,用一个略带羞涩的笑容婉拒了儿子、媳妇的好意。

待到第五天头上,老太太看电视看腻了,一坐到沙发上就瞌睡。老头终于对儿子说:"哪天你有空带你妈出去转转吧,这辈子第一次来省里,回去人家问起是个什么样子,都有些什么稀罕玩意,总得有个说道。也不用花钱去什么公园,街上转转就行了。"马小波也觉得不能让爹妈对儿子生活的城市两眼一抹黑,就加了一个中午的班,挤出半下午的时间来陪二老去了一趟动物园。老太太腿脚不大好,偏偏又晕车,只好步行了一半路,又含着颗晕车药打车走了另一半路。动物园很大,气味又不好,但老两口第一次看新鲜物儿,当然不管不顾的。看完了狮子和老虎,又看大象和犀牛,一直转到天擦黑。老太太还是意犹未尽的样子,她对老伴和儿子说:"怎么不见有孙猴子?"马小波又带上父母找猴山。猴山被高墙围着,大门儿设计成个水晶宫的样子,越是引起了老太太对"齐天大圣"的兴趣。不过这里是另外收门票的,老头心疼儿子的辛苦钱,又不想让老伴失望,就对儿子说:"你陪你妈进去看看,我不稀罕看猴子,我在外头等你们。"马小波忍不住鼻子一酸,觉得父母这一辈子老是为了孩子牺牲自己,真是太不值得了。他没理会,径直到窗口买了三张票。进门的时候又买了一杯喂猴子的瓜子和花生,给母亲喂猴子。老头不赞成儿子的大手大脚,但看到他出于对母亲的孝心,就不再说什么了。

回到家里,老太太又不顾路长腿困,跟媳妇一起做晚饭,兴高采烈地告诉她大象的腿有多粗,犀牛的皮有多厚,豹子竟然还有黑色的,比村里谁家的黑狗还油亮。庄丽大概觉得没陪公婆出去转转有点理亏,在饭桌上不断地抱怨马小波不给她打个电话,一起去动物园多有意思。老太太宽解媳妇:"是我觉得你工作忙,没他让给你打电话。其实呀,动物园也没个什么可看的,有空叫他陪你去转转。"

吃饭的当儿,马小波的二弟马小顿从南方打来电话,嘱咐大哥陪父母去转转超市,一来买点东西,二来让父母看看超级市场是个什么样子。马小波转述了老二的意思,老头当下表态:转转可以,但任何东西也不要买。老太太也积极附和。庄丽说:"去了再说吧。"她虽然明显有点累了,但不愿意错过这个陪公婆出去转转的机会。马小波看到妻子发自内心的热情,感到在父母面前很长脸。

匆匆吃完饭,一家人来不及洗涮就出了门。

超市本来就是个货品琳琅满目的地方,两个来自偏远农村的老人当然目不暇接。转了没几圈,老太太说头晕,想回去了。庄丽说还没给二老买到东西呢,再转转吧。老太太说:"我什么也不要,给你爸买吧,过几天就是他的生日。"庄丽说那更要买了,再转转吧。又转了几圈,老太太没再说头晕,马小波知道那是心理作用,一旦全神贯注于什么事情,自然就不会头晕了。但他怕庄丽往歪了想,决定速战速决,就提了个建议:"要不给我爸买件夹克衫吧,他这些年穿的全是我们兄弟几个的旧衣服,快过年了,买件新衣服吧。"老头坚决不让买,老太太看看儿子说:"别买了吧?"马小波很坚决地说:"买,一定要买,小丽,你跟妈一起给爸挑一件吧。"庄丽就挽着婆婆去挑夹克衫,马小波父子跟在后面。

只要有钱,超市里应有尽有。虽然老头一直反对,款式还是很快就挑好了。但在档次问题上,两辈人又发生了争论:马小波夫妻建议买高档料子的,老两口坚持要买仿制品。最后折中,买了件中档的。老太太提着儿子给老伴买的衣服,个子突然间高了许多。马小波还想给母亲买件衣服,遭到了二老的强烈反对,他看看庄丽,但庄丽没有发表意见的意思。于是打道回府。

晚上，马小波临睡前问庄丽："今天在超市你怎么连个笑脸也没有？"庄丽骂了他一句："神经！累了整整一天，晚上还要逛超市，我倒想笑，笑不动了啊。"确实是累了，两个人都侧过身去，背对背睡着了。

第二天，老两口要走，小两口留不住，就送二老上了火车。火车开动了，庄丽突然说："呀，忘了给爸妈买点吃的带回去了！"马小波这才意识到父母来时装得鼓鼓的那个大提包，回去的时候瘪的像瘦死的牛皮。想到村里人一定会跑到家里去问二老此行的收获，而父母连一件可糊人家嘴的稀罕吃食也拿不出来，马小波感到一阵揪心。看到老公神色黯然，庄丽也觉得这媳妇当得有点不十全十美，两个人默默地回了家。

又到晚上了，小两口回到家里，没有现成的热腾腾的饭菜和温暖的问候等着他们了，两个人都感到有点不适应。庄丽发自肺腑地说："家里还是有老人的时候才像个家呀。"马小波借题发挥道："晚了，老人在的时候你舍不得给他们买点东西表表心意，现在才知道后悔呀。"庄丽没有计较马小波的讽刺，坦诚地说："说实话，我不是舍不得给他们买，我是考虑到咱们也不是钱多得厉害，马上要买房子，少花一个是一个。"马小波叹口气说："买房子也不在乎那几个钱，我父母这辈子第一次来省城，做儿子的连件衣服都没给妈买，你说，我这心里亏不亏呀？"庄丽笑道："你还是跟你家里人亲么，你给我父母买过衣服吗？"马小波说："哪不一样，你父母是城里人，又有钱，哪里用得着我买，他们不是还拿钱给我吗？"

"哦，照你这么说，我父母给你钱就是理所应当的了？"庄丽的表情开始变酸。

"当然不是，因此我感激你的父母。但话说回来，如果没有你，他们凭什么给我钱？他们这么做实际上是为了女儿好，怕你跟上我受苦。"

"这么说你不领他们的情了？"

"我不是这个意思，我是说我跟上你沾了光。"

"没良心！"庄丽站起来，几步进了卧室，"咣"的一声把门关上了。

马小波一个人坐在沙发上，心中充满了对母亲的愧疚和对妻子莫名其妙发火的郁闷。他拿起遥控器，翻着电视频道。很长时间过去了，庄丽还是没有出来的意思。马小波肚子咕咕叫，就朝卧室嚷了一声："出来做饭吧，饿死人了！"没有动静。马小波想站起来过去敲门，再赔个礼赚顿饭吃，但一阵烦躁的情绪突然袭击了他：凭什么每次总是我低头，总是我向她讨饶？我每天要承受那么大的压力，在家里还要受压迫，老婆究竟是用来干什么的？他气不打一处来，抓起茶几上的一只杯子就摔到了地上。杯子滴溜溜在地板上转了几圈滑进了厨房门里，看来并没有摔碎，地板倒被砸出了一个坑。马小波心疼地蹲下去察看地板的损坏程度，这时卧室门"呼"地开了，庄丽披散着头发直撅撅地走出来，居高临下地指着马小波的鼻子尖说："你妈的，给我来这一套，你砸呀，有本事把电视也砸了！你妈的！"马小波蹲在地上，惊愕地望着面前这个凶神恶煞般的女人，这就是那个娇滴滴偎在自己怀里扭来扭去的家伙？就在那一刻，马小波猛醒：看来夫妻双方心里都藏着对对方的不耐烦呀，平时的互相忍让其实都是可怕的能量积蓄，到了一定的程度，轻轻一碰就会爆炸。这个可怕的发现让马小波冷静下来了，他站起来，想抱住庄丽与她和解。但对方一拧身，旋风般又消失在卧室的门里，就像从没出来过一样。

马小波盯着哪扇门，心情低落到了极点。他重新坐到沙发上，陷入了深深的思考，但越思考越觉得婚姻没意思，工作没意思，生活没意思，甚至活着都没意思了。同时，饥饿又在加重着他的痛苦。

"我们的爱情曾经也被传为佳话啊，而今怎么脆弱到了不堪一击？"他重重地叹口气，感到有点神志不清了。"我理想中的婚姻不是这样的，它充满了理解和温暖，幸福的阳光照耀着我的生命历程，而今，是谁让它变成了撒旦之手，连我生活的勇气都给扼杀了？"

马小波迷迷糊糊中产生了一个念头：惹不起躲得起，我走，我走还不行吗？凭什么你庄丽可以出走，我马小波就不能出走？我要走了，至少今天夜里不会回来了。他主意已定，关了电视，穿好衣服，把茶几上杯子里的冷水端起来喝掉，然后走出去，仔细地锁好门，迈着轻飘飘的腿下了楼。

有人来救你出婚姻的苦海

西北风卷着垃圾在街面上翻滚，塑料袋飘扬在空中。马小波躲闪着这些脏东西拐过街角。街角那家银行的自动柜员营业厅里睡着一个流浪汉，蒙着头，缩成一团。一阵优越感让马小波心里好受了很多，至少他可以去办公室的沙发上过一夜，那里有空调，可比冰冷的水泥地舒服多了、暖和多了。

这条街不大，时近午夜，看来是叫不到出租车了。马小波把衣领竖起来，袖着手往前走，他想起来，出门时忘把庄丽给他打的围巾缠上了,那走在路上就好过多了。想起了围巾,就想起了庄丽,她现在是不是睡着了?马小波有点担心她会想不开,但回想起庄丽对自己那副不耐烦的样子,马小波又觉得气鼓鼓的,脚下使劲,大步向公司的方向走。路过一家昼夜超市,马小波决定买一盒方便面两根香肠,到了办公室拿开水泡泡好充饥,就拐了进去。超市不大,但灯光很亮,两男一女三个营业员围着空调玩扑克牌。马小波绕过他们,走向食品架。出乎意料,那里还有一位穿羊绒大衣的高个儿女士正弯着腰往购物篮里放早餐面包。出于好奇,马小波朝她望了一眼,正好那女士也转过脸来,看到马小波,露出了好看的笑——原来是个漂亮的女孩。

"这么晚了还出来买东西?"女孩向马小波走近两步,热情地招呼他。

马小波觉得她好面熟,但是一时想不起来在哪里见过,就回报了一个笑容,问道:"你也买东西呀,刚下班吗?"

"不是,我要坐凌晨4点的飞机回南方,路过这里买点吃的。"女孩表现得分外熟稔。

"要坐飞机吗?飞机场离这里很远呀。"

"时间不是还早吗?"

"现在可是冬天,很不好打车,你怎么去呢?"

"放心,总能打到车的,不是还有好几个小时吗?"

马小波想想也是,就笑了笑,伸手去货架上拿方便面。女孩惊奇地叫起来:"你吃方便面吗?跟孙柔嘉吵架了?人家没给你做饭?"

马小波被她问中了心病,脸上有点烧,但他并没有忽略对方的错误,笑道:"错了,我老婆叫庄丽,不叫孙柔嘉。"

"还不一样?"女孩翻翻细长的眼睛,一副神机妙算的样子。

她忽然又换上了一副羞涩的表情，低声问道："你可不可以送我去机场？我一个人害怕。"

马小波有点始料不及，不过既然是熟人，当然不大好意思拒绝，况且今晚自己是离家出走，在哪里过一夜还不是一样？就点了点头。女孩兴奋地跳起来，碍于营业员在，她没有大叫出声。不过她还是拉着马小波跑出了超市，"走，去我的住处，我给你煮面吃。我那里还剩了几颗鸡蛋，正发愁走了没人吃，坏了可惜呢。"

马小波被她拽着，跟跟跄跄在寒风里跑。跑出老远马小波才算把她拉住，他气喘吁吁地说："忘、忘了给人家钱了。"女孩哈哈大笑，抱着肚子弯下腰去："笨蛋，给了钱还用这么拼了老命跑？！"

她这一笑，马小波想起来了，这不是苏小妹吗？前几天在梦中见过的那位"老同学"，喊他林立的那个女孩。可那不是做梦吗？怎么会真的碰上这么个人？马小波忍不住咬了咬自己的手指头，但手指头被冻麻木了，根本觉不出疼不疼来。他咬着手指头，盯着苏小妹嘟囔："难道我又在做梦？"

苏小妹指着他的鼻子，笑得收也收不住："你可真逗，到底是方鸿渐，书呆子一个！"

马小波更加如堕五里雾中："什么方鸿渐？谁是方鸿渐？"

"你呀！你不是方鸿渐是谁？"

"你不是叫我林立吗？怎么又改方鸿渐了？"

"你本来就是方鸿渐嘛。你这个人怎么连自己是谁都搞不清楚了？"寒风中苏小妹笑得直抹眼泪。

"我怎么会搞不清自己是谁？我是马小波，不是林立，也不是什么方鸿渐。方鸿渐不是《围城》里的人物吗，我怎么会成他了呢？"

街灯的光影里，苏小妹收敛了笑容，认真起来，她紧紧羊绒大衣，盯着马小波问："你是不是刚被老婆从家里气出来？"

"……是。"

"是不是还饿着肚子？"

"是。"

"是不是觉得结了婚很没意思，现在一切都很没意思？"

"是。……不过这会儿好点儿了。"

"是不是再也不想回那个家了？"

"是……只是今天晚上而已。"

"是不是觉得挺累的，老婆蛮不讲理，家庭也成了一种负担，并且很怀念以前的单身生活？"

"是吧……"

"那你还说自己不是方鸿渐？"

"我……"

"别'我'了，你就是方鸿渐！"

"好吧。哪你呢，你又该是谁？"

"我是唐小芙啊。"

"你是唐小芙？！"

"对呀。我是你此生唯一爱过的一个女孩，你连我都忘了吗？"

"没有没有，绝对没有，我怎么会把你忘掉。可是我记得你叫苏小妹，是我上大学时的恋人……"

"糊涂！那不是你梦里的事情吗？怎么能当真？"

"可是现在，现在不是也在……"

"现在我来救你，救你出婚姻的火坑。我是来接你回南方的。"

"接我？那我的工作怎么办，庄丽怎么办？"

"你放心，一切都安排好了，等会儿一块儿走就是了。"

马小波想：这肯定又是个梦，怎么会有这样的好事，突然来了一个和自己最相爱的人，就这么把自己救出了婚姻的火坑。不，严格地说，婚姻不是火坑，火坑是燃烧的，一瞬间灰飞烟灭，痛苦是短暂的；而婚姻的痛苦是漫长而难熬的，就像把一个人腌到咸菜缸里，慢慢地，一点一点地腌掉你的热情和浪漫，直到那又苦又咸的盐分浸透你的身体和灵魂的全部，把你变成一块皱巴巴的老咸菜……对了，又苦又咸，就像海水一样，就像掉苦海里一样。是苦海，不是火坑。恋爱才是火坑，而婚姻是苦海。

我们的生活已经没有诗意可言

一觉醒来，马小波支起身子打量打量周围的环境，发现并没有上飞机，而是躺在自己家的沙发上，不由松了一口气，暗道：嘘，幸亏是个梦。又放平了身体，睡了起来。

第二次醒来，墙上的石英钟已经指向了早晨八点半。庄丽早就上班走了，茶几上没有热好的牛奶，也没有片纸的留言，看来气还生着呢。马小波无奈地笑笑，心口堵得慌，情绪也空落落的，无心去上班，爬起来打电话到公司请了个假，然后慢腾腾地洗漱。头脑渐渐清醒，心中又渐渐不平起来：人为什么要结婚呢，结婚对个人有什么好处？从社会的高度讲，结婚是必须的，因为家庭是构成社会的基本要素，社会要维持平衡和发展，要形成一种生存秩序，没有诸如结婚一类的行为方式是不行的；但对个人来说，结婚实在是没什么好处，尤其对一个有抱负的男人来说，加重了负担，浪费了时间，丧失了兴趣，耽误了事业，影响了心情，反正是坏处大于好处。碰上个通情理会疼人的老婆还好，可惜的是大多数女人婚前善解人意，婚后就蛮不讲理，何止破坏你的心情，有时候简直让你觉得活着是一件再窝囊不过的事情。而你又不能撂挑子，因为责任心和道德感是一个男人的立身之本，况且这社会历来是同情弱者的，谁要想解脱，谁就会成为箭靶子。所以，一个男人结婚时间越长，越会发现自己不像自己了，最后啊，连他妈男人也不是了。最可气的，老婆还老觉得自己才是最受委屈的，是最痛苦的那一个。你说这妇女的地位在提高，心疼老公的老婆怎么会越来越少？马小波刷牙完毕，思考出一个结论来：情感上的自私，是女人克服不了的天性。

既然是天性，就没必要跟她一般见识了。马小波打开音响，放了一盘唐朝乐队的CD，打算换个心情。该干的事情还是要干的，日子像流水一样长，慢慢来吧。"醒来时看到树在移动影子……"唐朝乐队的摇滚勾起了马小波心底的某种渴望，他发现自己正在怀念谈恋爱时候的庄丽，如今那个可爱的女孩去哪里了呢？有时候马小波简直不能相信她就是每天抱怨个不停的那个女人。婚姻虽然不见得就是爱情的坟墓，但绝对是对情感上的诗意的埋葬。没有诗意的生活，当然让人心里烦躁，让人忍无可忍，最终，只好在梦里去寻求渴望和安慰。然而回想起昨夜的梦，马小波还是有点后怕，假如发生在现实生活中，恐怕真是难以收拾了。当然现实中绝对不会发生这样的事情，即使真有人来约你一同私奔出走，但凡有点头脑的男人都不会说走就走的。在这种无法从婚姻中出走的情况下，有时候适当的调剂还真是维持婚姻的妙方，这个"适当的调剂"就是不影响大局的婚外情。但马小波并不想用这个偏方，他有自己的调剂方式，做做梦而已，就是做梦，竟然也使他对庄丽心怀愧疚。据说思想上的犯罪比行动上的犯罪更可恨，将来的时代如果有了调查梦境的思想警察，马小波的罪恶肯定要被揭露出来。

要是连梦也不让做了，想必活着就是一件毫无乐趣可言的事情了吧。

想的多了，又有点困，马小波走进已经无人守卫的卧室，倒在床上，舒舒坦坦地准备补上一觉。刚有点迷糊，电话"零零"地响，马小波伸手拿过床头柜上的子机，听到一句毫无感情色彩的问询：

"醒啦？没去上班？"

"哦……"

"你自己下包方便面吧，有话晚上回去再说。"

"哦……"

庄丽打这个电话，大概是想表示一下关心，尽尽妇道，但又不愿意向对方低头，语气生硬冰冷，因此没有完成任何感情传递和交流，不但毫无意义，还打搅了马小波的睡眠。马小波有种被人逼到墙角的感觉。"睡他娘，梦里跟上唐小芙去南方也好！"他叹口气，郑重地闭上了眼睛。

但这次偏偏没有梦到唐小芙，马小波醒来时就未免有点失望。

窗外天色已暮，鸟叫稀疏，楼群间回荡着菜在炒瓢里的呻吟。马小波睡了一整天，此时坐在窗前，舍不得拉上窗帘、打开灯，只是打坐在昏暝之中沉思。光线越来越暗淡，他的头脑里却越来越亮堂，他发现，一切的根源都是人类越来越复杂了。不禁骂道："他妈的，人的诗意都死到哪儿去了？！"

庄丽不知什么时候开门进来了，站在卧室门口冷冷地问："你骂谁呢？！"

第一年的婚姻像层纸

马小波睡了一天，晚上精神抖擞，但没事可干，就一直窝在沙发上看电视。庄丽并没有如她电话里所说的要跟马小波谈谈，晚饭后早早去睡了，进卧室前给马小波留下一句话：你去书房睡。马小波假装没听见，但心里面有什么东西在破碎，他投入地看着电视，间或跟着电视情节大笑几声。

看了一整夜电视，第二天昏头昏脑去上班。马小波坚持不住，午饭后又跑回来补觉。

他一心想在梦里见到苏小妹或曰唐小芙，拼命在脑海里捕捉她的影子，结果弄到头疼欲裂，睡也睡不着了，只好想象浩瀚的大海和巍峨的高山，借以开阔自己的心胸，忘掉现实的烦恼。男人其实是可怜的猛兽，受了伤只能靠自己舔，自己想办法慰藉自己的心灵，马小波不无悲壮地想。他甚至有了自慰的冲动，只是太疲乏了，没有精力去想象一个能用似水柔情呵护自己的女人。女人大概都认为男人自慰是很恶心、很淫秽、很流氓的事情，事实上，一个结了婚的男人如果自慰，绝不是出于色情欲望，而是对温清和柔情的渴念。如久旱的心田，无意中被一个本不相干的异性不经意间洒下了一点甘露，那个也许平常的女人就会在某些时候化作至高无上的女神，而男人只有通过自慰才能在精神上与她结合，回报她，用那一瞬间的激情怒吼出她的名字，然后，像个受到母亲抚慰的婴儿一样安静地睡去。

第一章　纸　婚

　　有些男人搞婚外恋，不是因为生性风流，也不是坏了良心，而是寻找一种在婚内得不到的温存、体贴。男人，永远是恋母的，永远是儿子，假如抚慰他的那只手不是自己妻子的，迟早是别的女人的。马小波很想把这些话对庄丽讲一讲，但他知道她不会听进去的，她的思维模式他太清楚了，她会这样歇斯底里地反诘他："女人就不渴望温情吗？你有没有给我？"她甚至会坚决地说："我不好，谁好你找谁去，我不挡！"她也会反戈一击："原来我在你心目中是这样的，这样一无是处！你真是没有良心！"

　　"但我事实上连做个桃色的梦都会对她充满愧意啊！"马小波对未来的生活感到了一丝从未有过的绝望。

　　"但无论如何我跟庄丽之间只是感情上的纠葛，绝对不到考虑婚姻是否是个错误的程度。或者，这只是个磨合期，过上个两三年，总会互相体谅起来的。世上有那么多从没离过婚的夫妻，他们能没有过不和谐的地方？一定是熬过来的。别人能忍受的，为什么我不能忍？"马小波就不再去想那些烦心事，继续闭着眼睛想象高山大海。

　　洁白的海鸥在蔚蓝的海天之间翱翔，潺潺的溪水清亮亮地在林间流淌，马小波感到了微微的睡意。可就在这时电话铃声大作，马小波猜又是庄丽"回心转意"后表示关怀来了，他咬了咬牙没动窝儿，——她的那些关怀，早被实践证明了是心血来潮的短命鬼，见不得光，一旦面对面，全部都不算数的。但这可恼的电话响得很执着，看来不接的话，觉也睡不成了。"你总是好心办坏事！"马小波骂了一句，提起电话来，毫无感情色彩地"嗯"了一声。

　　"马小波？你不上班在家干啥呢？"——这么动听的声音，当然不是庄丽的。

　　"你是哪位？"马小波的脑子像风车样飞速转动，寻找能发出这声音的面孔，呼之欲出，就是想不起来，但可以肯定绝对不是庄丽的。

"先别管我是谁。你下楼来，我在你楼下的茶艺馆。我要跟你好好谈谈。"对方声音略带娇气，却有不容推辞的霸道劲儿。

但马小波还是推辞了，他甚至有点不高兴地告诉对方："我正在睡觉。"

"谁让你睡觉了？赶紧下来吧！"

马小波没吭声，真想把电话挂了。谁他妈吃多了在这儿逗人玩呢？缺不缺德！

对方的声音开始变得阴阳怪气的，语气中透露出胸有成竹的从容不迫："下不下来随你便吧，反正庄丽出了事也跟我没关系。"

马小波只觉得脑袋里"铮"的一声响，睡意全无，他同时发现自己并不希望庄丽出任何事情，他始终牵挂着她。"庄丽怎么了？"他紧张得开始结巴。

"下来告诉你。"对方挂了电话。

真可恶！马小波明知这或许是个骗局，他还是用最快的速度穿上衣服，冲出了门。他一边跑一边胡乱猜想着庄丽可能出事的各种画面，结果发现哪一种都令他不能承受。只要老婆不出事，他倒宁愿她每天在身边唠叨。马小波祈祷着，一边飞快地顺着楼梯跳跃而下。

冲出小区大门，横穿街道，街这边有好几家茶艺馆，个挨个的，有现代装饰设计的门面，也有斗拱飞檐琉璃瓦挂一串大红灯笼的，还有干脆打扮成一座林间小木屋的。那会儿电话里光顾斗嘴了，忘了问清在哪一家，马小波站在这一排各色杂陈的茶艺馆前晕眼了，那些茶馆仿佛围着他旋转起来，真是急花眼了。

马小波心中慌乱，进东家出西家，把几家茶艺馆跑了个遍，却没发现一个脸儿熟的。

　　没头苍蝇般乱撞了半天，最后站在街边的人行道上，看着阳光下来来往往的车辆，马小波有点明白过来了：这是有人在故意折腾自己呢，闹不好，正是庄丽那帮死党在替她打抱不平。清官难断家务事，你们跟上掺和个啥？无聊！马小波想给庄丽打个电话教训她一顿——家丑不可外扬，何况夫妻之间的情感纠纷，——掏了掏口袋，却发现刚才走的急，忘带手机了，就气冲冲地往回走。

　　一上楼，却看到自家门口站着一个年轻女人，打扮入时，赏心悦目。马小波站在比她矮几级台阶的楼梯拐弯处，气息难平地打量着她。女子转过脸来，嫣然一笑。马小波觉得那一笑其实已经隐藏了很长时间，好比一枝花，早就开了，现在才拿给你看。马小波从这一笑里捕捉到一个信息：眼前这个女子对自己（的事情）了然于胸，她与刚才的电话肯定有关系。但马小波不能这样没头没脑地问，因为他们彼此并不认识，他决定报复性地捉弄她一番，就用了玩世不恭的表情和严厉的语气辅以犀利的眼神问道：

　　"嘿，走错门了吧？楼下就是派出所，你胆子也忒大点了吧？"

　　女子并不接招，笑声里稍带点歉意说："不好意思，电话是我打的。我以为请不动你，就自己跑上来了。"

　　"你这是调虎离山计吧？告诉你，这种把人骗出去再入室行窃的招儿已经不新鲜了！"

　　这话马小波自己都感到过于刁毒了，但女子竟然面不改色。

　　"你真是幽默，怪不得庄丽整天把你挂在嘴上。"

　　"你跟她很熟吗？"

　　"当然，我们是同事，又是好朋友。……她没跟你提起过我吗？我叫范红。——她真没跟你提起过我吗？"

　　"原来你就是范红，是庄丽派你来考验我的？"马小波确信打电话的事是她俩的合谋。

"是的，你过关了，看来你们的关系没有小丽说的那么严重哟？"

"你别听她瞎叨叨，她总是恶人先告状。"马小波的懊恼不知不觉烟消云散了。

"不打算请我进去了？你的表现还要靠我的汇报呀。"

"对不起对不起，"马小波一步两个台阶的上来。范红让到一边，让他开门。她身上的香水味儿让马小波心中一荡，马小波忍不住稍稍回了一下头，对那双妩媚的紫色眼圈笑了笑。

进了门，请范红坐下，马小波边倒水边说："你第一次来我家吧？"

"才不是呢，你不在时，小丽带我来过几次，我对你们家的情况很了解。"

马小波觉得她语带双关，忍不住暗恨庄丽什么都往外说。

"早就想来见见你了，小丽都把你夸成了一朵花。"——范红此话出乎马小波的所料。

"你不是来替她打抱不平的？"马小波把水杯放到范红面前，问道。

"我才懒得管你们的家务事呢？我是来看'花儿'的。"范红直勾勾地望着马小波。

马小波始料不及，浑身燥热，别扭地笑了笑，不知道该说点什么。

"你别害怕，我没别的意思，我只是想看看一个传说中的好男人是什么样子。"

"让你失望了吧？你怎么能相信别人夸她老公的话。"马小波有点不好意思。

第一章 纸 婚

"我结婚不到一年就离了,所以想看看婚姻幸福是什么样子,想看看能给一个女人幸福的男人是个什么样子。"范红的眼里透出平静的哀伤。

马小波不禁汗颜,她想不到庄丽给他塑造了这么一个光辉的形象。但既然已经是范红心目中的好男人了,多少也得做个样子给她看看吧,就绞尽脑汁地想出一些大道理来安慰她:"其实结婚第一年不过是个磨合期,两个人的个性都要经过一个碰撞、适应的过程,如果彼此不能容忍对方,难免出事。"

"是呀,第一年的婚姻,就像一层纸,稍不留神,就会捅破。"范红黯然神伤。

马小波不由暗吃一惊,范红的比喻叫他猛然反省。

"如果不介意,你坐到我身边来好吗?"范红软弱地望着马小波。

马小波又是一惊,犹豫着。

"没事,我不会告诉小丽的。我也不是要勾引你,我想感受一下好男人的呵护。是不是为难你了?那就算了。"

"不,不。"马小波咬了咬牙,坐到她身边去,不自然地把手放在自己膝盖上。范红拉起他的手,让他把自己揽住。马小波抱着这个柔软而陌生的身体,心中动荡不安,不由揽紧了她。

范红把头靠在马小波的胸前,喃喃地说:"我是个受过伤的女人,你不要怪我这么做。我从小丽那里借你一会儿吧,你能不能给我说点体贴的话?"

马小波觉得同时抱着两个人,一个庄丽,一个范红,干着很不人道的事,还得编造人道的话,很不得劲。就问:"说,说什么?"

"说庄丽最爱听的。"

马小波突然醒悟到，也许庄丽一直是深爱着自己，也觉得自己对她足够好的，他们之间的不快，只与个性有关，与感情无关。这使他释然，仿佛抱着的就是庄丽了，很自然地投入了角色，用脸颊轻轻地蹭着范红光洁的额头，温柔地说："我爱你。

"再给我一个理由，一个你爱庄丽但也能爱我的理由。"

马小波不想说出范红比庄丽好的话来，他觉得在妻子朋友面前说出让妻子抬不起头来的话过于卑鄙了，只好又说出一个大道理：

"一个人是可以爱很多人的，爱情总在不断地发生，只不过有些走向了婚姻，而更多的还给了时光。就像开满了花的一棵树，有的花朵结成了果实，而有些花朵只是在时间中美丽了一会儿而已，但我们不能说它没有开过，因为我们记住了美丽。所以，我也是爱你的。"

这显然不是范红期待的话，但她还是很满意。她靠在马小波怀里闭了一会儿眼睛，抬头轻轻地吻了吻他的下巴。

"你说得真好。女人就是用来哄的，而我的前夫却总是要跟我把道理讲个一清二楚。他不知道女人其实不需要懂很多，她只要知道你爱她。我的前夫要像你这样会哄人，我又怎么会离开他？"

范红坐正了身体，端起马小波为她倒的水，轻轻地呷了一口，嘴唇湿湿地说："谢谢你，好男人。再嫁人，我一定要找个像你这样的。"

马小波由衷地说："你真的很可爱，也很聪明。"

范红凄楚一笑，起来告辞。马小波送她到门口，范红转过身又抱住了他。两个人抱了很久，都感到很熨帖，彼此相挨的身体虽然隔着衣服，血液却好像流进了对方体内。

范红终于放开了马小波，出了门，对换上了一副愉快的表情的马小波做了个鬼脸，低声道："保密啊！"马小波说："天知地知，你知我知。"

范红"叮叮咚咚"地下了楼，手里的坤包扬起老高。马小波心说："我敢不保密吗？！"关上门回来，又躺回床上补他的觉去了。

女人是用来哄的

庄丽下班回到家里，见马小波还在床上睡着。她没心思做饭，索性也躺到床上，睡在最靠边的地方，离马小波远远的。她一时睡不着，这一天里，在办公室、在路上都感到郁闷，回来看到马小波，就像找到了烘烤自己的光源，莫名其妙地气就不打一处来。她睁着眼，突然间想到了死。天还不是很晚，窗外天光是深蓝色的，这么有诗意的时光，她却只看到黑洞洞深不可测、不可名状的绝望。她猜想马小波也许醒着，只是不愿搭理她，不由更加气闷。

马小波却说起了梦话，声音虽然含混，庄丽还是听清楚了，他嘟嘟囔囔地说："小丽，你要是跟我离婚，我就炸了你全家。"庄丽吓了一跳，支起上身来看着这个睡梦中的人的脸，只见那家伙闭着眼不怀好意地笑了笑，接着嘟嘟囔囔："你不就是病了吗？动手术！我不怕花钱，大不了房子不买了，你才是最重要的。"庄丽的心像被什么东西撞了一下，突然想哭。屋子里光线微弱，她探过身去，凑得很近才把那张曾经写满爱意的脸看了个大概。她不由给他下了结论：马小波人变了，但心还没变。这个结论令她好受了些，就调整了一个舒服的姿势，趴下来，盯着他的脸，一门心思地要听他接下来说什么。马小波在睡梦中"嘻嘻"地笑了半天，说道：

"你不就是神经病吗？"庄丽忍俊不禁，笑了一下，又赶紧捂住嘴。她在昏暗中翻了翻眼睛，轻轻地骂了句："你才神经病！"但是马小波没搭理她，也不再出声了。庄丽胳膊都支酸了，见他一直不开金口，就把脸侧放到枕头上歇一歇。头刚沾枕头，屋子里却响起了呜咽声。庄丽毛骨悚然，差点就钻到马小波被窝里去，仔细听了听，原来就是马小波在哭，他咧着大嘴口齿不清地哭诉："我要跳楼，我要跳楼……"

庄丽费劲地审视着马小波睡梦中的脸，忍不住问道："你为什么要跳楼？"马小波竟然接上话，回答道："你不动手术，你要死了，我也不活了。"他还来了一句英语："I love you for ever！"

庄丽瘪了瘪嘴，也哭了，她隔着被窝搂住马小波，哽哽咽咽地说："宝啊，我死不了，我死不了，为了你我也不会死的。"她趴在马小波身上，动了老半天感情后，觉得有点不对劲，看到马小波依然熟睡的样子，猛然省悟过来，坐起来伸出双手狠狠地掐住了他的脖子。马小波"吭吭"地咳嗽，拉开她的手，鼓着眼睛叫道："哎呀，你要谋杀亲夫！"

庄丽不依不饶，作势欲扑，气急败坏地问："你不是在做梦吗？怎么知道是我在问你？我趴在你身上折腾半天你了还不醒，你吃上安眠药了？你说，你是不是装睡？是不是耍我呢？！"

马小波涎着脸笑，问道："你不生气了？"庄丽哼了一声，跳下床，头也不回地走出了卧室。马小波一把没拉住，爬起来喊道："你干什么去？"

"做饭！"庄丽在厨房里"冷冷"地回答。

第一章 纸 婚

因为晚饭后马小波抢着刷锅洗碗，庄丽念其有悔改表现，上床后就没有把他踢出被窝。马小波竟然得寸进尺，暗中动手动脚，最后还被他得逞，把庄丽折腾得死去活来，残存的那点怨气也倒腾出了胸腔。事后，夫妻俩兴奋得难以入睡，索性打开床头灯算起这些天的一笔笔账来。马小波牢记范红那句格言："女人是用来哄的，道理讲不通。"任凭庄丽把罪过全栽在他头上，照单全收。在无人应战的情况下，庄丽一个人打了半天活靶子，痛快了，就想起了一些正经事儿来。她问马小波：

"今天有人来过吗？"

马小波心虚，不敢把他充当好男人的事讲出来，就老着脸皮回答："没有。"

"真的没来吗？那我得给范红打个电话。"庄丽伸手去拿电话。

马小波一看纸里包不住火，赶紧阻止她："对对，我想起来了，来过，范红来过。"——心说坏了，范红一定泄密了，这下完了，前功尽弃，又得生气。

"范红来过？不对吧，我今天一天都跟她在一起呀。再说，我不在家，她来干什么？"庄丽看马小波心怀鬼胎的样子挺有意思，又问道："你见过范红吗？她长什么样？"

"高高挑挑的，白白净净，还算看得过去吧。"马小波学乖了，在妻子面前绝不过度赞美另一个女人。

庄丽乐坏了，笑得在床上乱滚，半天才忍住些，说："范红又黑又胖，你是第一个这样赞美她的，信不信她听了一定爱上你！"

马小波真懵了："那今天来的是谁？难道真是个贼？"

"什么贼不贼的，大惊小怪，那是范红给你请来的心理医生？"

"心理医生？"马小波不解。

"可不？"庄丽洋洋得意地说，"我告诉范红你经常欺负我，心胸狭窄，一点小事就发脾气，她帮我分析了半天，说你一定是有心理障碍，应该找个心理医生帮你治治。范红有个同学是学心理学的，开着家心理诊所，就打了个电话，告诉了那位心理医生咱家的地址和电话，请他们来帮你治疗治疗。看来效果还不错。"

马小波哭笑不得："原来那个女的是心理医生，冒名顶替来整我！不过，她的手段还真高明。"

庄丽十分得意，突然又审视着马小波问："老实交代，你们没做对不起我的事情吧？"

马小波沉下脸，做出一副生气的样子说："你把我当什么人？！"

"没有就好，"庄丽温驯地伏到马小波胸上，嘟着嘴说："早知道那医生是个女的，还'高高挑挑白白净净'，跟你生一辈子气我也不会让她来给你治病的。"

马小波揽着羊羔般温柔的妻子，不无侥幸地想：多亏了那个女心理医生演的那出戏，不然我也许一辈子都不知道女人是用来哄的，那这辈子可要受累了。

第二章
诱　惑

每个女人都在威胁着自己的婚姻

马小波发现，那个冒充范红的心理医生确实高明，她戏剧性地改变了自己对婚姻和妻子的看法和态度，从那以后，马小波开始学会了谦让和容忍。他觉得不跟妻子一般计较才是一个男人、一个丈夫的作风。马小波奇迹般地成熟了，由当局者变成了一个旁观者。每当庄丽跟他胡搅蛮缠时，一个马小波应付着她，另一个马小波跳出来坐在旁边看热闹，还不时指点那一个马小波该怎么做。婚姻让一个男人的成熟何其快呀，虽然这成熟有些逃避的悲凉。

马小波还发现，那个冒充范红的心理医生打破了他的心无旁骛，就是说之前的马小波一心扑在事业上，一门心思要干出一番成就，对庄丽之外的女人没有想法，哪怕闹了矛盾，他也不过下意识地做个桃色的梦，从没真想过从别的女人身上寻找安慰。但自从跟那个假范红在家里抱了一会儿，马小波在很多天后突然意识到每个女人都是不一样的，他感到了新鲜的诱惑。并且，开始留心身边那些被他忽略的女人们。比如本部门的谢月。

在公司里，谢月是个业绩平平的女人，待人也还算热心。按说，没有理由引起别人的嫉妒和反感。然而整个公司几百号人没有几个人愿意搭理她，更不要说本部门的十几个同事了。马小波坐在谢月对面，看报纸的时候总是像撑船帆一样高高地展开，一纸障目，不见谢月。报纸那边的人却很乐意对着那些密密麻麻的字儿无休无止地倾谈，马小波有时候"嗯嗯啊啊"两声，有时候干脆一声不响地读报纸。如果对面坐的不是个颇有几分姿色的少妇，从旁观者看来真还以为马小波举着报纸是为了抵挡对面飞来的唾沫星子。女人话多并不是什么毛病，而是通病，这一点不足以使谢月成为众矢之的，她不招人待见的原因正是大家都能猜到的那一个——用本部门经理姜永年的话来说，这个女人不知廉耻。

有一个问题马小波一直想不明白，真要拿美女的标准来衡量，谢月可谓姿色平平，公司里比她年轻漂亮有学问有气质的女孩多的是，可就她跟老板关系最暧昧。如果拿萝卜青菜各有所爱来揣度老板的心态的话，从国有时期的厂长到公私合营的总经理再到股份公司的董事长，不同时期的几位老板都跟谢月关系密切，这怎么解释？看来问题只有在谢月身上找了。后来，倒是谢月自己给了马小波一个答案。那是营销部一个刚来不到三年的年轻女人突然被提拔为该部门的副经理的时候，一天下午，办公室只有马小波和谢月两个人，马小波照例举着报纸看，桌子上所有的报纸都看完后，马小波才注意到今天谢月一言不发，坐在那里低着头专心地嗑瓜子，她

第二章 诱 惑

面前的桌子上已经堆了一座瓜子皮小山。空气中弥漫着傻子瓜子特有的甜腻的味道。

马小波有点好奇,忍不住问道:"谢大姐,是不是有什么不开心的事情?"谢月大概想不到马小波会主动跟她搭腔,抬起沉思中的脸来,抖落不快之色,很开心地笑出了声。她站起来,绕过桌子走到马小波身边,给他面前放下一把傻子瓜子,瞪着两只文过眼线的大眼睛,噘起嘴叹了口气。马小波有点不习惯跟庄丽之外的女人这样近距离,坐在椅子上往后靠了靠,做出点笑容来望着谢月。他开始后悔自己的莽撞了。

谢月把半个屁股放在马小波的桌子角上(黑色短裙的下摆因此升到了白生生的大腿很高的地方),开始对马小波说话。那姿势和口气好像他们真是多么熟悉而可以不拘礼节的老同事似的。

"你知道吗?营销部的杨梅当了副经理,她来才不到三年吧。"谢月嗑着瓜子,表情酸酸地说。

"是呀,我也搞不清这是怎么回事,她是不是业务能力非常强?"马小波故意做出一副百思不得其解的样子。

谢月果然上了当(或者她本来就想一吐为快),她撇了撇嘴不屑地说:"喊,不是业务能力,是人家愿意牺牲别人不愿意牺牲的东西!"

"不会吧,我见过那个女人,长得一般嘛。"马小波一语双关,他很惊奇眼前这个女人指责别人跟自己一样的行径时竟然义正辞严,听口气好像她是什么良家妇女似的。马小波感到一点恶心,他无法再望着那张脸说话了,就低头去吃瓜子。吃了一颗又后悔了:妈的,这个女人的手说不定刚刚抓过老板的那个东西,而我却吃她用同一只手抓过来的瓜子!

谢月冷笑着说:"你以为咱们那些头儿的品位有多高?都是几

十岁的老头子了，有年轻女人愿意跟他，高兴得他屁颠屁颠的，还抡得上他挑挑拣拣？"

"哦——！"马小波恍然大悟，忍不住哈哈大笑起来，这个女人是被妒火烧昏了头，把自己的底儿都抖搂出来了。要么说伤人三千自损八百，谢月算是把自己和对手都出卖了。马小波好一阵不敢抬头看谢月，怕对方从他的眼神里看出些什么意思来。直到谢月不说话了，他才抬起头来，却正好看见那个女人用手掌前端拨拉掉在自己胸脯上的瓜子皮，马小波分明看见那只被拨动的乳房耸动了两下，颤颤地。马小波忍不住心旌摇动，赶紧又低下头去吃瓜子。谢月对自己的动作显然毫不在意，她叹了口气，继续发泄她心中的不满。马小波却一句也听不进去了，他眼角的余光扫着那女人短裙下白皙的双腿，那双腿有点嫌粗，形状也不怎么美，但让人感到一种奇怪的意味，就像荡妇的眼神儿。

谢月投入地继续说着杨梅的坏话，马小波却一句也听不进去了，他突然悲观地发现，只要有谢月这样的女人存在，每个家庭都充满着危机，自己身边的每个女人都可能成为对婚姻的威胁。同时马小波第一次开始猜测庄丽在她的单位的角色，想到庄丽也可能跟谢月、杨梅一样为了老板和升迁争风吃醋，马小波的情绪瞬间无比低落，心情坏透了。

其实像谢月这样的女人，并不只是让马小波感到了威胁和不快，策划部有这么一个女人，最让经理姜永年非常恼火，他觉得做什么事儿都放不开手脚，好像老板派了个眼线在他身边。而这个眼线还是最贱的自己送上门的那种，这种眼线在某种意义上又是最危险的眼线。出于某种复杂心态，姜永年时时处处给谢月下马威，但又尽量不让她抓住把柄，有时候他甚至不得不对她笑脸儿相迎，挖

第二章 诱 惑

空心思地表扬她一两句。好在谢月并不因为自己的"特殊身份"而不把姜永年和马小波放在眼里，除了偶尔暗示一下自己和老板的关系非比寻常，她很注意不超越自己在本部门的角色，对姜永年的意见从不反驳，对同事的私事也热心地帮忙。夏天，姜永年马小波们经常吃到谢月买的冷饮和水果；冬天，一上班桌子上总有一杯热茶或者速溶咖啡，然后就会看到谢月甜甜的笑脸。这让姜永年和马小波们反而对谢月当面说不出个什么来。尤其这个女人对工作十分认真投入，虽然她提出的创意经常不被采纳，但她依然是本部门最勤奋的一名员工，每天都在不停地进行着构思和设计，尽量不让自己的工作量落到别人后面。她对每一分钱的奖金都斤斤计较，并把丈夫和女儿的衣食住行时时挂在嘴上。这一切本来构不成她成为公司最不受欢迎的人物，她最引起别人反感的是经常给大家透露她从老板那里知道的公司下一步的动向，以此来炫耀她的特殊身份。她一般都是这样说："我听老板说，从下个月开始各部门要实行经费包干，把原来下拨到部门的经费收回去后重新分配；而且如果原有经费已经用完了，包干经费仍然和其他部门一样。经理，你看咱们剩下的经费是不是……"这个时候大家都是心有灵犀一点通的，纷纷建议姜永年想个名目把剩下的经费给大家发了福利算了。姜永年通常会假装迟钝地征求副经理马小波的意见，马小波就说："好啊，又有钱买太太的笑脸了。"其实马小波很想找个冠冕堂皇的理由杀杀谢月的臭美，过后再找个借口发也一样，可他又真的很想多看一回庄丽接过钱去时情不自禁的笑脸，就委屈了自己的个性。

托谢月的福，策划部的人日子老是比其他部门过得好。每当别的部门经理在经理办公会上酸溜溜地表示不满时，姜永年就会把胸脯拔得高高的，大声说："怎么了，不公平吗？策划部可是整个公司的大脑啊，不把大脑照顾好，你们这些胳膊呀腿的还不是瘫痪的？"其实他不说大家也心知肚明，策划部有个反间谍嘛，这是人家姜永年的"裙带关系"。可是当着老板的面，谁敢较这个真？大家都是聪明人，懂得大小得失，更会难得糊涂。有一次散会后姜永年和马小波一起出去办事，姜永年看看左右没人，幸灾乐祸地对马小波说："你看那帮孙子有话说不出来的样子，真有意思！"马小波说："有本事他们也培养个'反间谍'出来。"姜永年说："你别说，谁知道别的部门没有谢月那样的？把老板的那个东西割下来挂大楼门口，我敢说公司的女人都认识，你信不信？"

马小波乐坏了，笑了老半天说："信，信，你可真会损人！"

姜永年得意地说："不是我损，女人都是一个货色，一个字，贱！"

马小波脸上的笑容马上就凝固了，姜永年这一杆子打一片的说法伤害了他，马小波不由自主地想到了庄丽，他不能忍受姜永年把庄丽也划进那个无耻的圈子。而姜永年快四十岁了还是独身，他的心态绝对有吃不到葡萄说葡萄酸的因素。马小波开始对姜永年有了看法，他忍耐着不形于色，因为姜永年是经理，而他是副经理，得罪他是不明智的。其实按照马小波的个性，这事搁当年独身时，立马一个耳光就上去了，可是现在他不能冲动，因为这么做的后果可能他和姜永年都会被炒掉，他得控制自己，做一个委屈自己的有责任心的男人，因为还有庄丽，她时刻盼着他能升职和涨薪水。

有时候姜永年和马小波一起喝酒，谈起谢月来都感到很费解。天下傍大款和做领导情人的女人，都是为了住别墅开私车，要么就是后宫干政，借用权力和金钱来为家人谋利益，只有脑瓜不正常的女人才无偿献身呢。而谢月一直什么也没有得到。（看她的样子她根本没有想过这些事情）她到底追求什么呢？照说跟老板有这么一层关系，用不着再对工资奖金那样看不开，可谢月在这方面绝不含

第二章　诱　惑

糊，只要属于她的，一毛钱都不放过。一般跟老板有一腿的都喜欢给自己立贞节牌坊，遮遮掩掩生怕别人知道了瞧不起自己。谢月却最喜欢炫耀跟老板的关系，唯恐天下人不知。她总是在下班时间等电梯的人最多时候，从人群中略带羞涩地穿过去，在大家的注视下径直走进老板的办公室，顺手把门磕上。凡此种种。经过无数次的商讨分析后，姜永年和马小波得出了一个基本结论。

他们碰了碰酒杯，马小波说："这个女人很笨，忒不值。"

姜永年说："她工作能力低下。"

马小波说："但是她很虚荣，爱附庸风雅。"

姜永年说："她生怕别人瞧不起她。"

马小波说："因此她不择手段地去接近每一任老板。"

姜永年说："她生怕别人不知道她跟老板的关系。"

马小波说："想借此让别人尊重她，对她另眼相看。"

姜永年说："哼，这反而让人人都瞧不起她。"

马小波说："唉，她其实是个可怜的女人。"

但是本部门有这么一个女人，还是让大家觉得不舒服，尤其想到她也很有可能被提拔为副经理，策划部的人都感到有点心灰意冷。这并不是不可能的事情，前车之鉴就不用说了，谢月虽然是个公认的无能的女人，但对于老板来说，她比其他有能力的人都有最直接最有效的用处啊。

但是谢月来公司快十年了，过去的老板都没有提拔她，现在的老板看起来也没有这个意思。马小波真的从心里为谢月觉得不值。不过有谢月作为参照物，马小波觉得庄丽真是个难得的好女人，设身处地地替谢月的老公想想，马小波觉得不寒而栗。假如庄丽是谢月那样的女人，马小波恐怖地想，那她算把我毁了！

马小波不无悲观地想："其实姜永年说的也有道理，每个女人都在威胁着自己的婚姻，一切只在一念之间。"

女人的快乐比无理方程还难解

业余时间，马小波是"寻找"摇滚乐队的鼓手，在这个城市的地下艺术圈子里是公认的新锐，在全国前卫音乐圈里也是小有名气的人物。庄丽一直反对他搞摇滚，认为是不务正业。马小波也经常感到自己是分成两半的，上班的马小波和摇滚的马小波，——在公司里，马小波并不是个靠情绪处事的人，他知道见什么人说什么话，也对男男女女的绯闻很感兴趣；只要走出那座大楼，他就是另一个马小波了，表现得激奋，狂热，不拘小节。但他的内心是绝对冷静的，他比较欣赏窦唯离婚后创作的音乐，《黑梦》《上帝保佑》等等。除了马小波，乐队其他人都没有正式工作，靠地下演出挣来的钱糊口，他们是些纯粹的人，表里如一的人。尤其吉他手陈流，剃个大光头，脑后却留个小辫子，他自比为《七侠五义》里的花蝴蝶花冲。有意思的是这个体格健美言语粗俗的家伙并不是到处拈花惹草，而是那些女孩子或者女人们纷纷飞来采他。不可否认他是个很能吸引异性的性感的家伙。让马小波震惊的是，有一次陈流的名字竟然从谢月的嘴里蹦了出来。当时马小波刚刚接完陈流的电话，那女人喜不自胜地凑过来对马小波说："刚才是陈流啊，那家伙看上去就有那么一股子劲儿！"马小波瞪着眼睛半晌回不过神来，他怀疑地问："你也认识陈流？"

"何止认识！"谢月神秘而自得地笑了，脸还微微红了红。

"嘿，"马小波感慨万分，他怎么也想不到眼前这个女人能跟

第二章 诱 惑

摇滚发生关系，而且并不掩饰她的私情，还把它拿出来像炫耀跟老板的关系一样让人去回味。马小波想起了他跟姜永年辛辛苦苦分析研究出来的结论，看来一切都泡汤了，这个女人没有她们想得那么简单，也没有他们想的那么可怜。

出于一种奇怪的冲动，马小波横了横心问了谢月一句：

"谢大姐，你怎么看男女之间的事情，——嗯，我是说你怎么看待丈夫或者妻子有外遇的事情？"

马小波问完了把目光躲在一边，装作很不在意的样子，他料到这个女人也许会突然跟他翻脸较真，但是他却听见对方开心的笑声。谢月几乎是眉飞色舞地说："我觉得只要对家庭有责任心就足够了。婚外恋其实是很合理的事情，一个女人只跟一个男人，一个男人只跟一个女人，都不正常；真正的自由，就是大家随心所欲，开心就好。你说呢？"

"啊，啊……"马小波支吾了两句，——发球被对方扣杀掉了。

接下来的几天里，马小波不自觉地留意起谢月跟外界的联络，发现她跟诸多行业的诸多人士都有着深层的关系，并且丝毫不遮遮掩掩，她在电话里和他们调情，约定去哪里吃饭，去什么地方睡觉。甚至，有时候她会几乎同时接到数个类似的电话，这时候马小波就会为她捏一把汗，不知道她如何分身。让马小波惊叹的是，谢月一点儿也不乱方寸，她给自己留下一个最感兴趣的男人，而在谈笑间轻松地把其他的介绍给另外几个看来是她的密友的女人。最后，皆大欢喜。

"老天，她还有同党！"马小波唏嘘不已。打死他也想不到那些色情片里的低级故事情节竟然会在现实中上演。

后来，马小波又发现谢月是个快乐的人，她的不快从来超不过十分钟,而且她不记恨任何人,即使对方严重地伤害了她。马小波还注意到,谢月是个很爱自己的孩子的母亲,她把小女儿打扮得像个小女人。那小姑娘漂亮得像个洋娃娃,乖巧得像秀兰·邓波儿一样惹人喜爱。马小波见过两次谢月的爱人,是个文质彬彬的大学副教授,个子不高,稍微有点胖。他跟马小波进行过一次客气的寒暄,马小波一看到他就想起了本部门刘大姐因为不屑而扭曲的表情和鄙夷的语调,刘大姐是谢月的邻居,楼上楼下,据她讲,——她的原话是这样的:"只要她爱人一出差,前脚走,后脚就有男人来敲她家的门,而且一天能来好几个,这个刚走,那个又来了,她那家里整天鬼哭狼嚎的!"因此,同样作为男人,马小波很同情谢月的爱人,他尽量热情地跟他交谈,不让他察觉别人对他妻子有什么看法。同时,马小波发现,谢月的小女儿长得跟父亲一点儿也不像,甚至跟谢月也没什么相似的地方。他感到了对谈话的厌倦,找了个借口离开了这对看上去很恩爱体贴的夫妻。

再次见到谢月美丽的小女儿时,马小波忍不住仔细观察了小姑娘几眼,——"她到底会是谁的孩子呢?"

在一次喝满一桌子空啤酒瓶后,马小波控制不住自己,问了陈流一句:"老流氓,你是不是认识我们公司的谢月,还跟她睡过觉?"

陈流斜视着马小波,笑嘻嘻地说:"谢月啊,她很贱,打个电话就来了。她喜欢主动送上门儿,我要是正好有女人,就叫她滚。没别的女人时,也找她玩玩。"

马小波想不到谢月在陈流的心目中是这样的地位,他对谢月的快乐产生的敬意又烟消云散了。"真是个他妈的让人费解的女人!"马小波骂道。

第二章 诱 惑

一个以当别人的玩物为荣,却被人始乱终弃;让所有人瞧不起,自己却很快乐的女人,比一道无理方程还难解,也比《圣经》中的故事还耐人寻味。马小波觉得自己已经失去了正常的判断力,自信心遭到了很大的打击,价值观开始变得有些混乱。

告别了陈流他们,马小波迷迷糊糊地打的回到家里。庄丽少见地没回来,梳妆台上留着一张纸条:

我去参加朋友的生日Party,晚些回来,你先睡吧。

马小波一头栽倒在床上,呼呼大睡。正睡得香甜,有人按门铃。"这个马大哈,准是又忘带钥匙了。"马小波嘟囔了一句,抬起沉重的脑袋,爬起来摇摇晃晃地去开门。

"以后出门带上钥匙,我要出差了怎么办?"马小波拉开门朦朦胧胧看见外面站着个穿裙子的女人,借着酒劲教训了她一句,转身又走回了卧室。那个女人关上门,跟在马小波身后进了卧室。她伏下身来望着马小波醉得发黑的脸"咯咯"笑。

"求你别闹了,我很困,洗洗睡吧。"马小波懒得睁开眼睛,央求她。那个女人收敛了笑容,开始给马小波脱衣服。马小波有些撒娇地大字躺在床上,听话地配合她脱衣服,他感到耳朵有点痒,抬起手来舒服地抓了抓。那个女人脱完马小波的衣服,又开始脱自己的衣服,然后她软绵绵地伏在马小波身上,亲吻他的小白脸。

"你不是每次都先洗澡吗,今天怎么了?"马小波抚摸着她光洁丰润的身体,闭着眼睛温柔地说。那个女人的喘息渐渐急促起来,她情不自禁地呻吟道:"马小波,你可真是个温柔的男人。"马小波闭着眼睛笑笑,感到这句话从庄丽嘴里说出来很有意思,竟然有些感动,他因此清醒了一点儿,于是觉得那个熟悉的声音似乎并不是庄丽的，而且这个女人身上的香味跟庄丽的也不一样，——庄丽的是淡淡的茶香，而这个女人却香气浓烈。马小波吃惊地睁开眼睛，看到一双文过眼线的大眼睛正迷醉地望着他。

"怎么会是你，你怎么进来的！"马小波推开在自己身上扭来扭去的谢月。谢月露出像梦境中一样的笑容，她再次向马小波伏下身来。

后来，马小波重归黑沉沉的梦乡。有一只手揭开了盖在马小波身上的毛巾被，并且推醒了她。马小波睁开眼睛，看见庄丽弯着腰站在床边，正拿毛巾被的一角给他擦额头上的汗。

"怎么了，满头大汗的？"庄丽关切地问，"是不是不舒服？看你这一身的酒气，快把衣服脱了。"

"没什么，做了个噩梦。"马小波压抑住狂跳的心，听话地任凭庄丽扒掉身上被汗浸透的衣服。

"玩得高兴吗？"马小波有些歉意地揽住庄丽纤细的腰问道。

"还行吧，认识了几个新朋友，"庄丽专心地给马小波脱衣服，一边说，"噢，对了，你有个同事叫谢月吗？怎么没听你提到过她？"

"怎么了？"马小波吃惊地抬起头来，眼睛瞬间瞪得老大，盯着庄丽看。

庄丽没看见马小波可怕的眼神，依然不紧不慢地说："没什么，她是我朋友的朋友，今天在Party上碰见了，她说跟你一个部门多年了，还是你的部下，以后她再出去玩的时候会叫上我。"

"你敢！"马小波想到谢月那个神秘的"快乐同盟"，一把推开庄丽，咆哮起来，"你敢再跟这个女人见面，我打死你！"

庄丽歪倒在床上，委屈地望着暴怒的马小波。马小波近来对她很温柔，突然出现这样反常的情况，她一时拿不定主意该不该哭。

第二章 诱 惑

后来，怒气渐渐爬上了庄丽的脸，她把刚刚脱下来的衣服甩到马小波身上，拧身走了出去。

"老天，千万不能再生气了！"马小波祈祷着。冷静下来，马小波觉得自己刚才也有些过分了，就爬起来去找庄丽。庄丽不在客厅，马小波又找到了书房。果然庄丽躺在书房的床上，没有开灯。马小波走过去坐在床边，伏身搂住她，柔声道："对不起，我只是不想让你和谢月那样的女人混在一起，你不知道，她不是个正经女人！"

庄丽挣扎了一下，反驳道："你凭什么这么说人家？我最受不了你瞧不起别人，自大！"

马小波心中的怒气跳了一下，勉强压住了，诚恳地说："我跟她是多年同事，我还不了解她？"

庄丽抢白道："自作聪明，我倒是你老婆，你了解我吗？"

马小波自信地说："我当然了解你了，不然怎么会娶你？"他有点讨好庄丽的意思，但是庄丽不领情，冷哼一声说："你了解个屁！"

马小波有些反感地说："你一个女人家，能不能不说粗话？我怎么不了解你了？"

庄丽忽然坐了起来，盯着马小波说："好，那咱们今天就好好谈谈，看你了解我多少！我先问你，结婚后你带我出去旅游过吗？周末你陪我看过几次电影，逛过几次商场？"

马小波忍俊不禁："原来就是这些啊，我知道委屈你了，可我不是公司里忙吗？周末应酬也多，没有时间。可咱们不是说得好好的吗？等我有了成绩，有了钱，带你去周游世界，想去哪里玩都行。——这两年是奋斗期，当然要牺牲一些享受。"

庄丽冷笑道："等你混出名堂来，我也老了，还玩个屁呀。我的青春全葬送在你手里了，你这个没有情趣的混蛋！"

马小波说："咱们能不能不说脏话？"

庄丽斩钉截铁地说："不能，嫌弃我早干吗去了！"马小波望着她固执的表情，无计可施，僵持了片刻，庄丽开始哭泣，十分委屈地说："我每天给你做饭干家务，就是个不花钱的保姆，好不容易去参加个Party，你就不高兴了，嫌我不伺候你了！"

马小波心里一阵发软，情不自禁地抱住庄丽说："小丽，对不起，我知道委屈你了。可是你误会了，我不是嫌你出去玩，我只是不愿意你跟谢月在一起，怕你受她的影响。"

庄丽抽抽搭搭地说："我怎么知道她是什么样的人，你又没跟我讲过。"

马小波赶紧把谢月经典的段子给庄丽讲了一遍，不过他保留了一些谢月跟上老板沾光的部分，还有她那个神秘的"分享男人的快乐同盟"，怕误导了庄丽。庄丽听完，拿纸巾擤了擤鼻涕，突然很温柔地伏在马小波怀里说："你放心啊宝贝，我绝不会是那样的女人，我有时候任性一些，对你不够好，可是我就认准了你一个男人。"

马小波听了也很感动，欣慰地跟庄丽抱在一起，有些冲动地去抚摩她。庄丽突然推开马小波，定定地注视着他问："你实话告诉我，你跟谢月没什么吧？"

马小波哭笑不得，反问道："你说什么呀，怎么可能？"

"那你怎么从来没告诉过我你手下还有这么个人？"庄丽显然不相信。

马小波不屑地说："我瞧不起她，提她做什么？"

庄丽看上去有些相信了，不过还有些不放心地问："你实话告诉我，你对她动过歪心眼没有？说实话。"

第二章 诱　惑

马小波想起刚刚做的那个梦，心里有鬼，顾左右而言他："咱们别说她了好不好，浪费时间。"

庄丽倒没再追究，只是警告了一句："你要是敢跟别的女人有什么，我马上和你离婚！把存款和我爸妈给买的东西全部带走，看你还有什么！"

马小波不再搭理她，专心地在她身上摸索，一会儿，庄丽有了反应，两个人很激情地一起达到了高潮。平静下来，庄丽照例开始清算两个人的是非，马小波又照单全收。庄丽说："也不怪我说你，你没时间陪我出去玩，却有时间去玩摇滚？"

马小波想到了陈流和谢月的事，突然感到刻骨的反感，就对庄丽说："我以后再不玩摇滚了，专心工作，争取早点改变现状，让你过上有车有大房子的生活。"

庄丽感动极了，抱住马小波，无限温柔地说："你对我真好，我们一起努力，你不能把我扔在一边啊，我要和你分担。"

马小波心说：分担个屁，你别影响我的心情、别扯我的后腿，就上帝保佑了！但他还得承认，没庄丽他还真没动力。"其实我一切的奋斗都是为了你！"马小波悲凉又神圣地对庄丽说。

庄丽激动地抱着马小波吻个没完，马小波却陷入了深深的思索：怎么回事，女人的快乐是那么简单，又那么令人费解！

第二天一早，马小波就开始后悔答应庄丽不玩摇滚的事情了，他有点想不通，怎么回事，自己就为了庄丽把唯一的兴趣爱好牺牲了？他感到委屈，但已经没有了反抗的精神，也就认命了，——谁让咱是男人呢！

第三章
女　人

有些东西女人一生都离不了

　　由无数的悲欢烦恼和斤斤计较编织成的婚姻生活的第一年，就这样倏忽即逝了。仿佛从第二年过了一大半，夏天都要过去的时候，马小波和庄丽才找到结了婚的感觉，像所有夫妇一样变得务实起来。吵闹并没有减少，但双方都开始学着克制，这就是所谓的磨合吧。有一些东西却悄悄地在两个人心中生长，它们是庸常生活的烦恼和面对面时莫名其妙的懊恼。但还有一些东西也在悄悄减退，比如对性的兴趣，说白了，就是每周做爱的次数。马小波一直很投入地创业，没有时间考虑这些多多少少的事情，庄丽却察觉到还有一些无法计量的东西也在减退，比如浪漫和情调，它们和爱一起，

第三章　女　人

是女人赖以保持健康和美丽的妙药，一生都离不了。庄丽很想提醒马小波注意一下，可是她也比一年前成熟了，学会了体谅和体贴自己老公，就发扬了妇女的传统美德，为了爱人，牺牲了自己。

这一切，马小波浑然不觉，他爱庄丽，认定她是幸福和满足的。

家庭生活风平浪静，社会却每天都在发生着新鲜变化，诞生着新奇事物。谁也没有想过的事情发生了：这个城市最大的公园免费开放了。

马小波是从报纸上看到这条新闻的，庄丽则从网上获得了同样的消息。地理上的闭塞使这座内陆城市变得大惊小怪，公园的免费开放才一度成为令人瞩目的新闻事件。事实上最早播发这个消息的是电视台，更早的时候，他们还组织若干专家一轮又一轮地现场讨论过这个问题。只是马小波家的电视近来成了一扇久未打开过的窗口，搬进了新居，家务莫名其妙地比去年多了好多，两个人只好抽空利用上班时间娱乐休闲。马小波工作累，也可以抽空翻翻报纸；庄丽工作忙，也能挤点时间上网。于是回家来都懒得去开电视，一是觉得没必要了，二是不想因此让对方觉得自己还有这份精力和闲心。

忙和累是客观存在，性生活都成了新鲜事，何况别的。

因此，在此之前，他们竟然没有结伴去过那座大公园。

这天晚饭时，马小波讲了个亲身经历的笑话，说的是几天前和姜永年还有一位同事去天津出差的事。晚上三个人出来逛天津的夜市，碰到两位着性感装的"小姐"，小姐气质颇佳地操着津腔问："先生，过'新生活儿'吗？"马小波和姜永年一时都被问愣了，不知何谓"新生活儿"。幸亏那位同事爱好文学，悄悄笑了，支开两位小姐，自个儿哈哈大笑了半天。完了告诉迷惘的两位经理：

"这都是冯骥才惹的祸,他对天津人的影响太大了,连小姐都变得文化起来了。"马小波问:"就是那个大个子作家吗?"回答:"可不是?在天津人眼里,这个家伙就像普希金在俄罗斯眼里一样伟大,连小姐都跟上他学会说'新生活儿'了。"

大家哈哈大笑,完了一起奔书店买冯骥才的书去了。

庄丽听了也忍俊不禁,盘问了马小波几句有没有跟天津小姐过"新生活儿",完了也讲了一个手机短信上的笑话,说某男某女是网友,某一天相约见面,两情相悦,谈到了婚事。该男说:"我别的条件没有,唯一的是喜欢女人胸脯大,你那里到底有多大?"该女羞红了脸,背过身去扭捏着说:"也不是很大,有馒头那么大吧。"该男毅然道:"罢罢,有馒头大就满足了,结婚吧。"于是结婚。新婚之夜,雷电交加,大雨滂沱,该男奔出洞房仰天长呼:"天——呐,难道旺旺小馒头也算是馒头吗?!"

马小波大乐,乐到了喷饭。快乐的余波一直震颤到两口子洗涮完毕。

彼此给对方带来的快乐,增进了双方交谈的欲望。马小波和庄丽许多天来第一次谈了很多的话题,最后在公园免费开放的新闻上再次得到了拥有共同语言的快感。这时候,两个人的心情都好到了极点,有件事情就在这样和谐的共振中达成了默契:"不如去公园转转吧,看看什么情形。"

那就去吧,忙和累以及门票都不再是借口了。

可以与其久远的文明一起引以为傲的,是这个内陆城市远超出它的现代化和开放程度的公交设施,线路四通八达,全部是干净宽敞的无人售票巴士,乘车环境好到赛过欧洲的旅游火车。因此,人们出门乘车的首选不是的士而是巴士。据说,出租车公司的司机和公交公司的司机已经到了水火不容的程度。这些暂且不去管它,只

第三章 女 人

需知道,马小波和庄丽这一对快乐的夫妻,此时已经坐在了开往公园的巴士里。他们坐在最后一排,庄丽靠着车窗,马小波坐在妻子身边。窗外的风景熟悉而新鲜,两个快乐的人沐浴着幸福的晚风,一路上说了很多有意思的话。

他们的巴士在第一个十字路口与另一辆巴士并排被红灯拦住。由于霓虹灯的关照,两辆车里的乘客可以和白天一样漫不经心地互相观望。夫妻俩刚刚结束一轮热烈而有趣的交谈,庄丽带着满足的微笑望了一眼旁边巴士跟她并排的那个窗口,看到的一个情景令她眼睛一亮,又赶紧移开视线。她保持着一个尽量自然的姿势对马小波小声说:"喂,你看看那边巴士的这个窗口,就最近的这个。"马小波探身过来,向窗外望。庄丽赶紧推他一把,嗔道:"别这么大动作!"马小波望了半天,坐回身说:"没看见什么呀。"庄丽说:"是不是有一个老头和老太太?"马小波说:"是呀,怎么了?"庄丽继续嗔道:"你真是个猪脑子!"

马小波皱起眉头,望着庄丽眨了眨眼睛,恍然大悟:"哦,我明白了,你是说那是我们的镜子,多年以后,我们也会成为老头和老太太,你是希望我们也跟人家一样相濡以沫、白头偕老吧?"

庄丽斜睨了马小波半天:"你这么说到也没错,不过,我是问你,你看到他们干什么了?"

马小波又探身朝那边望望:"没干什么呀,偷东西?"

庄丽打了马小波一下:"讨厌,你才偷东西!"她又偷偷看了那边一眼,回头压抑着笑告诉马小波:"刚才那个老头亲了老太太一下。"

马小波瞪大了眼睛,故意大惊小怪地感叹:"啧啧,这么老了还搞情人!"

庄丽若有所思地说:"别胡说,也许是老两口。"

马小波笑道:"老两口在公交车上搞这个?你以为这是国外呀。"

庄丽挤挤眼睛,调皮地小声说:"我再看看。"

绿灯亮了,两辆车同时开出,庄丽紧盯住那个窗口。那个老头正把手臂搭在老太太的肩背上说着什么,察觉到有双眼睛在望着他们,他抬起头,看到了对面庄丽好奇的眼神,他冲她狡黠地一笑,带有表演性质地在老太太的嘴上吻了一下。

庄丽差点惊叫出声,双手猛地攥住了马小波的胳膊。马小波吓了一跳,皱起眉头问:"又怎么了?"

庄丽眼神慌乱地说:"快看快看,老头又在老太太嘴上亲了一下!"

马小波看了一眼窗外,但两辆车已经错开,他什么也没看见,收回目光,奇怪地看看受惊的庄丽,摇着头笑了。

庄丽坚持道:"真的,我看见了,那老头是故意的,故意做给我看的,他还很得意呢。"

马小波没她,庄丽也不再说话,一个人嘟着嘴想事情。

快到公园时,两辆车再次并行。庄丽忍不住又去看那个窗口,刚抬起眼皮赶紧又垂下了。她看见银发的老头捧起老太太松弛的胖脸,在她嘴上结结实实地又吻了一下,她仿佛还听到了"啧"的一声,很响亮。然后,老头和老太太一起转过脸来,冲庄丽绽露出得意的笑容,像两朵灿烂的向日葵。

这一次庄丽没有惊动马小波,下车后,她才告诉他她的判断:"他们一定是对老夫妻,他们笑得可坦然了!"

马小波笑道:"是吗,真是少见!"

庄丽不满意马小波的态度,埋怨道:"你知道什么,那叫情调,我觉得人家挺好的。"

第三章 女 人

马小波无所谓地笑笑。他的态度，令庄丽明显地有些不快。

好在，公园里的情景让他们眼前一亮，换了景物，也换了心情。

不知道是因为暑夜难消还是因为免费开放，公园里游人如织。公园很大，有真湖有真山，但人还是一团一团的。

马小波咋舌道："好家伙，不来不知道，一来吓一跳，这哪里是逛公园，简直是赶集嘛。"

庄丽附和道："不收门票了，当然都来消夜，以前肯定没这么多人。"

马小波说："敢情是，我记得以前来过一次，冷冷清清的，没几个人。"

庄丽看了马小波一眼问："什么时候，跟谁一起来的？"

马小波故意无所谓地说："记不清了，好像跟一个老家来玩的朋友吧，只记得刚进门，围上来一堆要钱的小孩儿，又扯衣服又抱腿的，很扫兴。"

庄丽有点酸溜溜地说："得了吧，别扯别的，一定是跟你从前的女朋友来的，——说，她是谁？"

马小波笑道："你神经呀，好好来逛公园，提这些干什么，又找气生啊？！"

庄丽站住了，盯着马小波说："就是要生气，我气你没带我来过，却带别人来！你说，你到底带谁来的，是不是你那个小师妹？"

马小波也有点烦了，左右顾盼一回，压住火气劝庄丽："你别闹了好不好，在家里好好的，出来丢人现眼啊？就算是带她来过，那时候我也不认识你呀，你吃的哪门子醋？！"

庄丽走到一棵树下去，头顶着树干，抠树皮。马小波跺了跺脚，跟上去，耐着性子好言相劝："算了算了，这不是带你来了吗？咱一切从家庭幸福的大局出发，高高兴兴逛公园成不成？难得来一回！"

庄丽不依："谈恋爱的时候，你干吗不带我来？现在不收门票了才来，我在你心目中还不如一张门票？"

马小波绷不住脸，笑了："你别胡搅蛮缠行不行？我记得谈恋爱的时候，我要带你来公园，是你舍不得那两张门票钱，说没啥看头的嘛。"

"那还不是因为你那会儿穷？我为你着想，你还倒打一耙了。"

"总归是你不肯来的，我能强迫你来吗？！"

"那也是因为你的态度不坚决，我说不来，你就不吱声了，你算个男人嘛？！"

马小波急了，警告道："行了啊，别上纲上线了，又不是在家里，吵起架来，叫人看笑话。"

来去的人都扭脸朝这边看，庄丽不好意思了，甩手向前走去。高跟凉鞋踩在石板路上，身形娉婷，她微微低着些头，仿佛愠怒未消。马小波赶紧赶上去，走在她旁边，也赌着点气，不想先吭声。

走过了一孔桥，走上环湖的石子路，庄丽有点走不稳，就攀住了马小波胳膊。马小波把头往上抬了抬，挺起胸脯来，无奈地笑了笑。庄丽说："少臭美，饶不了你。"马小波叹口气说："要知道你存心生气，还不如不来。"

结婚两年的夫妻还会在公园接吻吗

天黑透了，公园里的霓虹灯渐次亮起来，灯下的玻璃钢长椅上，人越聚越多，只有少数人勾肩搭背向灯光照不到的树丛中缓缓走去，更多的人则向着光明围拢。环绕着大湖，有一条环形的石子路，路边巨大的槐树，树冠相接，树干下部都被环形的玻璃钢椅圈起，每棵树下都坐着一圈人，一圈一圈向远处处延伸。

马小波看到每棵树下都生出一圈人来，觉得有意思，像雨后的蘑菇。边走边饶有兴趣地打量蘑菇们，仿佛置身于森林中，也就忘记了刚才的不快。庄丽却感到越来越不自在，沿路上，那些无聊的摇着扇子的、吮着雪糕的，都傻呵呵地打量走过身边的人，令她感到不快，甚至想逃掉。她睨一眼马小波，看到他也傻呵呵地打量着人家，王八看绿豆，大眼瞪小眼，真是莫名其妙！

终于，庄丽忍无可忍，拉着马小波拐上一条小路。

"去哪里？"马小波问道。

"去没人的地方。"庄丽回答。

马小波扯住庄丽："别去那些地方，黑灯瞎火的，坏人很多。"

庄丽坚决地说："我不怕！"

马小波央求道："你别闹了好不好，理智一点，这么晚了，谁还往黑处钻？"

庄丽指着前面的一对黑影说："你看，人家不是往没人处钻吗？"

马小波哭笑不得："你傻啊？人家那是谈恋爱的，找没人处亲热，咱们老夫老妻的，凑什么热闹呀。"

庄丽也憋不住笑了："咱们就不能去亲热亲热？"

马小波哭笑不得："咱们想亲热，还用专门来公园钻黑处？人家是没处可去才冒险钻林子；咱有家啊，回到家里，在床上折腾，打开空调，放开音乐，又凉快又浪漫，岂不痛快？"

庄丽不悦道："谈恋爱时你也没跟我钻过黑林子呀，不行，今天得补一回。"

马小波正色道："你怎么了，脑子灌水了？"

庄丽坚持道："不钻也可以，你要吻我一分钟。"说罢仰起脸来，煞有介事地微微闭上眼睛。

马小波望着庄丽脸上婆娑的树影，不由皱起眉头，打量着她冷笑。庄丽等不到，睁开眼睛命令道："快点，别磨蹭！"

马小波眨眨眼睛，笑道："真来呀？！"

"费话，接个吻有什么真的假的，又不是亲别人的老婆。"

马小波顾盼一番，游人川流不息，有几个人正向他们这个方向走来，他捉住庄丽的胳膊，央告她："别闹了别闹了，这么多人，回去再说吧。"

庄丽不让步："不行！人多怕什么，你看看周围，多少人在接吻，碍着别人什么事了？"

马小波说："人家那是在谈恋爱！"

庄丽说："可我们也不过结婚刚一两年！"

马小波正色道："你这是发昏，谁家结了婚在外面亲嘴，你以为这是在西方社会啊，不怕丢人！"

庄丽说："这是要你补偿我，你吻不吻吧，不吻马上就改两分钟了。"

马小波说："你胡闹。"

庄丽说："三分钟！"

马小波说："算了，不逛了，回吧，回去吻死你！"

庄丽说："四分钟！"

马小波的忍耐到了限度，一把把庄丽扯到树后，嚷道："够了！你别折磨我了，别再闹腾了，我整天应酬别人，回家就图个轻松自在，为了快乐咱才出来逛公园，可你却给我出难题，你就不觉得我累吗？你就不爱我？！"

庄丽也气白了脸，低声嚷道："我这是给你出难题吗？不过让你吻自己的老婆而已，有什么让你感到累的？！好了，就在这里也行，你吻我五分钟，不然，跟你没完。"

马小波咬牙切齿道："你不正常，你在车上就开始不正常了！"

庄丽回敬道："你才不正常！"

马小波愤然转身，向湖边走去，两步越过石板路，跳上一块石头，坐下来，望着远处水面上晃动的红色霓虹灯的光影发愣，气恼令他愁容满面。他想不通，这个女人今天怎么这么神经！

庄丽一个人在树下呆立了半晌，缓缓走过来，问道："你不是想投湖吧？"

马小波头也不回，回答道："正考虑呢，还拿不定主意。"

庄丽不屑地说："就为让你吻我？"

"你这是不体谅我，是不理智的要求。"

"那我先回家呀。"庄丽淡淡地说完，转身要走。

"胡闹！"马小波扭过头，瞪着庄丽，"一块儿出来的，为什么你一个人回去？你是存心要我不好受吧？！"

庄丽淡淡一笑："那你先回，我一个人走走。"她平静地注视着他，眼睛里充满了失望。

马小波盯着庄丽，苦笑不已。良久，他一字一顿地说："随你的便！"

庄丽转身，沿着石子路，缓缓向远处走去。

马小波怒视着庄丽渐去渐远，仿佛想把那愤怒的目光变成把钩子，勾住她的后脖领子，把她拉回自己身边。他实在搞不懂这女人今天是怎么了，那会儿在车上胡说八道，现在突然又提出这样没脑子的要求来。"真是个怪脾气的倔女人！"马小波收回怨怒的目光，继续欣赏湖上游动的光影，但那光影并不能使他心情变好，相反，它们像一条条闪着妖光的游蛇，使他陷入诡异纷乱的臆想之中。他伸出手去，用力拍了一下自己的额头，驱赶那些疯狂的魅影和心头的懊恼。一直以来，他是向往幸福美满的家庭、也愿意忍让自己的妻子的，但在她无理的要求面前，依然忍不住要发火。现在，他甚至开始怀疑庄丽的素质和自己当初的选择了，跟这样一个女人生活一辈子，他仿佛看到以后的婚姻路途上一重又一重的关卡，陷阱满布、险境丛生。是的，他开始反思自己的婚姻了，只是找不到合适的处理办法。因此，他没有还勇气，也还不至于想到那两个解决根本问题的字眼。

湖上的微风送来一阵凉意，马小波忍不住张望了一下庄丽消失的方向，那里人很多，但是没有他熟悉的那个影子。他隐隐担忧起庄丽的安全来，由此，他又发觉自己是爱着她的。他相信她也是同样爱着他的。那么，去找到她，好言相劝，她会明白自己过于任性的，会跟他一起回去的。按照以往赌气的惯例，庄丽一定也有所反省了，会在前面不远处等着他。马小波深信不疑。

他站起来，跳下石头，向那个方向快步走去。很快，马小波

第三章 女 人

发现自己进入了游乐区，不时有人招呼他试试太空飞车或者练练枪法，他无心搭理他们，走过那些为了吸引儿童而打扮成童话里宫殿模样的玩乐场所，在川流的游人里寻找庄丽的身影。很快，马小波发现庄丽站在碰碰车棚边看别人玩，急忙跑过去，但是认错了人。马小波和人家道歉，然后继续往前走。走出十几步去，他突然站住了，脑子里灵光一闪，转身就往回跑。

马小波气喘吁吁分花拂柳地在人丛中穿梭，回到他刚才离开的湖边，果然看到庄丽正站在他刚才坐过的石头边。马小波笑了，一直跑到庄丽的身边。

庄丽转过身来，沉静的表情使马小波没有防备地感到惊讶。庄丽望着他，目如朗星，开口道："怎么样，想通了吗？"

马小波赶紧赔上一个笑脸："想通了想通了，是我错了，咱回家吧。"

庄丽皱了皱眉头："我是问你，肯不肯在这儿吻我五分钟？"

马小波愣了，端详庄丽片刻，推心置腹地说："我们能不能不这样？"

庄丽坚决地说："不能！"

马小波盯着她，怒气再次在眼中凝聚，他不能控制自己了，脱口骂道："你是不是发神经了？你要是不想过日子了，我们一起投进这湖里算了！"

庄丽冷冷地盯他一眼，再次转身离去，一个人向远处走去。

这次，马小波射向她背影的目光，不再像一把企图拉人的钩子，而像一把尖锐的刀子，——他想解剖开她，看看里面究竟是什么东西在作祟，她怎么会突然变成这样！

上帝总是用制造意外来安慰你

马小波百思不得其解，懊恼甚至动摇了他生活的信心，可他不得不再次去寻找庄丽，但这次不是因为爱情，而是不想因为她的走失或出事而使他的家庭陷入麻烦，不想因此搅乱工作和生活的秩序。他的脚步不再自信和从容，他对每个人怒目而视，并揣摸别人看到他这副样子时的心理活动。事实上，没人注意到他。他也清楚这一点，但沮丧使他觉得自己幻化变形，变成了一只犀牛或者令人不安的神鬼人物。他想象自己正轻飘飘脚不沾地地行走，像一个不散的阴魂。

马小波的步子不紧不慢，心下并不急于追上庄丽，因为追上了也不意味着问题的解决，只是觉得必须跟着庄丽，——只要这样跟着，她就不会出什么事情。马小波始终沿着这条石子路在走，并确信庄丽遵守一个规则，那就是不能闹得太过分，不能离开这条石子路，走上别的路去。凡事都有个度，这就是他们夫妻之间的度，他们平时也闹，但有些禁忌是不能打破的，那就是，以家庭和生活为重，不能闹得不可收拾。

对于生气的人来说，时间是模糊的，马小波此刻更是如此，庄丽的反常令他头昏脑涨，两条腿机械地迈动，两只眼木然地打量别人，忘记了自己行走在时间的河流里，记不得走过了几座桥，路过了几处冷饮摊位。直到他觉得眼前的景物有些熟悉，才发现已经绕着这湖走了一大圈，回到了他们吵架的大石头边。这时，马小波猛

第三章 女 人

醒了，左右看看，发觉游人已经明显稀少，已经是午夜光景。他掏出手机来，看看上面的时间，确定已经十一点多了，于是他感到了夜的黑，——这黑不是来自时间，而是来自于眼前的岔路，他的妻子，那个叫庄丽的女人，走出了规则，走上了岔路，在他浑然不觉的情况下，消失在黑暗当中了。

"她怎么会这样？何至于这样？！我都打算先向她妥协，苦心想出来一个不错的玩笑结束这该死的不快了。她却没有给我机会！"

马小波感到了绝望的降临，他开始自卑，开始觉得自己是个不幸的人。后来，担心拯救了马小波，把他推上了一条岔路，他必须真正地去寻找她了。这条路依然是弯弯曲曲的，路灯使花草变成灰色，马小波大步走过它们。一个小孩悬在氢气球上迎面而来，飘过他的身边，他年轻的父母微笑着，不声不响地跟在后面。马小波忍不住回头望了他们一眼，觉得孩子手里攥的不是气球线，而是他父母的视线，他在扯着父母的目光蹦蹦跳跳地往前走。马小波羡慕地笑了笑，转回头来，继续往前去，感到了自己的目光疲软委顿在地上，它们失去了牵引的力量，像两条烂草绳，让他的脚步磕磕绊绊。他忍不住并拢双脚，向上跳了一跳。

出乎马小波的意料，这条岔路并不通向黑暗，而是抵达了公园的中心大道，这里，依然称得上游人如织，巨大的花坛上，坐着一大圈累了的人们。

这情景使他失声冷笑，好像乍见光明的人被刺激得打了个喷嚏。

与此同时，喧闹和生机的扑面而来，使马小波有了隔世之感。他们在午夜依然留恋不去，像庄丽无理的要求一样令人不解。马小波走在他们中间，仔细地审视每一张面孔，但心里并不指望找见自己的妻子。他寻找的热情已经尽数退潮，既然庄丽走出了规则，那么无论消失在黑暗里，还是混杂在扰攘的人丛中，都不再能使他燃起和解的热情。马小波知道，假如庄丽在这里突然出现，依然会向他提出那个可笑的要求来。他当然只能再度拒绝，那么，她会再次消失。既然如此，找见她就成了一件毫无意义的事情。这使他开始感到前路的渺茫和漫漫无期。

此时的马小波已经不能专心地寻找庄丽，他开始寻找走出公园的路，可是，他发现，自己已经迷路了。想到可能因此影响明天的工作，马小波不由咬了咬牙，一种被囚禁的感觉令他烦躁不安，他明白，只要朝着一个方向一直走下去，一定能走出公园，但那也可能是他回家的反方向，并且要走完一段相当长的路，同时，他要浪费掉大量的时间。而他却急于回到家里，享受一个充足的睡眠来保证明天的工作状态不是很差。就是这遥远的路途或者大量的时间囚禁了他，于是他发现，并非狭小的空间才能囚禁人，有时候空间和时间上的自由也能使人陷入囚笼。

马小波找到了此刻的目标，他需要一个方向，不得不问一位生意萧条的碰碰车老板："麻烦问一下，哪个方向是北？"那个平头方脸的中年人反问他："你玩不玩？"马小波摇摇头。中年人垂下眼皮，抬手指指马小波的来路："北在那边。"

马小波谢过人家，向北走去。现在他在一门心思寻找出路了，庄丽的去向已经没有必要去确定，无论她已经回了家，还是迷失在公园里要待到明天早上，都不再使他惊讶和担忧。她已经不再遵守那个规则，一切便都不同了。马小波如释重负，轻松地向前走，一直走到路灯的尽头。前面黑洞洞，已经无路可走，他茫然四顾，发现了一块立着的牌子。凑上去看，正是公园地形图，红色的圆块表示他目前所在的方位。马小波上北下南地比画了一番，才知道自己

第三章 女 人

上当了，——他一直在朝南走。他没有气恼碰碰车老板的歹毒，摇摇头，折向西北方向。

只走了十几分钟，马小波就看到了夜班警察的巡逻车，他得意地挑了挑嘴角，走上去问道："请问，最近的出口在哪里？"

警察打量他一眼，指给他一条路："顺着这路一直往前走，一会儿就出去了。"

"得多长时间？"

"十几分钟吧。"

马小波谢过人家，笑嘻嘻地上了路，——他有点讶异自己的麻木，竟然没有向警察打听是否看到一个单身的年轻女人。果然，十分钟后，他来到了大街上，刺眼的车灯，让他感到了自由的快乐。

马小波站在人行道上，回头望望公园，发现根本就没有什么出口，公园的开放是彻底的，连个栅栏都没有，从哪里都走得出来。这很出乎他的意料，奇怪两个人进去时怎么就没注意到。

与双双出门时不同，紫红色的夜空下，马小波一个人靠着站牌等末班电车，与城市交换冷漠的表情。在毫无感情色彩的报站声中，电车终于滑行而至，一位穿连衣裙的少妇走下车门，瞥了他一眼，飘然而去，给凉爽的空气中留下淡淡的夹竹桃的香味。上车后，马小波坐到了一个女人的对面，望着车窗外那少妇已为夜色消融的背影，马小波想，也许，庄丽就是这样无声无息地消失在黑暗里，再也不会出现了。

投射进车窗的光影游移变幻，很长时间后，马小波才发觉对面的昏光中，那个女人一直在目不转睛地望着他。他下意识地感到他们可能认识，赶紧收拢纷乱的思绪，定睛辨认了一下。那个女人冲他莞尔一笑，——正是那个曾给过他无限温暖的笑容，他还发现，这笑容跟几年前一般无二。不期的邂逅，令马小波有些慌乱，甚至莫名地有点感伤。同时，他又很庆幸没有找见庄丽，因为他想起来，这个女人正是庄丽盘问过的，那个曾经和他来过公园的女人。马小波本来已经把她淡忘了，可她在庄丽的怀疑中再度出现，马小波搞不清，这是上帝的玩笑还是女人的第六感在作怪。

一瞬间，马小波想起许多事来，并想起来是他对不起她，这个叫刘阿朵的女孩。不过三五年的时间，马小波发现她已经有些憔悴了。而且没来由的，心头升起一阵温暖，他下意识地用很洒脱的神态向她暗示自己值得骄傲的一切，潇洒地笑道："朵朵啊，这么巧？"

意外的相逢，使刘阿朵惊喜，并深深地羞涩，她目光喜悦地盯着马小波的眼睛，思考了半天才问道："小波？你一上车我就看见是你了，真的是你！"

马小波仿佛突然间换了一个人，找到了作为男人的感觉，——人就是这么奇怪，同样一个人，在不同的人面前，就是不同的角色和自我感觉。一见到庄丽就有些不知所措的马小波，在曾经被他拒绝的刘阿朵面前，从容得令自己都感到惊奇。马小波问："你毕业了吧？"

刘阿朵笑道："毕业好几年了，我老当学生啊？！"

马小波自嘲道："可不是，我们认识的时候你都大四了！看我这脑子，都是忙的。那你现在在哪里上班？"

刘阿朵又笑了笑说："在十四中当美术教师。"

马小波先说："当老师好啊，现在教师待遇越来越高了。"转念又问："十四中？在郊区啊？"

刘阿朵说："就是，买东西很不方便。不过，我倒喜欢那里的清净，你了解我，我性格太内向，不适合到那些大公司打工的。"她笑笑问马小波："你呢，挺好的吧？"

第三章　女　人

马小波不易觉察地叹口气说："还行，就是太忙，每天累得跟孙子似的。"

刘阿朵被逗笑了："你以前从来不说粗口的。"马小波也有点不好意思地笑了。

刘阿朵突然看看窗外说："哎呀，我要到了，咱们留个联系方式吧。"匆匆忙忙把包放在膝盖上拉开，从里面翻出一个通讯录来，翻到其中一页，递给马小波。马小波接过来，借着掠过车窗的灯光，写下了自己的手机号码，他犹豫了一下，没有留家里电话。刘阿朵接过来，准备撕下一页给马小波写自己的地址，电车到站了。马小波说："赶紧先下车，回头有事你找我就得了。"

刘阿朵在电车的报站声中匆匆下车了，她回头望望，招招手，走了。上来一个男人，坐在刘阿朵刚才的位子上，看了马小波一眼。马小波扭头看窗外，窗外，刘阿朵已经消融在斑斓的夜色里，仿佛从未曾出现过。

马小波想："这是今天被夜色吞噬的第二个女人了。"这次，他的眼没看到，但心看到了。

电车再次开动了，马小波展开五指，理了理自己纷乱的头发和心绪。

邂逅刘阿朵，知道她生活得挺好，马小波有一些释然，才意识到自己其实一直对她很愧疚，只不过深深地掩藏着，连自己都没发觉，或者一直在假装没发觉。马小波仿佛刚从一个梦里醒转，又想起了庄丽，猜想她是否已经回到了家里。他给家里打了个电话，——庄丽出门时没带手机——没有人接听，马小波只听到自己设置的录音：您好，主人不在家，有事请留言。

马小波侥幸地认为庄丽很可能已经睡下了，懒得接听他的电话。既然他已经不再把她放在心上,她同样可以把他抛在脑后。

上了楼,掏出钥匙开门的时候,马小波突然想起,庄丽不但没带手机,而且没带钥匙。马小波不由出了一头冷汗,张望了一下楼梯口,但他没有跑下楼去,而是开了门,走了进去。走了大半夜的路,他需要在沙发上靠一靠,然后再尽一个做丈夫和亲人的责任:去寻找庄丽。

马小波很疲惫,坐下就睡着了。可他提着心呢,梦见自己跑回公园去找庄丽,庄丽就在湖边那块大石头上,他悄悄从背后拍了一下她的肩,庄丽吓了一跳,"咯咯"地笑着跳下来追他。他不停地跑,怕被追到,庄丽不停地追,嘴里喊着:你站住,吻我,吻我五分钟……

在梦中,他们像两只蝴蝶,翩翩追逐,玩得很快乐。

幸福要靠痛苦和牺牲来换取

马小波是被吓醒的,小区里有谁家办喜事,子时燃放烟花爆竹,跟打雷似的,附近的车都开始拉响防盗警报。马小波一下站起来,心跳得快爆出胸腔了。抬头看看墙上的石英钟,果然刚刚十二点,也就是说睡了不足五分钟,但是马小波已经感到精力充沛了,同时头脑也变得冷静。他决定出门去寻找庄丽,然后向她温柔地忏悔自己的不解风情,如果她还要求他吻她,他就毫不犹豫地把嘴唇贴上去——有个啥吗!马小波为自己表现出男人的胸怀和头脑感到骄傲,心中充满了自信,他把茶几上果盘里的水果刀揣兜里,准备去公园里最黑暗、最不安全的地方寻找庄丽,心中充满了神圣感。

准备停当，马小波拉开门，还没来得及迈出第一只脚去，一个人影从身边轻轻地飘进去，像一片羽毛那样不易觉察。马小波赶紧关上门，回身追上她，从后面一把抱住，把脸贴在她的头发上。"对不起，宝宝，你担心死我了。"马小波心中一块石头落了地。

　　庄丽一动不动，任凭马小波一个人趴在自己肩膀上忏悔，良久，她轻轻地挣脱开他的怀抱，走向洗手间。马小波不甘心地又抱住她，庄丽语调平静地说："行了行了，我累了，洗洗睡呀。"推开马小波，去了洗手间。马小波震惊了，他想过庄丽会哭会闹，怎么也想不到她会这样冷漠，仿佛心如死灰了。马小波徒然被抽去了刚刚积蓄起来的热情和力量，他软软地坐到沙发上，脑子里一片混乱。看来庄丽没有打算草草结束他们的不快，她要用女人的心死来对他进行惩罚。马小波仰靠在沙发上，听着庄丽在洗手间里发出来的声音，她像个没事人一样的干着她该干的，完全忽略了这个男人的存在。马小波望着前面的白墙发呆，他希望庄丽看到他可怜的样子和脆弱的内心，放过他。他急于寻求结束的方法，真想给她跪下！

　　洗手间的门开了，庄丽从容地走过马小波面前，苦瓜洗面奶淡淡的香味让马小波感到了对女人的温柔格外强烈的渴望，他望着庄丽，像一个饿极了的婴孩望着散发着奶香味的妈妈。但是庄丽没有看他，她径直走进了卧室，轻轻地把门关上，然后，马小波从门上的毛玻璃看见她开了灯，片刻，又关了灯。

　　马小波最后一个希望的肥皂泡破灭了，他闭上了眼睛，觉得被整个世界抛弃了。他很想走进卧室，给她耍点赖皮，请求她原谅他，或者故伎重演，用暴力来进入她，让她最终变得像水一样的温柔。但他站不起来，他第一次想到了"尊重""尊严"这些不该在夫妻之间强调的字眼，庄丽的举动让他感到了被人轻视的糟糕感觉，这种感觉像水银一样往他的骨头里渗透。"这样下去，她早晚会把我变成一个唯唯诺诺的人，一个在别人面前抬不起头来、没有主见的人。"马小波的心头开始升起恼火，他仿佛看到煤气灶被打着了，蓝色的火焰一跳一跳地升腾。

而且，马小波开始拿不准庄丽是否真的爱着他，庄丽诸多的不满和怨恨，以及她的冷漠，是由爱而生，还是因为自己根本不是他最想要的那一个。"而且，无论如何，她不该打破游戏规则，置自己的安全、家庭的幸福、丈夫的前程于不顾，任性地在午夜到处乱跑，这是一个结了婚的女人绝对不应该做的事情！"怒火燃烧在马小波的胸中："我必须警告她，以后再也不允许这么做了！"怒从心头起，恶向胆边生，马小波跳起来，一个箭步冲到卧室门口，"嘭"地推开门，开灯的同时大喊一声："你起来，我有话跟你说！"

庄丽微微睁开眼睛，不屑地望着马小波，眼神里充满了蔑视。马小波居高临下，指着庄丽，激动得语调都变了："你、你凭什么这样？三更半夜乱跑，出了事怎么办？！"庄丽垂下眼帘，轻轻地说："行了行了，三更半夜大喊大叫，你别在这里丢我的人了，我要睡觉。"四两拨千斤，马小波突然就没词了，他哆嗦着问道："你说，你要怎么样才肯饶过我？我明天还要上班，还要给你挣钱，你能不能体谅我一次，不要毁了我！"庄丽冷哼一声，不阴不阳地说："我毁了你？这像个男人说的话吗？小肚鸡肠！要毁也是你自己毁你，别什么事都怨我，像个怨妇！"

马小波突然就失去了理智，扑过去扳过庄丽来，狠狠地扬起了巴掌，使足力气向那张写满了轻视的脸上打了下去。但是，就在要打在庄丽脸上时，马小波硬生生地收住了手，没有完成这个可能打碎一切的动作。庄丽一闭眼睛，准备接受重创，然后开始跟他破纪录地大闹。可是那巴掌没有下来,她的脸只是感到了掌风。庄丽睁开眼睛,看到了马小波无奈、痛苦而扭曲的表情,可惜她没有看到这个男人的软弱可可怜,只看到了他的可恶和凶狠,她愤怒了,歇斯底里地大叫一声:"你他妈的竟敢打我!"与此同时,她响亮地给了马小波一个耳光。

马小波没有还手,他像一座坍塌的大山,轰然倒地,瘫软在庄丽身边。卧室里突然出其得平静。马小波的脸火辣辣的,他不是被庄丽的巴掌击倒,而是被极度的绝望打昏了。马小波躺在那里,努力地保持着理智,他等待着,等待着。终于,他感到两颗热热的水珠滴在了自己的脸颊上,同时,一个绵软而温暖的身体在抽泣的伴奏下抱住了他,庄丽把湿淋淋的脸贴在他脸上说:"宝啊,对不起,我不该打你,不该折磨你,不该不体谅你……"

马小波悄悄地笑了,他幸福地想:"感谢上帝,终于结束了!"同时,他感到自己的眼泪也小心翼翼地流出了眼眶,脸上痒痒的,很舒服。马小波享受地躺在庄丽的怀抱里,心里偷偷地乐,暗想:"真有意思,男人打一次女人,后果可能就是离婚,而女人打男人一百次,打也就打了,有时还需要人家打,——嘿,其实男人比女人贱多了!"

第四章
分　居

痛苦的根源或许就是爱

星期六，两个人终于有时间在一起了，却吵了两次，原因都很无聊。中午的一次是因为马小波做饭时放多了油，庄丽嫌腻，把饭碗推到一边投入地抱怨起马小波来。马小波央求庄丽将就一些，晚上出去吃，庄丽照例不屑一顾，不依不饶，于是马小波就发了火，叫庄丽滚。庄丽把筷子摔到桌子上，拧身去了卧室。庄丽刚走，马小波就后悔了，跟到卧室哄庄丽。庄丽当然不肯饶马小波。马小波的示弱没有起到任何效果，想到庄丽从来不肯饶恕自己，每次总要搞到心力交瘁，心里就难过起来，趴在庄丽旁边呻吟。庄丽起初置之不理，后来发觉马小波真的不对劲了，这才着慌，抱着马小波安

第四章 分 居

慰起来。

　　后来，两个人都冲动起来，开始抚摸和做爱。每次吵架之后，他们总是情绪高涨，做爱质量很高，庄丽顺利地有了高潮，马小波表现也出色。休息了片刻，两个人都感到很饿，匆匆洗过，马小波又去把饭改造了一下，添了水，打了个蛋花。庄丽说这次很香，吃得很投入。马小波很释然，脸上微笑着，心里充满了忧伤。

　　一直到晚上，两个人都没吵架，其间出去遛大街，给马小波养的观赏龟"独孤求败"买了两角钱的小鱼苗。晚饭后，收到一个手机短信，马小波正在卧室看电视，庄丽替马小波看了，然后把手机拿过来给马小波。马小波看了看，是办公室一个实习生发来的圣诞祝词。庄丽在客厅擦地板，随口问马小波："男的女的？"马小波怕庄丽又要瞎猜忌，又怕浪费看电视的时间，随口答应："男的。"马小波以为就过去了，庄丽却跑进来，手里提着抹布，居高临下盯着马小波问："你说实话，男的女的？"马小波皱起眉头说："男的，骗你干吗？"庄丽很难看地笑了："男的？你不是告诉过我这个名字是女的吗？"马小波冒了汗，想起以前的确告诉过庄丽这个实习生是女的。马小波难为情笑笑地说："怕你多心，没别的意思。"庄丽拧身出去了，在外面大声说："真不知道你还有多少事瞒着我！"马小波的心向下坠去，他只是不想让庄丽再度猜忌自己，只是被庄丽误会怕了，谁能想到越怕事越出事。

　　于是电视看不成了，马小波又追着庄丽去解释，庄丽当然不肯听，又翻出以前的一些事情来指责马小波。马小波劝庄丽不下，痛苦地蜷到沙发上，突然就想到了死。庄丽这次很平静，仿佛看穿了马小波。马小波百口莫辩，同时百思不得其解，不知道他和庄丽之间为什么会如此脆弱，一个普通的祝福的短信就引爆了一场战争。马小波感到了绝望和累，冲动之下说出了一个庄丽说过无数遍的词:"离婚!"庄丽不屑地说:"同意。"然后去了卧室。但马小波马上就后悔了,爬起来追过去求饶。因为马小波发现,自己连想象一下没有庄丽的日子都不能,他太爱庄丽,没有庄丽真会活不下去。马小波不停地请求庄丽的原谅,并许诺愿意承受一切跟庄丽在一起的痛苦,包括庄丽的坏脾气和铁心肠。一直闹到半夜,两个人才勉强睡去。马小波祈祷着,但愿庄丽明天不会再跟自己闹。

第二天平安地过去了,彼此相安无事,马小波暗自高兴,觉得老天爷真是有求必应。

然而,躲了初一躲不过十五,星期一冷战还是开始了。庄丽一上班,就上网查了马小波的短信清单,发现马小波有几天跟一个号码联系频繁,就拨通了该号码,听到一个女孩的声音后又挂掉了。其实那个女孩就在马小波旁边接的庄丽电话,她是策划部办公室刚来的另一个实习生。女孩接听了一下,没人说话,刚要问,那边就挂了,因为是个陌生号码,她没有回拨。当时办公室没人说话,她的手机铃声又特别大,马小波抬头看了看她,但马小波怎么也不会想到那是庄丽打来的,那女孩当然更不会想到,或许她一辈子都不知道马副经理的太太给自己打过电话。

接着,马小波收到庄丽发来质问自己的短信,他觉得庄丽质问的号码有些熟悉,抬头看到那个实习女孩,把几件事情综合起来想了想,这才明白怎么回事。马小波感到了羞辱,因为庄丽把自己看成了一个随便的家伙;马小波也很气愤,因为庄丽总不相信自己的清白,她坚信马小波是个花心大萝卜,并且锲而不舍地收集着证据!

整整一天,庄丽都在用短信羞辱和剖析马小波,马小波万念俱灰。庄丽不知道,马小波奋斗的信心和勇气都来自于让庄丽幸福的信念,而她正在干些什么傻事啊!马小波强打精神上班,盼着下班

第四章　分居

后回到家，当着庄丽的面给那个实习女孩用电话免提通个话，让庄丽听听那几天他们为什么频繁联系。那个女实习生，那几天是被姜永年派去外地出差，她没有经验，又不敢给姜永年打电话，只好不停地问马小波该如何处理遇到的事情，长途话费又贵，就不断给马小波发短信。就是这么简单。

下班后，马小波特意去接了一次庄丽，希望她能因此怜悯一些自己。但庄丽不肯跟马小波说话，也不肯跟马小波一起走。两个人一前一后上公交车，一前一后下车，形同陌路，又一前一后走回家。一进家门，马小波赶紧给庄丽解释，又给那女孩用免提打电话。折腾了一头汗，庄丽终于听明白了，但还是不能原谅马小波，她对马小波说："你把她骂一顿我才相信你！"马小波愣了，不可思议地打量了半天庄丽，告诉她："那女孩可是我们王总介绍来实习的，人家跟我没有任何关系，还帮了我不少的忙，我怎么可以平白无故骂人家？！"可庄丽依然不肯饶过马小波，耍赖皮说："就算你跟她没关系，跟别人也有关系，反正你花心，不能让我放心。"马小波被激怒了，但是等不到他发作，庄丽开始骂他是垃圾、白眼狼。马小波痛苦地闭上眼睛，像往常一样默默地听着，忍受着，绝望的情绪越来越浓。

庄丽终于骂累了，马小波无力而痛心地告诉她："我希望过平静幸福的生活，不想每天吵架，太累了。"庄丽马上说："那就离婚吧。"马小波当然不同意，他知道自己离不开庄丽。马小波说："就算你不为我着想，也为你父母想想，绝对不能离婚，他们会受不了。"庄丽说："不离婚我就跟你闹一辈子。"马小波问："为什么？"庄丽说："我心里对你有怨气。"马小波沉默了半响说："你这是不信任我，这样吧，给我三年时间，咱们分居三年，如果我不爱你，是个花心的人，肯定熬不过这三年。三年后你觉得看清楚我马小波了,咱们再一起生活;如果你觉得三年不够,那么十年,十年的考验我马小波经受住了,你再叫我回到你身边。"庄丽想了想,同意了,他们达成口头协定:所有存款归庄丽,房子归马小波,家用电器公用,家务轮值。然后,庄丽给马小波找了一床新被子,马小波从此搬到书房住。

马小波太想证明自己对庄丽的感情了,也实出无奈,才出此下策。协议生效的前一刻,他突然意识到也许就真的从此失去庄丽了,这是多么可怕的事情!马小波悲从中来,抱着庄丽大哭,庄丽也哭。马小波吻遍了庄丽的全身,与庄丽长长地吻别。有一刻马小波以为感动了庄丽,但庄丽没有丝毫回心转意的表示。那一刻,马小波在心里悲愤地质问老天:"为什么这么冤枉一个好人?!为什么人活着这么无奈?为什么两个相爱的人偏偏不能拥有幸福的生活?"没有人回答马小波,马小波只能抱着他的铺盖卷去书房。

马小波抱着被子,故意磨蹭着,希望庄丽留住他,但庄丽靠在床头专心地看电视。马小波哀伤地跟庄丽说再见,庄丽笑马小波像个孩子,轻松地开他的玩笑。马小波只好失望地走开。

不知为什么,马小波觉得正孤独地走向另一个世界。搞不清自己是在逃避,还是在寻找。

没有人知道,此刻马小波是多么悲伤。为了能够有一生的时间去爱庄丽,他必须跟庄丽分居,三年,或者十年。

"我是看到你们的幸福才有勇气面对婚姻的"

分居后的第一夜,马小波睡得很不安稳,屡屡从梦中惊醒,直

第四章 分 居

到被手机闹铃吵醒，已经是七点整了。赶紧起来去喊庄丽上班，虽然不在一张床上了，马小波的生物钟已经习惯了过去的节奏。只是昨晚没有人管束，马小波突然就恢复到了单身状态，一个人在网上泡到凌晨两点，现在只觉得头重脚轻。

庄丽的卧室门反锁着，马小波敲了敲毛玻璃，说："快起来，该上班了。"本来想叫"小丽"，想起庄丽昨天特别交代过不准再跟她暧昧，叫名字又很不习惯，为难之间，干脆把主语省略了。马小波估计庄丽听见了，只是不想搭理他，就想按惯例继续回床上睡觉，却下意识地走进了厨房。马小波怔了怔，发现自己是想给庄丽做点早餐，不是为了讨好庄丽，是发自内心想给她做点吃的。结婚三年来，马小波一直不知道庄丽每天是如何解决早餐的，现在分居了才想到这点，感到很愧疚。

庄丽从卫生间出来时，马小波的牛肉羹已经熬好，加了半块方便面。马小波招呼庄丽吃饭，庄丽也没有感激的表示，这样让他更感到安慰。马小波决定用他们家乡对女孩的昵称喊庄丽"女子"，这里面有把庄丽当自己妹妹或女儿看待的味道。如今这样的情形，马小波还能把庄丽看成自己的什么人，才可以关心照顾她呢？

庄丽"呼呼"吃得挺香，要马小波一块儿吃，马小波说："我困得厉害，吃不下。"庄丽就招呼马小波再去睡会儿。马小波回到书房，睁着眼睛躺在床上，听着庄丽一直吃完，又听见庄丽去卫生间洗什么东西，马小波猜庄丽是在洗自己扔在那里的脏手绢，心里突然有些感动，为庄丽的投桃报李。

庄丽出门后，马小波接着睡。做了一个从前做过的梦，梦中的庄丽邂逅了她在大学时的一个"大哥"，庄丽忘情地拥抱他，他也在抚摸庄丽，而马小波站在旁边却无可指责，因为他们不是恋人，而是"干兄妹"。妒忌像成千上万只蚂蚁在噬咬着马小波的心。惊醒后，心"突突"跳，心情郁闷极了。爬起来，去了卫生间，慢慢地洗漱。完了回到厨房，吃庄丽给他剩下的早餐，无精打采地去上班。

马小波轻飘飘地到了办公室，想把昨天的策划收个尾，感到头有些晕，只好关了电脑。中午，庄丽打过电话来，问马小波吃过饭没有，马小波说没有食欲，庄丽就催马小波快去吃饭："去吃小笼包子吧，捎一笼回来我晚上吃。"马小波知道，庄丽这是怕自己不去吃饭。到底是三年的夫妻了，庄丽说到底还是关心马小波的，她恨马小波"花心"，却像别的做妻子的一样，希望丈夫身体好、事业顺利。

吃过饭，精神好点了，情绪还是不高，马小波隐隐觉得对庄丽的思念是如此刻骨铭心。

晚上下班时，庄丽打电话叫马小波不要回家做晚饭了，她正跟死党范红开车串商场，叫马小波等电话一块儿去吃饭。马小波抓紧时间去超市给庄丽买了油茶和鸡蛋，准备明天早上继续给庄丽做早餐，又赶着送回家里。

跟范红一起吃饭时，庄丽居然拿他们的分居开玩笑，马小波也没有遮掩。这吓坏了范红，她搞不清庄丽和马小波是否真在开玩笑。可怜的胖女孩是因为看到庄丽和马小波的恩爱才开窍谈恋爱的，此刻都快吓傻了。最后范红像个小女孩一样无助地央求庄丽和马小波："姐姐、'姐夫'，别吓我了好不好？我是看到你们的幸福才有勇气面对婚姻的！"

马小波闻言黯然不已，庄丽也赶紧对范红说："跟你开玩笑的，我们怎么会这样？"马小波听了都快哭了。

送走范红，两个人相跟着回家，路上马小波忍不住想搀庄丽，庄丽躲开了，告诫他："规矩点！"马小波觉得这个"游戏"自己

第四章 分 居

真的没有意志再玩下去了，真想向庄丽讨饶，但庄丽的表情告诉他这是不可能的。马小波再次靠近庄丽，庄丽再次躲开时，马小波气急败坏地说："就算我们不是夫妻，我看上你了，要追你还不行？"庄丽开心地笑了，边笑边跑。马小波发现，如果再让自己做出选择，他还是会爱上庄丽，此刻马小波看到庄丽就像刚认识她时那样心动。可是，造化为何如此捉弄人？

　　回到家，马小波找了很多借口跟庄丽坐在一起说话，庄丽很开心，看得出，她对马小波的"追求"感到很享受。庄丽像谈恋爱时一样显得通情达理、小鸟依人，好好地说了不少话，她知道马小波昨晚熬夜了，又催马小波早睡。马小波渐渐平静下来。无论如何，庄丽在法律上还是他的妻子，如果这种情形能让他们不再不断争吵，马小波愿意接受这种"暧昧"的相处方式。而且庄丽吓唬马小波："你要敢跟我亲热，我会重新在意你的那些事，我会跟你吵的。"马小波真被吓住了。

　　庄丽睡着后，马小波推了推庄丽的门，门没有像昨天一样锁上。马小波心下释然，想到庄丽咽喉不好，有半夜喝水的习惯，就倒了杯水，轻手轻脚走进去，放在床头柜上，又为庄丽掖了掖被角，悄悄退了出来。

男人和女人有天壤之别

　　马小波发现了一个不错的网络游戏，不知不觉玩到了凌晨三时，"单身"的生活真是没节制。马小波下了网，轻手轻脚上过洗手间，回到书房，铺床、脱衣、点眼药水，然后关上灯。不经意一扭头，看到黑暗中房门慢慢开了，依稀看到一张脸在看着马小波。马小波一惊，莫非是庄丽？就叫了一声，庄丽笑着打开了灯，只穿着内衣，冻得缩成一团。马小波赶紧撩开被子叫庄丽进来暖暖，庄丽坐在床边犹豫了一下，一咬牙利索地钻了进来。马小波抱着庄丽冰冷的身体，感觉回到了当初谈恋爱时，庄丽每天清晨上班前偷偷绕路跑马小波宿舍来温存一会儿。马小波要关灯，庄丽说："我还要回去。"马小波说："别要面子了吧，进都进来了。"庄丽说："少臭美，我刚才上洗手间，从玻璃里看到你很可怜地自己铺床，忍不住进来了。"

马小波试探着去抚摸庄丽，庄丽半推半就，警告道："你不规矩我就过去啦。"马小波吓唬她："你听窗外野猫叫得多可怕。"庄丽吓得抱紧马小波。马小波冲动起来，非常冲动，好像分别了多久似的。庄丽不同意，说："太晚了，你需要休息，明天还要上班。"马小波只好忍住，能抱着庄丽，他已经很感恩，有家的感觉了。

庄丽却没走的意思，两个人攀谈起来。马小波想到快圣诞节了，以前从没送过庄丽礼物，这次一定得送一个。为了能让庄丽惊喜，他托词测验庄丽的性格问道："你最想要的圣诞礼物是什么？"庄丽想了想说："雪花吧。"马小波以为庄丽看穿了自己，问："雪花怎么能卖？"庄丽说："超市就有，昨天范红还买了一个。"马小波想："明天无论如何去超市买一个。"庄丽见他不说话，问道："你干什么呢熬到这么晚？"马小波说："我在网上连载咱们的分居日记呢。"他以为庄丽要恼，庄丽却叫道："想一块去了，我也在贴分居后回忆咱们过去的日记。"又问马小波贴在哪个网站，马小波说："不告诉你，网友们骂你的不少，我不想你看了伤心。"庄丽嗤之以鼻："瞎说吧，一定是骂你的多！"

第四章 分 居

扯来扯去，不知什么时候都睡着了，于是一夜无事。天亮后，庄丽说的第一句话是："我被你骗了一夜。"马小波强调："我可什么也没干啊。"庄丽说："你别以为没事了，今晚还是要分开。"马小波暗想："就怕你不够坚定。"

中午策划部出去聚餐，饭后马小波特意从饭店步行回公司，转了两家超市，终于找到了庄丽说的雪花，而且有两种。加上饭店赠送的圣诞面具，足够让庄丽惊喜了吧。

晚上下班回到家，庄丽已经回来了。马小波悄悄掏出礼物，捧到庄丽面前说："圣诞快乐！"庄丽刚洗过头，湿湿地站在那里，有点犹豫。马小波知道这是因为自己以前从没送庄丽礼物，她在思考马小波怎么变得如此有情调。马小波把庄丽按在椅子上，给她戴上面具，找出数码相机，拍了很多照片。庄丽渐渐高兴起来，很幸福的样子，把大雪花挂到了他们的结婚照下面，小雪花贴到了窗玻璃上。然后他们拥抱了好久。庄丽告诉马小波："我有些事也瞒着你。"原来那是半年前的事了，庄丽在大学时的初恋男友给庄丽发短信，问是否可以跟她老公做朋友，并且想让马小波给他搞个策划。庄丽当时没敢告诉马小波，怕他误会。马小波抓住机会，对庄丽说："你现在知道我为什么有些事瞒你了吗？就是因为讲出来没什么意义，还容易造成误会。但我不生气，我不会像你一样为了误会生气，这就是男人跟女人的区别。"庄丽乖乖地听着，很有点不好意思。

马小波炒菜时，庄丽拿着最后一片雪花，过来问马小波："可以把这片给范红吗？她男朋友说好陪她过平安夜的，临时有事走不开了，我请她来咱家，她又不肯。"马小波说："我看范红要么生男朋友的气，要么被咱们昨天的话吓着了。"

看来，并不是马小波和庄丽之间说不清，这男女之间真是个搅不清的事啊。

今天是星期三，按照分居协定，该庄丽轮值家务，马小波就靠在沙发上电视剧。看完电视，马小波上网前对庄丽说："今天平安夜，我想抱着你睡。"庄丽说："我给你留着门。"过了一会儿又说："我等你半小时，不过来我就先睡了。"

马小波说："我就玩一小会儿，你睡不着我就过去了。"说完去了书房。庄丽望望马小波的背影，欲言又止，自己回卧室睡了。

马小波玩得正起劲，听到庄丽起来上厕所，就问了一句："几点啦？"听不到回答，马小波抽空看了一眼电脑右下角的时间显示，吃了一惊：竟然凌晨五点了！马小波无法相信自己玩了一个通宵的现实，拿过手机来看了看，真是天快亮了。赶紧关了电脑，准备给庄丽道个歉去睡。刚走出书房，看见庄丽闪身进了卧室，然后门"嗵"一声很响地关上了。马小波肝胆俱裂，慌慌张张跑过去，听到里面门锁"啪嗒"一声，庄丽把他拒之门外了。

马小波懊悔极了，怪自己被今天的一点小胜利冲昏了头脑，如今只好趴在门上给庄丽解释了。马小波贴着毛玻璃温柔地说："小丽，你开门，听我给你解释。"没有回应，马小波又说："我也没想到玩到现在，怎么回事呢，时间过得这么快？"还是没有回应，马小波接着说："全是我不对，我意志不坚定，我不该玩电脑游戏，我以后再也不玩了，你再给我一次机会。"没有任何反应，一点动静都没有。马小波懊悔极了，暗想："这回前功尽弃了。"又站了半个钟点，看不到让庄丽怜悯和宽恕的希望了，无可奈何，只好继续回书房睡。也不脱衣服，倒床上就着了。

第四章 分 居

或许转移感情是个好办法

马小波正趴在电脑前写一份策划书,闻到一阵脂粉香气,扭头一看,谢月正从身后弯腰探头看他在电脑上写些什么,头发都垂到了马小波脖子上。马小波觉得脖子很痒,不易觉察地往旁边躲了躲,换了个姿势准备应付她。谢月直起身来,忧心忡忡地望着马小波的脸问:"昨晚又熬夜了吧?"马小波怕她瞎猜,说:"上网呢。"谢月关切地说:"我说嘛你脸色不太好,晚上最好熬夜喝点牛奶。"马小波心说你今天怎么又关心起我来了,真是一会儿没有应酬就闲得找事。嘴上说:"谢谢谢姐关心。"谢月竟然有些动感情的样子,说:"我给你冲杯咖啡提提神吧,看你精神不振的样子。"马小波赶紧说:"不了不了,我自己来吧。"谢月已经走向饮水机,熟练地拿了个纸杯,倒进速溶咖啡,冲上水,用勺子搅动着走过来。马小波想起庄丽,一时有感:真是乖谬,该关心我的不闻不问,八竿子打不着的愣献殷勤。赶紧站起来去接咖啡杯,谢月躲开提醒道:"小心烫呢!"把杯子放到马小波桌子上。

马小波只好坐下,竟有些不自然起来,觉得人家没必要对自己这么好,现在无论如何得陪谢月说几句话,才不显得寡气。谢月顺势靠在马小波桌子角上,依然用关切的神情打量着马小波说:"庄丽这两天不在?"马小波说:"在呢。"谢月说:"她可是没照顾好你啊!哪天你带她来,我教教她怎么把老公养得又健康又精神。"马小波心说你算了吧,庄丽要跟上你学,我才真倒霉了呢。

嘴上说："这不怪她，是我自己管不住自己。"谢月望着马小波笑："男人都管不住自己，管住自己了还能算男人吗？"马小波感到谢月的话里有暗示的成分，又见她眼神轻佻，不由身上有些发热，又想到自己做过的跟她在一起的那个梦，呼吸就有些不对劲。

好在谢月的电话响了，马小波暗暗松了一口气，悄悄抹去额上的细汗。谢月接完电话，又过来了，看来她今天真是闲得慌。马小波只好又准备接战。谢月又靠在原来的位置，用闲聊的口气问马小波："你跟庄丽是大学同学吗？"马小波往转椅背上靠靠，摆出准备聊大天的样子说："不是，我毕业后才认识的她。"

"你们结婚几年了？"

"三年了吧。"

"人家对你可好了吧？"

"还行，她人心眼不错。"

"结婚后没女孩子找你了吧？我发现少多了。"

"嗨，以前也不多。哪有那心情，能把老婆哄高兴就不错了。"

"两个人老在一起也会烦，得想办法调剂调剂。"

马小波不知不觉就上了钩，摇摇头说："谁说不是，因为一个眼神也能生一天气，女人真是有意思。"

谢月抿嘴笑了："你带她出去转转，换换环境，现在双休'一日游''两日游'都挺经济的，别舍不得钱。"

马小波说："钱倒是小事，关键没有时间，双休日还想在家好好休息休息。"

谢月不知为什么叹了口气，说："女人都是这样，不缠着男人，你让她干什么？除非有了孩子，感情才会转移；我现在只疼我们丫丫，才不管我老公怎么样呢，爱花天酒地，爱天涯海角，随他去！"

第四章 分 居

　　马小波心说我说什么了引出你这一大段感慨。不过谢月的话让他有些茅塞顿开的意思，仿佛看到了创造祥和家庭环境的希望。

　　晚上回到家里，马小波也不管庄丽爱理不理的样子，笑眯眯地对她说："跟你商量个事情。"庄丽简洁地说："说。"马小波试探地说："要不，咱们要个孩子吧？"庄丽看看马小波，冷淡地说："你能照顾了我吗？将来你看孩子呀？尿布谁洗？"马小波说："把你妈接来照顾你不就行了？"庄丽嗤之以鼻："说得好听，怎么不把你妈接来？"马小波宽容地说："怎么不行，我妈巴不得来呢！就怕你妈到时候抢着要来。"庄丽白他一眼说："你一天到晚就知道算计我们家人。"

　　马小波涎着脸说："要不，咱们今天晚上就怀？"庄丽冷冷地说："你愿意跟谁怀跟谁怀去！"马小波说："你这是什么话？！"庄丽说："你别忘了咱们的分居协议，咱们现在是井水不犯河水，我凭什么给你怀孩子？"马小波说："我说正经的呢！"庄丽看着他说："我也说正经的呢。"

　　马小波望着庄丽，摇摇头，站起来做饭去了。庄丽大声说："你少在我面前唉声叹气，好像我多泼似的，对我没兴趣了你找感兴趣的去。"

　　马小波没有接战，闷着头做饭，不知怎么就哼起了童安格的老歌："一个人游游荡荡，活得孤单，总有许多寂寞，必须习惯。两个人相互依赖，彼此分担，有了家的感觉，一点责任几许温暖。谢谢最心爱的你，陪我走过这么多……"

　　庄丽在客厅说："我不吃饭，你不要给我做。"

　　马小波只当没听见，唱着歌做饭。把稀饭熬上，看好时间，打开了客厅的电视。看了一阵《动物世界》，又回厨房去炒菜。把饭菜全摆饭桌上，洗过手，走进卧室。庄丽脸朝里睡着，马小波一眼看见，心里突然软了一下，鼻子有些发酸，觉得她其实也挺可怜的，谁对谁错且不说，心里一定比自己痛苦，就走过去轻轻摇摇她，柔声说："饭好了，起来吃饭吧。"庄丽不动，马小波又摇摇她，耐心地等待着。庄丽终于说："我不吃。"马小波坐到床边说："不吃怎么行，听话，起来吃点。"庄丽有些不耐烦："不吃就是不吃，不是跟你说过了吗？"

马小波突然就撩开了庄丽身上的被子，庄丽转过身，恼怒地盯着他："你干什么！"马小波忧伤地反问："你不吃饭打算干什么？"庄丽说："我睡觉还不行？"马小波指指她身上的衣服说："睡觉不脱衣服？"庄丽有点难为情地说："我愿意！"马小波一把拉起她来，扭身背上，站起来就走。庄丽叫道："你放下我，你干什么？！"马小波说："吃饭！"庄丽说："你没有权力这么做，你违反了协议。"马小波说："饿死你我还犯法呢！"

说话间已经到了餐厅，马小波把庄丽放到椅子上，庄丽挺着腰坐在那里，憋着不动。马小波把筷子"啪"地放在她面前说："吃！"庄丽鼓着嘴不动，马小波已经坐在对面吃了起来。庄丽突然趴在桌子上哭了起来，马小波只好放下筷子，过去哄她。庄丽却推开他，拿起了筷子，一边吃一边掉泪。马小波赶紧把纸巾放在她面前。

吃完饭，马小波调侃庄丽："你吃得一点不比我少啊，看来就是怕做饭。"庄丽憋不住笑了，马小波开心极了，献殷勤道："你去看电视吧，我去洗刷。"庄丽真就看电视去了，马小波洗刷时心里就有些委屈，觉得做男人挺累的，内心是个软体动物，外表还得装得无比坚强。

不过，收拾完了，马小波顺利地上了庄丽的床，并且把一腔委屈射进了她的身体。他像个婴儿一样把脸埋在庄丽胸前，得到安慰的庄丽轻轻抚摩着马小波的脑袋问:"真的怀上孩子怎么办?你不要事业了?"马小波闭着眼睛说:"我想通了,幸福最重要;事业当然要,它是幸福生活的保障,但它不是幸福本身。"庄丽又说:"将来让你妈和我妈轮着照顾我,你还可以干你的事业。"

理解和体贴的话让马小波豪情顿生,从庄丽怀里钻出来,用男人的胳膊揽住她,亲吻那久违了的鲜花般的嘴唇。庄丽推开他说:"别闹,咱们再商量商量。"

第五章
移　情

每个人都有自己心仪的对象

　　快下班的时候，马小波给庄丽打了个电话，说要陪客人出去吃饭，叫庄丽回家自己弄些饭吃。庄丽用快活的声调说："你不用管我了，正好范红约我去逛步行街，听说那里新开了家家居饰品店，我看看有没有我喜欢的东西，正好买回来。"马小波说："那你们小心点。"放心地挂了电话。
　　庄丽坐范红的车往步行街开，两个人谈着马小波，庄丽说："他昨天晚上跟我说想要个孩子，我拿不定主意，结婚这么久了，也该有个孩子了，最起码他不在的时候我有个伴儿，有个可亲的人；可是又怕生了孩子变化太大，胖了不说，小肚子起来就不好下去了，难看死了。"范红飞快地瞥了庄丽一眼，眼神像看一个怪物，叫道："姐夫怎么这么自私啊！快算了吧，要什么孩子，人才能年轻几年？不好好享受一下生活，就成天抱个孩子，你试试，很快就成了老女人了！咱们单位小崔就是个例子，她比你还小一岁呢，跟我一般大，你看她成什么样子了，都是孩子弄的。"庄丽看看窗外，有些忧伤地说："可我看见马小波真的想要孩子了，我不想让他失望。"范红说："喊，你不能总为他活着啊，你要活出你自己，你就是太在乎他了，惯坏了他！"庄丽不想让范红说马小波不好，就说："我俩在一起，都是他惯我呢，我脾气不好，经常骂他。"范红说："我怎么觉得你对他比他对你好？"庄丽说："咱俩每天在一起，我开口闭口马小波，你当然觉得我对他好，其实他对我才好呢。"范红翻庄丽一眼说："那你俩还分居？"庄丽撒谎道："我们那是逗你玩呢。"范红就相信了："我说也是吗，他要对你不好，我就不叫他姐夫了！"

　　说话间到了步行街街口，找地方泊好车，两个人汇入熙熙攘攘的人流。进这家出那家，转了一个小时，也没看上中意的东西，范红说："算了吧，咱们直接去那家新开的家居饰品店。"庄丽想给马小波买件外套，眼睛被墙上的男装吸住下不来，又怕范红说她太在意马小波，就依依不舍、一步三回头地跟上她走出来。没走几步，范红被一个小摊上的玩具驴吸引住了，喊心不在焉的庄丽："小丽你快来看看这个多可爱！"双手举起那个绿色的布驴高兴地摇着。庄丽也拿起一个来看了看，做工不错，但她这会儿心思不在玩具上，看范红喜欢，就问卖玩具的老头："这个多少钱？"老头伸出四个手指头说："四十。"范红说："我喜欢我喜欢，我要了。"庄丽丢给她一个眼色，问老头："能不能便宜？"老头爽快地说："能，三十八。"庄丽说："不行太贵了，三十五行不行？"老头没有马上回答，低头从玩具堆里翻出一个笔记本，翻到其中一页看了看说："三十八不能再少了，我这里有最低的价钱表。"说着拿给庄丽看，庄丽一看，那页纸上用圆珠笔画着一个玩具驴，旁边写着两个数字：38。庄丽忍不住乐了，猜想老头不认识字，所以画了个象形符号，不过画得还挺像，惟妙惟肖的。庄丽拿给范红看，范红乐坏了。老头不知道两个丫头笑什么，看看她们说："我没骗你们吧？"庄丽忍住笑说："你自己写多少就是多少，我们怎么知道你有没有骗我们？"老头急了："我这么大年纪了还骗你们？这摊子是我孙子的，他吃饭去了，我替他看一会儿，那是我孙子交代的最低价，不信一会儿他回来你们问他。"

说话间老头的孙子回来了，热情地推销他的驴："买上个回去吧，小孩肯定喜欢。"范红恼了："你胡说什么？我像有了孩子的吗？"小伙子愕然问道："那你给谁买？"范红说："我买来自己玩，怎么，不行？"小伙子赶紧说："行行，怎么不行，这玩具很适合你这么大的女孩子玩。"范红说："我还买两个呢，你管得着吗？"说着掏出一百块钱来仍到玩具堆上，小伙子捡起来，迟疑地问："要，两个？"范红没吭气，抱上两个驴子，庄丽接过老头递过来的塑料袋，帮她分别装了进去。小伙子赶紧找钱。

两个人提着驴子边走边笑，范红说："怎么碰上了这么一对活宝？"庄丽说："你说人家呢，人家还说咱们活宝呢，买一个不行，还加一个。"范红说："我乐意买两个，他有本事别卖给我啊。"庄丽说："你这个样子，花钱如流水，结了婚可要受委屈了。"范红说："喊，怎么会，他要敢管我，我就跟他离！"庄丽笑了笑，没有吭气，脑子里闪了闪马小波的影子。

终于来到那家店，果然别具一格，两个人先是被奇巧朴素的饰品打动了，接着又被风姿绰约的老板娘打动了。范红相中了一个

第五章 移 情

大肚子花瓶，问多少钱，老板娘亲切地笑着说："妹子，你喜欢，七十给你。"老板娘大概三十岁左右，不是很漂亮，但皮肤又白又好，身材跟模特似的，尤其脸上无所谓又风情万种的笑容，把范红和庄丽迷住了，两个人仰慕地望着人家脖子上的白金项链、手指上的钻戒，还有手腕上名贵的坤表。庄丽挑了一张草席，一个草蒲团，还有一个藤筐，老板娘一直优雅地跟在她们后面，有心无心地介绍着商品，听上去不像卖主，却像个陪她们来逛的大姐。

庄丽开玩笑说："我们买你这么多东西，你给不给送货？"老板娘点上支薄荷香烟，看了看她们买的几件东西说："你们住哪里？"庄丽说了范红的地址，老板娘爽快地说："送，反正我也没个事情，正好开车遛遛。"庄丽说："真送啊？"老板娘瞪瞪大眼睛说："当然真送了，车就在后面街上呢，不信你们跟我去看。"庄丽和范红交换个眼神，两个人真就跟上去看。老板娘推开后门，指着门口一辆深红的本田女式轿车说："那不是车？现在就可以走。"庄丽说："这么好的车送货，还不够赔本的呢。"老板娘说："我开这个店就不是为了赚钱，我图个热闹。实话说吧，卖给你们的那几件东西，连本钱都赚不回来，我老公回来肯定要说我的。"庄丽说："那你图个什么呀？"老板娘无所谓地说："图个高兴啊，跟你们聊聊天，比赚钱有意思多了。"

庄丽忽然心生羡慕，范红也有钱有车，可庄丽从来没羡慕过她，此刻却深深地羡慕眼前这个比她大不了几岁的女人，大概是因为这个女人也结了婚的缘故吧。庄丽笑着说："跟你闹着玩呢，我们开车来的。"

从装饰店出来，庄丽由衷地说："我一直想开这么个饰品店，也不图赚钱，每天能跟自己喜欢的饰品在一起，卖不卖都高兴，像人家那样，那有多好。"范红说："要嫁人啊，就嫁像人家老板娘老公一样有本事的男人，买得起好车，在步行街开得起店面，别整天除了家务就是家务，活着多没意思！"庄丽脸上有些挂不住，黯然若失。范红自知语失，赶紧转换了话题。

跟来时以马小波为话题不同，回时两个人都热烈地谈论着那个风姿绰约的老板娘。范红先把庄丽送到，开车回去了。庄丽提前发短信给马小波了，马小波匆匆赶到，帮她把东西搬上楼。

庄丽指挥马小波把草席挂到卧室墙上，马小波觉得不好看，庄丽就撒娇，马小波心一软，搬来折叠梯子把草席挂上了。庄丽打量个没够，问马小波效果怎么样，马小波说："一个字：乱！"庄丽有些不高兴，马小波逗她："跟你开玩笑呢，挺好的，好像回到了我们老家。"庄丽高兴起来，给马小波讲了卖玩具的老头，又讲了那个让她着迷的老板娘。马小波乐坏了，对庄丽说："等我有了钱，一定也给你开个饰品店。"庄丽笑笑，不太相信马小波，但心里还是感到很幸福。

两个人一起做饭、吃饭、洗涮，完了庄丽主动让马小波去玩会儿游戏，自己躺到床上看电视。马小波学乖了，玩了一会儿回到卧室，看见庄丽还在看电视，就去洗漱。回来庄丽还在看电视，马小波说："睡吧，你明天还要早起。"庄丽眼睛望着电视说："《幸运52》刚刚开始，李咏逗死了。"马小波在她旁边坐下说："你们女人都喜欢看李咏，几句调侃话，有什么好看的。"庄丽白了马小波一眼说："我就是喜欢看。"马小波不说话了，陪着看了十几分钟，脱衣服先睡了。庄丽还坐在床上望着电视傻笑。

有些致命的打击是从天上掉下来的

清晨，马小波反常地早早醒来，觉得有什么不对劲。扭头一看，庄丽正半靠在床头，眼神直直地望着对面墙上他们的婚纱照。马小波看了她老半天，也没有什么反应，就在被窝里伸手捏捏她的腿，庄丽依然不动。马小波只好也半坐起来，揽住她问："怎么了宝，想什么？"庄丽顺势把头靠在马小波肩头，幽幽地说："我们结婚三年了吧？"马小波说："是呀，没怎么觉着呢。"胳膊上使使劲，表示安慰和感慨。

庄丽扭头望着马小波说："我想好了，咱们还是先别要孩子。"马小波有点讶异，暗笑：原来这事她竟然琢磨了一夜，女人真是有意思！就问道："怎么又变卦了？"庄丽答非所问地说："有了孩子，你跟我亲还是跟他亲？"马小波信口说："当然是跟他妈亲了，现在的孩子，养大了白养，还是老伴儿靠得住。"庄丽抿了抿嘴，想笑，没笑出来，样子倒有些像哭，看来是被感动了。

庄丽又问："万一将来生孩子难产，你保我还是保孩子？"马小波觉得不吉利，皱起眉头说："别胡说！"庄丽撒娇道："我说的是万一，我就是想知道一下，你快告诉我。"马小波发自内心地说："当然是保你，这还用问？"庄丽盯着他问："为什么？"马小波说："保住大人还可以要孩子，生个孩子没有妈不是造孽吗？"庄丽撇撇嘴说："那不正好吗，你反正看我不顺眼，觉得谁都比我好，我死了，给你留下个孩子，你还可以再找一个比我好、比我年轻、比我漂亮的啊。"说完笑吟吟地望着马小波。

马小波生气地嚷道："你能不能不胡说？有病啊？"庄丽推马小波一把说："紧张了吧，让我说到你心上了，心虚了吧？我就知道你讨厌我！"说完挣脱马小波的怀抱，扭过身去睡下，给了马小波一个脊背。马小波哭笑不得，强行把她扳过来，对着那张口眼紧闭、涨红的面孔说："你确实够讨厌的！不过我早想过了，没你还真不行，就我这样的，也许跟别人更合不来。再说，好不容易跟你磨合了这么多年，刚和谐了些，再换个新的，我神经呀！找罪受？"庄丽睁开眼睛说："说了这么多，没听见你夸我一句好，闹了半天是你伟大，你一直在迁就我啊？"马小波笑嘻嘻地说："哪里哪里，彼此彼此。"

庄丽剜他一眼，咒道："迟早有一天我死了，后悔死你！"马小波不想再谈这个晦气的话题，问道："你为什么又不要孩子了？怕生了孩子变难看？"庄丽说："有这方面原因，也不全是，我想让你多疼我几年。"望着马小波，显出楚楚可怜的样子。马小波被触动了柔肠，把她紧紧抱在怀里。庄丽嗲声嗲气地说："我就是你的孩子，我就是你的宝宝。"马小波说："你是我的宝宝，是我的宝宝。"心中充满了幸福感。

庄丽尽情地享受着自己男人的呵护，一动都不想动，突然又想到马小波也许真想要孩子了，那么作为妻子应该为他的美好愿望牺牲自己。就抬起头来望着马小波的眼睛问道："你是不是真想要孩子了？实在想要，咱就怀一个。"马小波也有些被幸福冲昏了头脑，随口说："算了，不要就不要吧，只要你以后少跟我闹点别扭。"庄丽马上就明白过来，盯着马小波的眼睛，愠怒在她的脸上浮现，决然地坐起来，伸手去拿挂在衣架上的胸罩。马小波自知语失，赶紧讪笑着去拦她。庄丽把马小波的手打开，迅速地穿上了衣

第五章 移 情

服，走出卧室，去了卫生间。

马小波无可奈何地躺在床上，无法接受从天堂到地狱的感觉。他想起来去给庄丽赔礼，又想到这样的事发生太多了，索性爱谁谁吧。又开始睡自己的觉，竟然还挺坦然。

庄丽从卫生间出来，也没吃早餐，简单化了化妆，提上包出门了。房门和防盗门相继拍出很大的声音，马小波在睡梦中皱了皱眉。

马小波上了一整天班，没接到庄丽一个电话和短信，这是很反常的，庄丽习惯于一天至少确定一次马小波的位置，除非她生气了。马小波想庄丽一定还在生气，必须回到家用心哄上好一阵才能放过他，这是惯例，从来没有侥幸躲过去的时候。今天事情不多，五点刚过，马小波借口去买策划方面的书籍，跟姜永年说了一声，先走了，他准备回家给庄丽精心炒上两个她爱吃的菜，这样就会少费些劲。做夫妻时间长了，两个人变得心有灵犀，做什么是什么用意，彼此都很容易就体察到了。出门的时候，路过谢月的办公桌，谢月扭头对他笑了笑，轻声说："今天精神挺好的啊。"马小波笑笑，觉得谢月看他的眼神像一只母猫看着一条吊在半空中的鱼。

路上，给庄丽发了一个短信，问她几点能回来，可是车到了门口也没等到回音。这也是反常的，庄丽每天不收发一百条短信过不了这一天。下了车，马小波不甘心地边看手机边上楼。听见楼梯上有一男一女轻轻地说着话走下来，马小波赶紧往旁边一闪，怕撞到人家。他依然在看手机，等着人家过去，眼角的余光看见一双男人的皮鞋和女人的高跟鞋，皮鞋过去了，高跟鞋却站住不动了。马小波顺着高跟鞋上的小腿往上看，想看看这女人是否养眼，目光刚爬上胸脯他就愣住了，惊恐地去看那张脸：庄丽也在惊恐地看着他。马小波下意识地扭头去望那个男人，看见那个西装笔挺、满面红光、个头不高的家伙正不解地望着停下脚步的庄丽，眼神温柔。

马小波感到心慌意乱，脱口问庄丽："怎么没去上班？"庄丽依然有些惊慌，说："我告假了。"往下走了几级楼梯，站在马小波旁边，有些夸张地挽住他的胳膊，皮笑肉不笑地对那个男人说："这就是我老公马小波。"马小波下意识地挣脱她，但依然保持着风度对那个男人笑笑，想问问庄丽这是谁，却问不出来。庄丽亲热地望着马小波说："他就是我大学的同班同学辛明。"马小波先是觉得庄丽对自己亲热得过头了，显得更加可疑，一听这个名字，头"嗡"就大了，——庄丽的初恋情人从一个抽象的符号变成了一个冒着热气的大活人。不过辛明没有马小波想象中那么帅，跟自己比还差些，真是怀疑庄丽的眼光。

辛明笑着热情地伸出手来跟马小波握，马小波机械地跟他握了握，想客气一下请人家回家坐坐，想到人家刚刚跟自己的太太从自己家里出来，一时竟然没话了。辛明很大方地说："久仰久仰，晚上我请你们吃饭，找个最好的饭店，早想认识你了。"马小波心说我正好相反，就笑了笑没吭气。庄丽一直在观察着马小波的神色，又拉住他说："去吧，不吃白不吃，他现在可有钱呢。"辛明附和道："是啊是啊，我一直想请你给我的公司策划策划，我们那个城市小，没有你这样的才子。"这句奉承话伤害了马小波，他真想说你想用谁就用谁呀，老子不挣你这个钱。马小波看看庄丽，眼睛里隐含着怨愤和失望、委屈，刚才庄丽也在夸他的初恋情人有钱，她的有心无心的话伤害了没钱的马小波。有钱人多了，都伤害不了马小波，但眼前这个人不同，他是庄丽的初恋情人。

庄丽显然没猜到马小波此刻的心理活动，她解释道："辛明非要参观咱们的新房子，我就请假带他来了。"马小波确定了他们是从自己家里刚出来，想到刚才两个人下楼时的窃窃私语，马小

第五章 移情

波觉得自己像一个瞬间被吹大的气球，突然爆炸了，他强忍着心里硬邦邦的嫉妒，保持着风度对辛明说："不好意思，马上要出差开个会去，我是回来拿衣服的。"辛明失望地说："那太可惜了！"庄丽也相信了马小波的谎话，恍然大悟地说："我说吗，你这么早就回来了。"马小波心说我回来是给你献殷勤的，可是现在一切都没有意义了。他平静地对庄丽说："你们先下去，我拿上衣服就出来。"说完就往楼上跑。庄丽一反常态地没了主意，很听话地对辛明说："那咱们就先走吧，大门口等他。"

马小波喝醉了酒一样用力打开门，摇晃着闯进去，心里竟然有些异样的快感。他先跑到卧室看了看床，床上很整洁，没有人压过的痕迹，但也不是自己走的时候胡乱收拾后的样子，显然庄丽重新收拾过了。马小波又跑到客厅，踹了一脚沙发，又跑回卧室打开衣柜胡乱翻着，找出几件衣服来塞到牛仔旅行包里。正忙乱，听见有人跑了进来，一直跑进卧室，抬头一看是庄丽。庄丽居高临下瞪着眼看他。马小波问："你怎么跑回来了？"庄丽说："我让他先走了，你要出差，我先要照顾你呀。"马小波听着不是味儿，低头又去收拾衣服。

庄丽突然一把抱住马小波，语速很快地说："宝啊，你别误会，不是我让他来的，他突然来了，非要看咱们的房子，我怕你误会，想早早打发掉他，就告假回来了。我们在家待了就几分钟。真的，你相信我！"马小波漠然地推开庄丽，边收拾箱子边说："他就没见过个房子？你不能叫上我？"庄丽瞪了马小波几秒钟，噘着嘴一头趴到了床上。

马小波望着庄丽披散的头发，无声地冷笑着，背上旅行包，出去了。他轻轻地带上防盗门，下了楼，向街上走去。一直走到十字路口，才醒悟过来自己并不是真要去出差开会。站在冬日人来车往的黄昏街头，马小波茫然四顾，不知该往哪里去。与以前的赌气出走不同，这次他觉得自己再也回不了那个家了。这时手机响了，马小波看了看，是家里的号码，就挂断了，然后关上了手机。

是什么把从前的担忧变成了今天的渴望

马小波漫无目的地走着，嫉妒和愤怒让他昏昏沉沉，街景、车辆、行人在他的眼里都变成了黑白的，他脸上挂着冷笑，望着走过身边的那些不同的面孔。马小波以为自己走一走就会后悔出来，但是没有，他胸中积蓄着对庄丽的愤怒，把她对他的好都忘记了，这个自己最亲近的女人，突然变成了最疏远和无关紧要的人，他一点也不想念她了。甚至，马小波有些解脱的感觉，无论如何从今往后，再也不用过战战兢兢看着她的脸色过日子了，再也不会因为熬夜受到她无以复加的惩罚了，再也不会因为自己没钱没地位忍受她愤恨的抱怨了，再也不会因为工作忙被她骂成不解风情的臭男人了。总之，在决定放弃的同时，他又重新得到了原本已经失去的很多，这就是舍和得的哲学。马小波发现，并不只是因为刚刚发生的那件事，自己才痛下离开庄丽的决心，其实走到今天这一步，更多的是平时忍受的事情到了一个极点，他早就想逃跑了，今天的事其实只是一个冠冕堂皇的借口。平时的生活是炸药包，今天的事情是导火索。因此马小波甚至决定，从今往后保持独身，再也不踏进婚姻的雷池一步了。至于庄丽怎么办，他现在顾不了那么多了，如今的这种局面，是两个人共同造成的，没有人有承担所有责任的义务。

第五章 移 情

路过电车站牌，有很多人站在那里等车，马小波的手在裤兜里摸到一枚硬币，就凑过去。正好电车来了，马小波跟在别人的屁股后面上了车，车上人很多，但马小波感到仿佛置身于没有人的空屋子里。跟每天上下班时一样，车厢里很多人在交谈，但马小波不再对这些对话感兴趣，他觉得他们说的都是些废话、傻话，忍不住想笑。马小波不想看任何人的脸，就闭上了眼睛假寐，突然想到从前做过的那个苏小妹要带自己去南方的梦，嘴角浮现出一丝苦笑：唉，从前做梦都认为荒唐的事情，如今竟然成了现实；从前梦一回都感到后怕的私奔，现在竟然成为一种渴望。——在这不知何去何从的关头，如果真有个苏小妹拉他去南方，马小波会毫不犹豫地跟她去，只要她不强迫他结婚。

也不知道坐了多长时间，马小波睁开眼睛，发现车厢里已经没有几个人，而自己还吊在那里站着。没有人用奇怪的眼神看他，各人都在想着各人的事情，人们已经习惯了对别人的不幸漠不关心和对别人的闹剧趋之若鹜。马小波找了个靠窗的位子坐下来，看着外面。电车报站的声音对他毫无意义，他不知道自己要去哪里。报站，停车，又开车，上来一个女人，坐在了马小波的对面。马小波依然看着窗外，突然听见好像是庄丽在轻轻地喊他的名字，有一瞬间，他很担忧她会不会想不开，但是他狠心地摇了摇头，把这个念头甩开了。可是那叫声更清晰了，比刚才大声了些，马小波意识到可能真有人在喊他，扭过头来，就看到刘阿朵坐在对面。马小波愣住了：总是在他和庄丽闹矛盾的时候，碰上这个一直爱着自己的女孩，上帝真能开玩笑。

同样是在电车上再次意外的相逢，刘阿朵像上次一样惊喜，并深深地羞涩，她目光喜悦地盯着马小波的眼睛，说："小波，我一上车就看见是你了！"——和上次马小波午夜从公园出来在末班车上碰到她时，说的是同样的话。

与上次不同的是，马小波已经不能让自己跳出情绪的左右，他没有像上次一样摆出一副男人的样子来跟刘阿朵侃侃而谈，他甚至没有答话，只是用迷惘的眼神望着她。——也许，此刻他看见哪个年轻女人都会想到庄丽。

刘阿朵欣喜地望着马小波的眼睛，深深地望着他，但她却没看出来，在那眼睛的深处，是刚刚经受重创的感情堤坝。马小波现在的感情，已经没有一点可以控制的力量了，稍有伤怀，就会泛滥，像一桶水泼向窗户纸，或者，像一眼泉，随便冒出一点水，就到处流淌。刘阿朵当然也不知道，不只在此刻，并不只因为见到她。而马小波真的已经不堪情绪的波动，突然感伤起来，他开始抽泣，收也收不住。马小波努力地想控制住自己的情绪，告诉刘阿朵自己很幸福，妻子贤淑，生活美满，可刚想给刘阿朵看一个笑容，就在笑容尚未完全展开的时候低下头去，把脸埋进双掌里，开始深深饮泣，收也收不住。

刘阿朵迷惘地望着马小波，看他抱着头无声地哭泣，哭得那么忘情。电车上已经很暗，灯光流萤般飞过车窗。马小波的泪从指缝漏出来，滴向锃亮的皮鞋，闪着不可捉摸的光。刘阿朵轻轻地叹息一声，心中的喜悦仿佛水在一刹那结成了冰。情绪的落差使刘阿朵微微战栗了一下，但刘阿朵没有动，她可能被吓住了，也可能猜到了他悲伤的原因而变得踌躇，因此没有伸出手去抚马小波的背，抚马小波弄乱的黑发，来安慰他。

马小波突然而至的悲伤让刘阿朵有些无措，她想到他可能对当初的绝情感到自责和忏悔，她但愿是这样。离开马小波之后的这些年来，刘阿朵像当初走向马小波时一样，除了自己别无所有。她仿佛什么也没有得到过，——何止没有得到，这个除了回忆一无所

第五章 移 情

有的女孩似乎一直在失去着，比如青春，比如爱情和对婚姻生活的浪漫幻想。刘阿朵并不怪马小波，她还记得，马小波和她分手的时候，说他对她没有爱的感觉，爱情和同情是两码事，他必须找一个让他有爱情感觉的人，这样组成的家庭，才能保证一生的幸福。刘阿朵坚信马小波找到了他爱的人，而且一直幸福到现在，并将一直幸福下去。可是马小波为什么要哭？

刘阿朵想问问马小波他现在的情况或者出了出了什么事情，但马小波一直在哭，哭得刘阿朵没有机会开口。刘阿朵呆呆地望着马小波的头发，想起当初分手后自己也像他这样的哭过，而这些年来，悲伤仿佛远离了她，同事们看到的都是她快乐的笑脸。刘阿朵陷入遐想，平静地望着马小波，像跟这个人没有一点关系，她甚至有点嫉妒马小波如此畅快地哭泣。

刘阿朵望着马小波，觉得这一切像是梦境，又像电影里的情景，马小波伸手可及，又仿佛远在天边。马小波的哭声像是一种急促的呼吸，刘阿朵甚至怀疑他是不是在偷偷地嬉笑，有一刻刘阿朵强烈地想扶起马小波的头来看看他的表情。然而马小波哭得让人不忍打搅，一个男人的悲泣，让人想安慰却无处着手。刘阿朵只好把头转向了窗外，眼角余光里的马小波变得虚幻而巨大，压迫得她有点喘不过气来。有一刻马小波停顿了一下，仿佛要向她诉说，刘阿朵像被冷风吹到一样颤抖了一下，但她坚定地望着窗外，——她有勇气和母性的温柔来倾听这个自己爱的男人跟另一个女人的悲欢，却没有勇气揭开往日的伤疤。马小波于是继续他的近乎无声的哭泣。昏暗流动的街景像匆匆逝去的时光一样无法固定，刘阿朵的记忆渐渐苍白，而哭泣的马小波同时在渐渐缩小，直到在刘阿朵的视野里消失。

马小波感到自己变成了一个无助的婴儿，他盼着刘阿朵握住自己的手，与他执手相看泪眼，那么他甚至决定今夜随便跟着刘阿朵去任何地方。马小波在这种无法排遣的渴望中等待着，不敢使自己停止哭泣。他一直在指缝中望着刘阿朵瘦长小腿和高跟鞋摆出的陌生的姿势。马小波希望这电车永远没有终点，但除了哭泣，他甚至无力抬起头来。他渴望刘阿朵的安慰，又惧怕她的指责和对过去的怨愤，因此马小波只能哭泣，他在哭泣里感到沉醉与安全。

马小波一直在哭。刘阿朵到站了，望了马小波一眼，若有若无地说："小波，我到站了。"她在电车的报站声中下车了，没有再回头。上来一个男人，坐在她刚才的位子上，看了马小波一眼，又去看窗外。窗外，刘阿朵正从容地消融在越来越浓的夜色里，仿佛从未曾出现过。

电车开动时，马小波终于抬起头，挥起拳头，砸向夜色沾染的窗玻璃，但他看见对面有个不相识的男人在目不转睛地看着他，马小波明白了这是在哪里，就收回拳头，展开五指，理了理被自己弄乱的头发。

车到了终点站，再也不走了。马小波跟着那个男人下了车，发现来到了一个大十字路口，四周全是陌生的建筑，一时间丧失了方向感，想道，莫非真的来到了南方？那接下来就该有个苏小妹大叫着跑过来扑进自己的怀抱了。马小波揉揉酸痛的眼睛，看看周围，走过的男男女女面孔都很冷漠，他朝城市的远处看，看到了这座城市的标志性建筑，那座最高的银行大楼。于是他判断出自己来到了从前很少来的北城区，马小波从幻想的云端回到了现实的地面。他开始横穿马路。

正是交通高峰期，从十字路口看去，四个方向的路上都排列着长长的车龙。车灯连成几条火龙，像一些瞪着发光的眼珠子的史前怪兽，蔚为壮观。马小波看见一个身材很帅的警察，站在拓宽街道

第五章　移　情

时保护起来的那株老柳树下，注视着过往的每一辆车，若有所思。在车灯和喇叭声交织的世界里，那个警察显得孤立无援，形单影只。马小波不由得笑笑，心想："我现在看谁都像一个被人背叛和抛弃的人。"绿灯亮了，安全岛上的人小跑着过马路，神态和动作都像在逃跑，马小波又感到好笑："难道他们和我一样都是从家里逃出来的？可是人只要活着，能逃到哪里去？"马小波没有跑，他在人行横道上闲庭信步，享受着悲伤之后麻木的轻松感觉。

马小波还没走过马路中间，左转方向的绿灯亮了，无数车辆像野兽狂奔一样从斜刺里向他冲过来。一辆轿车以为他会紧走两步躲开，因此没有减速，但是马小波没有，他只是听到一声尖锐的刹车后奇怪地扭头去看。司机跳出来，气急败坏地揪住马小波骂道："×你妈，找死非要找老子啊！"马小波冷冷地望着他，突然很渴望跟这个家伙打一架，他捏起了拳头。这时，后面的车纷纷响起了喇叭，那个警察跑过来，分开了他们，警察没有责怪马小波，而是推了那个司机一把说："你开那么快，这是高速啊？没去过北京吗？不知道北京都'车让行人'了？咱们能不向北京学习？瞪什么眼，不想走靠边停，别挡后面的车。"司机赶紧堆出一脸笑，说："我走我走，您忙您忙。"瞪马小波一眼，上车走了。

警察挥手指挥车辆都通过，这才把马小波拉到一边说："你怎么回事？以为走路我就不能罚你呀？只要你过路，照样开你罚单！"话没说完，打量马小波两眼，突然推他一把嚷道："你不是马小波吗？我是李浩啊！"马小波这才认出来，大檐帽底下那张帅气的脸的确是他高中的同学李浩。两个人高兴地抱在一起，马小波说："我真没认出来，你怎么当交警了？"李浩说："我大学没考上，就上了警校，毕业就分到了这里。原来你也在这里，怎么就没有碰上过？"马小波说："我在南城上班呢，来这边不多。"李浩兴奋地拍拍马小波的肩膀说："走,我请你喝酒,有些年没见了,咱俩好好聊聊。"见马小波有些犹豫,又问:"你是不是还有事?"马小波说:"你不指挥交通了?"李浩笑了:"早下班了,我回去没什么事,多站了一会儿。"骑上摩托车,马小波坐在他后面,两个人离开了十字路口。

马小波没有像往日那样哄庄丽,也不给她解释的机会,就离开了。庄丽趴在床上,越想越生气,她没有追马小波,而是爬起来给他打手机,准备好好发作一次。但马小波没有给她机会,他史无前例地没有接听,而且关了机。庄丽这才意识到问题的严重性,她气得脸都白了,一个人靠在床头坐到天黑。她有些后悔,觉得自己平时确实忽略了马小波作为一个男人的尊严,总是从自己的角度来认定他的感受,才造成他今天的爆发和不可收拾的结局。庄丽给范红打了个电话,简单地说了事情的经过,范红马上打抱不平,嚷道:"马小波怎么是这么个人?!"庄丽说:"这事是我先做错了,我忽视了他的存在,这会看来真的伤了他的心。"范红说:"那怎么办啊,我马上开车过去陪你找他吧?"庄丽想了想说:"算了吧,他要不回来我再给你打电话。"范红不放心地说:"小丽你不要太生气,别瞎想啊!身正不怕影子歪,我还不了解你吗?我可以给你做证。"庄丽反倒来劝范红:"没事的,你放心吧。我先挂了。"

庄丽挂了电话,没有动窝,又拨了马小波的手机,听到的依然是:"您拨打的电话已关机……"庄丽放下电话,继续呆坐着想今天的事情,想把问题出在哪里想清楚,把谁对谁错想个明白。两三个小时后,她才开始流出第一颗泪。

第五章 移 情

别人同样的不幸或许是对自己最好的安慰

庄丽靠在黑暗中的床头闭着眼流泪，泪水像破了的水管淌出的水，怎么也止不住，冲洗着她的脸颊。后来，"水管"终于再也流不出水来了，泪水的干结使庄丽感到面皮发紧，她听见肚子在"咕咕"作响，知道饿了，却懒得动弹。庄丽长长地叹口气，心里好受了些，微微睁开眼睛，眼里残留的泪水热热地流下来，提醒着她心里的悲伤。庄丽下了床，刚站起来，有点头晕，又坐下了，从门口呆呆地望着客厅，觉得马小波随时会从黑暗里走出来，坐到她的身边，抱住她温存。看着想着，眼泪又要下来了，庄丽叹口气，站起来走出去，打开客厅的灯。灯光让她的眼睛感到刺痛，赶紧用双手捂住脸，好一会儿，试探着挪开手，睁开眼，感觉眼睛里像揉进了辣椒面。庄丽慢慢地走进卫生间，洗了好长时间的脸，仿佛要洗去所有的悲伤，她老感觉马小波就站在身后，看看面前的镜子，只有她孤零零一个人。马小波从来不把她一个人这么晚留在家里，出差前总要让庄丽给她妈妈打电话，或者叫范红陪她来住，现在他自己把她抛下不管了。

从卫生间出来，看看墙上的石英钟，已经九点多了。庄丽去了厨房，先烧上一锅水，下了米。又从冰箱里拿出切好的肉丝来，放到微波炉里消冻，然后洗菜。一切都准备停当，站在阳台上望着楼群里各家各户的灯火，有的人家在看电视，有的人家已经休息了，亮着床头灯，大概在看书吧。斜对面同一楼层的女孩依然趴在窗前的桌子上写东西,她的男朋友在屋子里走来走去。远处看不见的那个窗户里,谁家的孩子还在练琴。一切都跟过去的每个夜晚没有什么分别,只有马小波不在庄丽身边了。

稀饭快熬好的时候,庄丽开始炒菜,——三年了,这都是马小波的"专利"。当初他学炒菜,是为了替新婚的妻子分担一些家务,是出于爱她;后来他的菜越炒越好,炒菜就成了分内的事了。菜快炒熟的时候,庄丽才发现忘了炒肉丝,现在再放就熟不了了,只好改放虾米。怕煮不熟,又加了一点水,加水后怕淡了,又放了半勺盐。

终于庄丽一个人坐到了餐桌前,看了看对面空荡荡的椅子,又要哭,瘪着嘴骂道:"马小波,你死到外面,再也不要回来!"赌气地拿起一个馒头,夹了一大筷子菜。菜放到嘴里,刚嚼三下,皱起了眉头,又苦又咸,比马小波炒的差老鼻子了。庄丽有心倒掉,转念又大口地吃起来,边吃边流泪,好像马小波能体会到她现在所有的委屈,给他心理惩罚似的。

这个时候,马小波正跟那个叫李浩的交警在馆子吃驴肉喝烧酒,仿佛完全把庄丽忘掉了。叙旧之后,谈事业,马小波兴致很高,将自己的奋斗目标说给李浩听,说着说着突然想到了庄丽,心里"咯噔"一下,变得兴味索然,——他的终极理想是和庄丽一起过上幸福生活,现在庄丽亲手把他的梦想打碎了。偏偏这个时候李浩问:"你结婚了吧?什么时候让我见见嫂子。"马小波不想让他看出自己的婚姻出了问题,掩饰地说:"好啊,哪天我们请你和弟妹吃饭。"想不到李浩眼圈立马红了,看着酒杯不说话。马小波看出他有什么伤心的事情,把手放到李浩手背上说:"怎么了?出什么事了?"马小波心里猜想的是:也许李浩还没结婚,刚刚失恋了;也许他刚结婚,妻子出了意外。

第五章 移 情

　　李浩抬起头来，眼睛红红地望着马小波，低哑地说："她跟了别人了。"马小波脑子里"嗡"的一声，酒精让他的思维有些混乱，觉得李浩说的是庄丽，瞪起眼睛问："跟了谁？她竟敢真的这样？！"李浩显然被马小波的过激反应感动了，跟他响亮地碰了一下杯说："快半年了，我他妈从来没跟人说过。小波，今天要不是碰上你，我这辈子也不会跟别人说！"马小波搞清了他说的不是庄丽，松了口气，做出铁哥们儿的样子来，皱着眉头，凝视着李浩的眼睛，听他诉说。

　　李浩告诉马小波，他的妻子叫刘珂珂，是医药公司的出纳员，他们新婚一年后，刘珂珂突然不辞而别，从此再也没有回来。刘珂珂消失后的第一个星期，李浩没太当回事，这种离家出走的游戏，刘珂珂玩过不止一次了，她非常喜欢看自己突然重现时李浩愤怒的样子。每当这个时候，刘珂珂总是幸福地给李浩赔不是："乖啊乖，是我不好，我让你着急了。"弄得李浩哭笑不得。但刘珂珂非常着迷于这个游戏，她就像那个一遍又一遍地喊"狼来了"的小孩，乐此不疲，不计后果。因此上，李浩被麻痹的神经并没有因为她的又一次消失而受到刺激，他认定她一定回娘家了，要么就在女朋友家，总之，不必担心。那天他回到家，不见刘珂珂，就泡了包方便面，用微波炉把昨天买的汉堡包热了一下，边吃饭边看球赛。跟马小波一样，妻子偶尔不在家，李浩突然就变回了单身汉，结婚前的生活习惯和自在心态不费任何力气就全部回到了他身上。利用球赛间隙的广告时间，李浩简单洗涮过，球赛一结束，就回到了卧室，躺在一点八米宽的双人床的一侧，看了约半小时书，安心地睡了。

　　此后两天，他连个电话都没打，——刘珂珂要的就是这种杳无音讯的完美效果——知道人在什么地方了，还叫什么"出走"？

第四天的傍晚，李浩下班后骑摩托车去了岳父家，他觉得刘珂珂这次玩得有点超时了。岳母问："你一个人呀，珂珂还没下班？"李浩还没来得及说话，岳父指责岳母道："你老糊涂了，珂珂大前天不是刚来过吗？说她要出去学习半年。"岳母醒过神来，开始关心李浩："珂珂这一去就是大半年，你每天过这边吃饭吧，我看你最近瘦了。"岳父也说："一个医药公司，组织什么学习？又不是上党校，白花钱，还不如发了奖金。"岳母接着道："你俩也都不小了，等珂珂学习回来，你们赶紧要个孩子吧，趁我们还硬朗，能替你们照看几年。"岳父接着道："珂珂就是不成熟，没个结了婚的样子，疯！有了孩子就会不一样了……"

李浩望着喋喋不休的二老，觉得有点头大：刘珂珂这次玩的跟过去不太一样。

从岳父家出来，李浩去了刘珂珂上班的医药公司。已经下班了，门房大妈说："有日子没见着那俊俏闺女了。"

李浩有点心慌意乱，回到家给刘珂珂的几位死党打了一遍电话，一无所获。

一夜没睡踏实，噩梦纷至。第二天上午，李浩请巡逻的老焦替了一阵班，他又去医药公司打听刘珂珂的消息。医药公司的财务部经理瞪起眼睛说："哪有什么外出学习呀？小刘四天前辞职了，你不知道？！"

李浩懵了。

接下来的三天，李浩像在梦中生活。刘珂珂就这样消失了，像从来没有过这么一个人。刘珂珂离开一个星期后，李浩终于接受了现实，请了假，一门心思地去寻找他离家出走的妻子。

第五章 移 情

马小波不自觉地露出难兄难弟意气相投的样子，敬了李浩一杯酒问："你们没有吵架？她就什么话也没有给你留下？"他以为了解了庄丽就了解了所有女人，现在看来，完全不是那么回事：无论如何，庄丽不会放下自己和那个她倾注了所有心血的小家。

李浩痛苦地摇摇头。

刘珂珂没有留下片纸只言，甚至连她的手机都没带走，——这让李浩非常伤心。他像批评一个违章司机一样指点着马小波说："那可是我给她买的第一件礼物啊，她丢下我没什么，可她怎么能把它也丢下呢？"马小波能体谅李浩的心情，他宽容地忍受着他的"质问"，用目光安慰着他。坐在这个同样受伤的男人面前，他觉得自己是优越的，至少，出走的是他，不是庄丽；是他"放弃"了庄丽，而不是庄丽放弃了他。

刘珂珂什么都没带走，也没有留下任何蛛丝马迹，仿佛她从来没在这里生活过。这让李浩感到难以抵挡的空虚，好像生命里有一段最珍贵的时光突然被莫名其妙地抹去了。

李浩没有告诉马小波五个多月来寻找妻子的经历，但马小波能体会到一个伤心的男人和忧心如焚者如何像没头苍蝇一样无意识地到处乱撞，也知道他像此刻的自己一样，心里有没有一个具体的计划。如果你曾经有过亲人走失的经历，你就会发现找人这件事完全没谱，就是一颗红心，到处乱扑。最有效的方法不外是找警察和发布寻人启事，然后耐心地期待奇迹的出现。李浩也是到处乱扑，但他没有报警，也没有发布寻人启事，他不相信刘珂珂真的就此离开他，他想她可能只是想打破自己的离家出走的最高纪录，玩疯了而已。——马小波也希望如此，不过事情并不像他们希望的那样乐观。五个多月的时间，李浩心中那盆火渐渐熄灭。当他疲惫不堪地回到灰尘遍布空空如也的家中时，整个人都傻了，或者说，麻木了。五个月后他真正体会到了那句成语的深邃含义：心如死灰。目前他可以做的就是，先蒙头睡上三天，如果在这三天内不出现奇迹的话，他只好报警了。

　　讲到这里，李浩流泪了，悄无声息的，泪流满面。马小波陪着他沉默，心里却想着自己的事情：难道自己这回真像刘珂珂一样再也不回家了？那么庄丽会不会像李浩一样伤心欲绝？她会不会做出更可怕的事情？马小波有些不安了，酒能使一个清醒的人迷乱，也能使一个迷乱的人清醒。"可是她不该背着我把那个我最不想见到的男人领回家里，天知道她是不是还爱着他，他们干了些什么！"马小波的妒火又开始烧灼心灵，他想："她应该受到惩罚，直到我认为可以接受她为止！"于是他又能够安心地坐在那里，继续倾听李浩的诉说。

　　奇迹到底还是出现了，睡到第二天傍晚时分，李浩被电话铃惊醒了，他睁开眼睛的同时，听筒已压到了耳朵上，大声喊："喂？"

　　"李浩，你干吗呢？"果然是刘珂珂的声音，听起来像是什么事也没发生过。

　　李浩突然说不出话来，也找不到任何想说话的热情。

　　"李浩？李浩你在听吗？你这几个月还好吧？你不用担心我，我一直很好。真的，我一点儿也不后悔我的选择。"

　　李浩沉默着，努力分辨是否在做梦。

　　"我知道你一直在找我……别再找了，我不想回去，真的，一点也不想。"

　　李浩继续保持沉默，他冲动地想把电话狠狠地摔了。

　　"李浩，我这样做或许太自私了，但我没办法让自己受委屈，

第五章 移 情

你知道吗？在我离开你之前的很长一段时间里，我非常痛苦，因为我发现我在你的心中渐渐消失，越来越无足轻重，我痛苦极了。我一次又一次地跟你玩出走游戏，只是想重新引起你的注意，想重新占据你的心灵，但是，我越来越失望，越来越没有信心。最后，我不得不真的从你身边消失，只有这样做，才能重新占据你的心。我知道你一定急死了，你到处找我，我真的感到很幸福，这就是我想要的幸福。但我知道，我不能回去，当我向你走近时，同时再次从你的心中退出。李浩，你明白吗？"

李浩哭了，他像个孩子一样擦了一把泪，嘶哑地说："珂珂，我只是一个警察，一个站马路的交警，我没上过大学，没你文化水平高，我想不了你那么多，也想不到你那么深刻，但是我爱你，一直爱你。我没有忽视你，你误会了，我只是工作忙，陪你在一起的时间少。我爱你，珂珂！"

李浩告诉马小波："当时，我在心里一直在高喊'珂珂，求求你回来吧！'，不知为什么总喊不出口，有块巨大的石头把它压在胸中冲不出喉咙。"李浩"啪啪"地拍着胸脯，他懊悔的神态让马小波看到了一个男人的可怜和软弱，李浩仿佛就是自己的镜子。同时马小波暗想："这个刘珂珂真不简单，她敢作敢为，觉得自己受了委屈，就放弃了不到一年的婚姻。其他女人呢？她们是否也感到了委屈，感到了痛苦？假如她们都像刘珂珂这样，那将是怎样不可收拾的情形啊。庄丽的表现方式不同，她没有刘珂珂那么决绝，但她也在努力地提醒着我，用她可用的一切方式随时提醒我。女人怎么都这么看不开啊，真让人搞不懂！"

刘珂珂说："你的确不懂，李浩，很多人都不懂，有多少形影不离的夫妻事实上已经形同陌路了啊！面对一个自己口口声声说最爱的人，眼里有她心里却已经没有她，这是多么可怕的事。我知道，你还是不懂，你也不想承认这个事实。你说你爱我，一直爱我，那只是你误会了自己。但是我明白。一个女人在她的丈夫心目中的位置有多少，只有她自己最清楚，只不过大部分的人宁愿欺骗自己罢了。但我不能，李浩，离开你，我是经过思想斗争的，我选择了这个对你来说过于残酷的方式，请你原谅我。"

"你还爱我吗？"李浩不甘心地问了一句多余的话。

"这个问题已经不重要了，重要的是你的寻找重新让我感到了幸福。我爱你，李浩，但我们已经不可能回到从前了，希望你能找到自己的幸福。"

李浩突然想大骂一通，冲动了一下，发现嘴找不见了，脑袋也找不见了，整个人都消失了，只有一个话筒孤零零有点滑稽地飘在空中。

"你今后怎么打算？"李浩终于接受了现实，问起第一次让他感到费解的妻子。

"我现在跟一个中年男人在一起，目前我们还生活在这座城市。"刘珂珂小声说。

李浩没有急，他仿佛在一瞬间学会了思考，也对婚姻和女人有了认知，用平静而温柔的语调问刘珂珂："他对你好吗？"

"嗯。"刘珂珂有点难为情地说，"他对我百依百顺，也疼我，只是……只是那方面的要求太强了，每天晚上都要来，我真有点受不了。……我跟你说这些，你不笑我吧？"

李浩当然没有笑，他在想，自己工作忙了或者应酬多了，有时半个月不碰刘珂珂一次，确实有点冷落她，这回，她该没什么抱怨了吧。他开始为刘珂珂感到幸福。唯一让他心里不好受的是刘珂珂虽然已经二十四岁，看上去还像二十岁不到的样子。这样一个小女孩，每天晚上要满足一个四五十岁的壮年男人的欲望，这是想想都

第五章 移 情

令人发指的事情。更何况,这个女孩子,法律上还是他的妻子。因此李浩感到妒火中烧,恨不得捣毁一切。

马小波当然能体谅李浩当时的心情,同情他的同时有些侥幸,——至少,他还不能确定庄丽跟辛明是否做出了对不起他的事情。如果有,他不知道自己能不能比没多少文化的警察李浩更冷静。但作为旁观者,他看出来李浩和刘珂珂的悲剧的产生是因为文化层次:刘珂珂有文化,追求浪漫,想过有精神格调的婚姻生活;而李浩空有一腔真情,却不会表露,不会弄让妻子感到欢欣的情调。他们之间存在沟通的障碍。马小波同时开始第一次反思一个问题:"我和庄丽之间虽然没有文化层次的差异,可是我们出身于迥然不同的家庭,我们对婚姻情感的认识是否也存在差异?比如说,庄丽在城市里长大,觉得带'男同学'回家没什么奇怪,而我出身农村,观念传统,觉得接受不了?真是这样的话,我们也存在着沟通的障碍,我们能够逾越这可怕的障碍,幸福地走完一生吗?"马小波感到没有信心。

刘珂珂告诉李浩:"他很有钱,几乎是咱们这座城市最有钱的人,但我并不是看上他的钱,他是全心全意为我而活着的那个人,——至少在认识我以来是这样的。如果有一天我发现他不在乎我了,我还会从他身边消失。"

"你确实要跟他在一起了?"李浩问了一句废话。

"是的,至少现在是。他为我买了房子,买了车,我们已经住在了一起。"

"那,离婚的事……"

"李浩,我不想再见到你,我怕你会受不了。离婚手续,你一个人能办了就办,不能办就那么放着,将来再说,留一个纪念。你不用考虑我,我不会跟他结婚的,我再也不会结婚了。"

李浩再度陷入沉默，他依然想不通刘珂珂这样做的道理。而马小波却警醒了，他发现不只是男人会对婚姻感到厌倦和失望，女人更能，而且似乎更彻底！

"李浩，我爱你，我想你，我真想念刚认识那段时间的我们。我们刚结婚的时候，也确实很幸福地一起生活了好长时间。我实在不应该这么对你。如果像你说的那样，你还爱我的话，原谅我吧……"

刘珂珂哭了。然后她挂断了电话，再次消失了，从此再也没有任何音信。

李浩泪流满面，他孩子气地擦了一把泪，举起杯子，继续喝酒。马小波不知道如何去安慰他，问道："你真的再也没有见过她？"李浩摇摇头，叹口气说："女人太难伺候了！"马小波颇有同感地陪上他叹了口气。李浩突然问："你呢？嫂子对你好吧？"马小波终于憋不住了，脱口说："我他妈是被她从家里气出来的！"李浩笑了，马小波的话显然安慰了他。马小波也笑了，李浩的故事同样安慰了他。两个男人互相舔着伤口，一来酒逢知己千杯少，二来借酒浇愁，不知不觉都喝醉了。

第六章

外　遇

惊讶地发现竟然开始恨自己的爱人

为了能让李浩好受一些，马小波讲了很多结婚后的烦恼和痛苦，这些他以前从没跟别人说过，但是他隐瞒了自己负气出走的真正原因，毕竟他的情形和李浩不一样，离开家只是为了给庄丽一个惩罚，目前还没有离开庄丽的狠心和决心。即使这样，李浩也把他当知己，邀请他去自己家里住。马小波想了想说："我还是回公司吧，知道你在这里就行了，以后再去你家里。"同时心里想："这时候还想着上班，男人就是没出息，什么时候都放不下责任，没有彻底放弃一切的勇气。"从这一点上来说，马小波倒是有些佩服刘珂珂的决绝。

李浩坚持要让马小波去他的家里看看，马小波不想进入李浩和刘珂珂那个悲剧的发生地，又怕明天误了上班，就编谎话说明天一早有客户要接待。李浩很热心，要用摩托车送马小波。马小波说："喝成这样了，你行吗？再说了，你是交警，知法犯法，弄不好把饭碗砸了。"李浩说："砸就砸了，我现在不需要为任何人负责了，到哪里没碗饭吃。"马小波听了有些辛酸，他很能理解一个男人的责任心、上进心都是本着让一个女人幸福的目的，李浩现在的状态，的确失落了中心。马小波趁着酒劲把心一横说："走就走，我这条命交给你了！"心里想的是："庄丽要真有了外遇，叫我死在路上算了！"李浩笑着说："看你说的，没那么严重，我喝一斤酒还骑摩托呢。"

两个人上了路，街上已经没有多少车辆，李浩把车开得飞快。马小波闭着眼睛问天买卦："如果庄丽有了外遇，就叫我死于交通事故；如果是我误会了她，就叫我们平安地到达公司。"结果就安全到达了，李浩的技术确实过硬，马小波心里放下了一块石头，叫李浩去办公室坐坐。李浩说："算了，回去还能睡几个小时。"一加油门，风驰电掣地走了。马小波望着李浩消失在霓虹灯的光影里，突然觉得他有寻死的心思，很后悔没留住他。摇摇晃晃坐电梯上到办公室，倒在沙发上，考虑是否该给庄丽打个电话，或者把手机打开，还没想明白，睡着了。梦见庄丽真的有了外遇，但那个人不是辛明，两个人在他面前卿卿我我、眉来眼去，而马小波眼睁睁看着却不敢表现出自己的怒气来，原因竟然是怕庄丽生气。马小波被气醒过来，胸口堵得像压着块大石头，盯着日光灯管发了半天呆，心想："我怎么做个梦都这么没出息！不行，得接着做下去，把那个男的杀了，然后跟庄丽离婚！"于是闭上眼睛接着睡，脑子里想着刚才的梦境找感觉，竟然真的又进入了那个梦境，不过这次

第六章 外 遇

不同的是，梦中的庄丽是别人的老婆，跟马小波勾勾搭搭搞情人，而马小波竟然还心旌动摇地很有大情人的感觉。再次醒来，马小波就有些恨自己，觉得自己给自己戴了绿帽子，——这不是自欺欺人吗？

折腾了一夜，马小波早早起来，去卫生间洗了把脸，不想让别人看出自己有什么不对劲。接下来的一整天里，都在想着昨天的事情。事隔一天，头脑冷静下来了，马小波开始想道："无论如何，应该首先把庄丽跟辛明的关系搞清楚，如果他们真是去自己家里看房子，那庄丽顶多只是不考虑我的感受；如果他们真的瞒着我搞情人，妈的，我也不跟他们闹，干脆成全他们的'好事'，离了算了。"一会儿觉得以庄丽的为人，她和辛明之间不可能有什么，心里轻松了很多；一会儿又觉得人毕竟是感情动物，保不住一时冲动出了轨，又觉得万箭穿心。盼着早些下班回去，好有个结果。

总是要下班的，马小波一路往家赶，一路想着该用什么态度对庄丽，庄丽又会是怎样的表情和反应。回到家里，发现庄丽还没回来，看看表，快七点了，猜想庄丽是不是跟辛明一起吃晚饭去了，心里开始发堵。也不做饭，也不开灯，坐在沙发上盘算怎样才能盘问出真实情况来。是先把她哄高兴了，套她的话，还是告诉她自己准备离婚，让她受些刺激说出实话。两个思路举棋不定，怕没想好庄丽就进了门，又盼她早些回来好开始"审讯"。又想到自己对庄丽那么好，那么迁就她，她要真干出对不起自己的事情来，真就让人伤透心了。又劝自己："现在的社会搞情人太正常了，庄丽从我这里得不到欢乐，能从别人那里得到也算，只要她感到幸福，我也认了，只要别太明目张胆，让谁知道也别让我知道就行。"这样一想，觉得也不是什么大不了的事情，可是一转念，又很痛苦，觉得还是受不了。

正进行着复杂的思想斗争，听到开门的声音，马小波突然很紧张，心跳得"咚咚"的，不知该不该跟庄丽打招呼。急切间想到自己的角色是受伤的那一个，应该有所表现，就顺势躺到了沙发上。庄丽进来，开灯，换鞋，看了一眼马小波，眼睛是红肿的，显然哭了一夜。她把包挂起来，走进了卧室，拉开被子，脸朝里睡下了。马小波支着耳朵，听着庄丽的一举一动，知道她竟然去睡了，丝毫没有来安慰和解释的意思，胸口开始感到憋闷。半个小时后，马小波终于忍无可忍了，他先坐起来，望着虚掩的卧室门，——这扇门，有过多少次把他拒之门外，已经记不清了，无论谁是谁非，他总是理亏的那一个，趴在门上央求庄丽的原谅。

　　"我这是过的什么生活！"马小波终于爆发了，失去了男人的宽容和忍耐，彻底地爆发了，他跳起来一脚把那扇门踢开，怒吼道："好啊好啊！谁他妈在乎我呢？我每天辛辛苦苦为了这个家，谁看到眼里了？谁往心里去了？我在外面为了五斗米折腰，回来还要看老婆的眼色，对老婆点头哈腰，我图他妈什么？！我要的是幸福，可幸福怎么越来越远？谁关心我，谁体谅过我？我他妈是个男人，是男人就该当乌龟王八蛋？就该当孙子？我真是看透了，活着有球的意思，还不如死了的好！"马小波吼得情绪激动，吼得痛快淋漓，吼得通体舒泰，吼得欲罢不能，连自己都惊奇哪里来的这么多的哲理，这么多的说辞，这么多的委屈，这么多的怨言。难道说，男人并不是大大咧咧什么都不在乎，只是把委屈都藏在心里？老天，天长日久，那不成了个垃圾场了？马小波尽情地翻腾着自己的垃圾，陶醉其中不能自拔。

　　庄丽突然坐起来，怒视着马小波，眼睛里充满着鄙视，冷冷地说："滚滚滚，别在我跟前婆婆妈妈，叫邻居听见，你不嫌丢人我还嫌丢人呢！"马小波被庄丽的目光和语调刺伤了，那一瞬间，

第六章 外 遇

他彻底失望了，指着庄丽，扭曲着表情嘶叫："我丢人？我原来是这个样子吗？是谁把我变成这样的？！你知不知道，每天在你面前猥猥琐琐，成了习惯，我在外面也放不开手脚了？"庄丽冷笑道："你自己没本事，别把什么都推在我头上，你是不是个男人！"马小波惊讶地睁大了眼睛，一时语塞："我……"愤然转身，走向了书房，没有上床，而是穿过书房去了阳台。庄丽在背后骂道："心胸狭窄，敏感多疑，哪个男人像你这样！"

马小波逃到阳台上，响亮地拉开窗户，把上半身伸向外面，真想就此了结了所有的苦恼和痛苦算了。但冷冽空气使他冷静下来，勇气渐渐消退，他望着大街上的灯红酒绿，感到了活着的虚无，幸福的可望不可即。天气很冷，马小波坚持着站在窗口，心底依然有些盼望庄丽听见他开窗户的声音奔跑过来。但是他一直没有听见脚步声，马小波彻底绝望了，庄丽已经不把他的生死当回事情了。马小波试图让自己原谅庄丽，因为她正在赌气，她在赌气的时候除了自己的感受从来不管其他，可是他还是开始恨他。他为此震惊，结婚三年，他竟然开始感到了恨！

陀螺已经对抽打感到了厌倦

庄丽听见马小波拉开了阳台上的窗户，心想："吓唬谁呢！"又躺下了。躺下却不得安心，支起耳朵听马小波的动静，可是半天听不见声音，她不相信马小波有胆量寻短见，可又怕他真的一时想不开，有心跑过去瞧瞧，又赌气不想理他。想来想去，喊道："你要嫌热去街上凉快去，别把窗户开着，我嫌冷呢。"觉得语气有认输的嫌疑，又补充了一句："一点也不顾别人，什么人！"

没有任何反应，马小波像是真跳了楼了。庄丽拉长着脸，不情愿地从床上爬起来，走到卧室门口，看见阳台窗户那里黑乎乎有个人影，放心了，就去了卫生间。很大声地放水、关门，向马小波传达自己的毫不妥协，可是马小波没有任何表示。庄丽从卫生间出来，走到卧室门口，回头望望阳台：马小波不在那里了！"这人会不会真的跳下去了？"庄丽紧张极了，向阳台走去，但脚步依然不紧不慢，眼睛四下寻找着马小波。

马小波果然不在阳台了，窗户依然开着，庄丽走过去探身朝下望，楼下是一家发廊，灯光朦胧，没很多人围观的景象，暗暗舒了一口气，有些后怕地想："你要敢跳下去，我也不活了！"回头再找马小波，还是找不到。走回书房打开灯，看见马小波竟然在床边的木地板上躺着，看上去像是个死人。庄丽不屑地看看他这副尊容，转身要回卧室，又折回来，走到马小波身边去，弯下腰来用手试他的鼻息。还有气，但是很微弱。庄丽不相信马小波能气成这样，认定是在吓唬她，瞧见他这副样子，心里已经软了，嘴上还很硬，骂道："你装什么死呢，起来做饭去，我饿了。你听见没有！"马小波眼皮动都不动，看样子心已经死了。这是庄丽最不想要的结果，她需要这个人为她疯狂，而不是对她心灰意冷，一时恶向胆边生，吓唬马小波："你再要装死，我就把你拖到楼道里的垃圾口扔下去。"见马小波还是没反应，真就拉起他的两条腿，费劲地向客厅拖去。

马小波的脑袋撞到门框上，皱了皱眉头，没吭气，任凭庄丽摆布。庄丽把马小波拖到客厅，又改变了主意，把他拖进了卧室。马小波以为她回心转意了，要把自己往床上拖，没想到庄丽却把他往床底下塞。两条腿先塞进去了，肚子进不去，庄丽又忙着来搬他

第六章 外 遇

的脑袋。马小波忍俊不禁，想笑，又怕前功尽弃，干脆一咧嘴哭了起来，没有泪水，用手捂着脸。庄丽双手叉腰，居高临下地叫道："哭！今天哭不出眼泪来再说！"马小波想到自己一个男子汉，如今被老婆逼到这步田地，念及平日的操劳辛苦和为伺候老婆费尽心机，不由悲从中来，鼻子一酸，眼泪就下来了。

庄丽蹲下来，掰开马小波的手，竟然真的看到一张泪流满面的脸，呆了呆，想到他平时对自己的好，心肠就软了，再加上玩够了也玩累了。就顺势坐到马小波身边的木地板上，使劲把他扶起来，抱到自己怀里。劲用得很大，心里还是对他有气。马小波却哭起了劲，眼泪一股一股的。庄丽想安慰他，脱口的却是："哭！哭什么哭，我哪里对你不好了？"马小波开始诉说了："妈啊，你真不值得啊！"庄丽不解地问："怎么又想起你妈了，你妈怎么不值得了？"马小波哭道："妈啊，你为了我们兄弟几个，天不亮就下地，半夜了还在地里干活，我从五岁起就摸黑到地里喊你回家吃饭，那时候野地里有狼啊！妈啊，你不怕累死，就不怕儿子让狼叼走吗？你辛苦半辈子，总想让孩子们都出息，都到城里上班，好过上好日子，可是现在儿子们都出来了，都有本事了，你还在村里受苦。你把儿子都送到了城里，觉得他们都过上了幸福生活，可是我现在过的什么生活啊？我惹不起这个女人啊！妈啊，你真不值啊，干什么起早贪黑的，早知道这样你早些回家吃饭，受那么多苦干什么！"马小波牵动了衷肠，不禁嚎啕起来，庄丽是跟上马小波回过几次农村的，有产生联想的基础，不知不觉受了感染，眼圈也红了，抱住马小波柔声说："宝不哭了，都是我的不对，我不该不体谅你，不该对你太厉害。"

马小波被触动了近三十年的个人苦难奋斗史，当然要哭个痛快，哪里管她是否已经认错。一直哭到满头大汗、浑身绵软，马小波才悸动着安静下来。庄丽舒口气说:"妈呀,想不到你这么难缠!"她把马小波往床上拖,拖不动,哀求他:"宝听话,地下凉,别把腰弄坏了。"马小波借题发挥道:"我死了好啊,死了你好跟上初恋情人过幸福生活!"庄丽一听就放了手,怒道:"去去去,想死死去,给你两句好话你就蹬鼻子上脸了!"马小波的脑袋磕到地板上,呻吟起来,庄丽帮他扶住脑袋问:"起不起来,不起来永远别起来了。"马小波顺坡下驴,颤颤巍巍龇牙咧嘴地站起来,爬到床上去,顺手把庄丽也拉到床上,抱住她问:"你告诉我,你是不是经常和那个人在一起?"庄丽皱着眉头问:"哪个人?"马小波说:"你知道我说的是谁。"庄丽白他一眼说:"不是!"

马小波哀哀地说:"我知道我没本事,你瞧不起我,可你别侮辱我,你要觉得他好,就跟他去,我送你一份丰厚的嫁妆。"庄丽又好气又好笑,故意说:"好啊,我听听你给我多少?我满意不满意。"马小波挥挥手郑重地说:"所有的存款和财产都是你的,房子也归你了。"庄丽说:"全给了我那你怎么办?"马小波说:"我什么都不要,我要离开这里,去南方打工。"说到伤怀处,又要流泪。庄丽"咯咯"地笑了半天,捧住马小波的脸说:"你真可爱,我就是喜欢你这点。宝,我知道你心里不好受,我带他来没告诉你,就是怕你多心;我只爱你一个人,比你有钱有本事的人多了,我爱得过来吗?你永远是我最爱的人,谁也不能替代。"马小波望着庄丽问道:"辛明也不能?"庄丽迟疑了一下说:"当然不能,我和他是过去的事了,就是因为对他没感觉了,我才找的你,好马还不吃回头草呢,我是个人啊!何况他现在变得很势利,张里张狂,我有些讨厌他,躲还来不及呢。"

马小波听见庄丽说辛明的坏话,心里好受了些,开始相信她了。突然发现庄丽今天有些往日不见的柔媚，仔细看了看，原来是哭过的缘故，平添了许多温婉，不禁望着她失神。庄丽有些羞涩地翻翻眼睛问道："看什么看，色迷迷想谁呢？"马小波说："想你呢。"庄丽明知故问："我就在这里呢，有什么好想的，不定想谁呢。"马小波说："真的想你呢，想你刚刚认识我时的样子，谁能想到眼前这个母夜叉，就是从前那个小鸟依人的小女孩啊！"还没等他感慨完，庄丽就翻了脸："你少来啊，我现在怎么了？我还不是以前的我？你别得了便宜卖乖，打一巴掌揉一揉。是我变坏了还是你对我的态度变了？你是想再找个比我年轻的吧？"

马小波招架着庄丽的连珠炮，哭笑不得：这女人心真是海底针，太难捉摸了；女人的脸真是六月天，说变就变。感慨当中，马小波突然真的渴望能够有个温柔体贴的女孩走进自己的生活，弥补庄丽的不足。马小波想："这不算对不起庄丽吧，我以前苦守对她的忠诚，从不留心别的女孩，现在看来并没有换来理想中的幸福，我为什么还要愚钝下去呢？听天由命吧。"他望着庄丽，开始觉得她很可怜，这个女人原本完全拥有自己，可是她还嫌不满足，只怕自己忽视了她，于是用折磨和痛苦来提醒自己她的存在。她还没有意识到，马小波这个陀螺已经对抽打感到了厌倦，铭心刻骨的厌倦。

相夫教子是女人的天性和本分

三年的共同生活，马小波和庄丽已经把彼此的长短之处看得很清楚，用句不雅的话来形容，就是"一个人抬抬屁股，另一个人就知道他（她）要放什么屁"，能够磨合的已经磨平了，不能磨合的恐怕永远磨不平了。马小波学会了睁一只眼闭一只眼、得过且过。庄丽从第一年的一天生三次气，过渡到第三年的三天生一次气，如今有时候甚至会十天半月的和马小波相安无事，不过一旦生气，剧烈程度要超过以前的许多次，而且，偶尔还刷新纪录。马小波已经认识到理想的幸福家庭是美好的梦想，渐渐把精神需求转移到事业的成功上，希望反过来能刺激家庭的美满，毕竟，经济基础对于一个家庭和一个社会都是起决定作用的。

马小波学会了用沉默来应付庄丽的吵闹，除非实在无法忍受。他试图用疏远来提醒庄丽对自己的尊重，有意识地把陪庄丽的时间用来和领导、同事在一起，可回家可不回家就不回家。出乎意料的是，庄丽很支持他多在公司待一待，多跟领导出去玩。马小波很晚回到家里，怕庄丽不高兴，一路上想词，进门就作出疲惫不堪的样子倒在沙发上，向庄丽大倒苦水。庄丽轻易地就相信了他，端杯热水过来，坐在身边听他讲，表情跟着马小波的表情变化，感同身受的样子。完了还鼓励他："对对，多跟领导吃吃饭、玩一玩，不要让人家以为你不合群，对领导有什么看法。"马小波就很知足，觉得庄丽成熟多了。

无意插柳柳成荫，马小波居然被评为公司的首席策划，加薪百分之一百二十，——百分之一百二十啊，意味着以后每个月可以领到将近八千块钱，跻身白领阶层了！上午文件发下来后，马小波跑到楼梯间给庄丽打电话报喜，庄丽也很高兴，说："加上奖金，一年就是十几万啊！"马小波有些献媚地说："再多还不是给人家你上交吗，千金买你一笑啊。"庄丽说："敢藏私房钱小心你的皮！"又说："中午请你们策划部的人吃顿饭吧，你加了薪别人一定眼红得不行，知道谁会背后说你坏话？咱们就当花钱消灾吧。"

第六章 外 遇

马小波说:"对对对,亏得你提醒,有些事还是你比我看得远想得多。"实际上,他已经跟王总、姜永年和谢月还有本部门其他人约好中午去海鲜广场吃饭了。

去吃饭的路上,马小波突然想到庄丽跟上自己含辛茹苦这么多年,还没有去海鲜广场吃过饭,岳母有一次有心无心地望着庄丽说:"我们小丽结婚后怎么越来越瘦了?"听得马小波心里像刀剜似的。还有一次岳母当着马小波的面数落庄丽:"你要舍得让小波吃,看看你们家里,连水果都没几颗,要啥没啥,小波工作那么辛苦,营养跟不上怎么行?你们将来还要准备要孩子啊,没个健康的身体可不成!"马小波当时很感激,一个劲替庄丽辩解,后来想想,心里很不是滋味。马小波和姜永年、谢月坐在王总的车上,其他人打车跟在后面,马小波很希望有谁提出来让庄丽也来作陪,但是一直没人想到这话。因为这个事,马小波这顿饭吃得很不是滋味。因为喝多了酒,最后上的几个菜就没人吃了,买单的时候马小波想给庄丽打包回去,又不太好意思直说,就对谢月说:"谢姐,这几个菜没人动,你打包带回去给你家丫丫吃吧?"谢月说:"行,我家丫丫最喜欢吃海鲜了。"马小波赶紧吩咐服务员打包,强颜欢笑,心里却有些酸酸的。

晚上下班,马小波先打车到海鲜广场,买了几样海鲜外卖,又顺路花八百多块给庄丽买了一套名牌化妆品。回到家,庄丽正准备做饭,马小波把东西都放茶几上说:"不用做饭了,我带了海鲜回来。"庄丽有些不高兴地说:"海鲜多贵啊,你还没领上钱就这么花呀。"马小波随口扯了个谎:"这是中午请客剩下打包的,没专门买。"庄丽说:"我不吃别人剩下的。"马小波打开饭盒给庄丽看:"这几个菜上来晚了,直接就让打了包,没人动过。"庄丽马上说:"这还差不多,今天省下做饭了。"撂起来,拿去厨房了。马小波的鼻子酸酸的，坐到沙发上，把那套化妆品从背包里拿出来，喊道："收拾好了你就出来啊。"庄丽在厨房问："什么事？"马小波大声说："出来就知道了。"

马小波打开电视，看完了最后十几分钟《新闻联播》，庄丽还没从厨房出来，马小波又喊："你干什么这么久？"庄丽说："把海鲜分一半放到冰箱里，这么多咱们一顿吃不完。"说着走出来，看到茶几上的化妆品，眼前一亮："你买的呀？"已经开始一样一样仔细地看了。马小波犹豫了一下说："公司发的福利。"庄丽说："怎么发化妆品？男的也发这？"马小波笑着说："这不快到'三八'节了吗，发给男人，拿回家也可以给老婆用啊。"庄丽羡慕地说："还是你们公司有钱，发这么贵的化妆品！"马小波不由揽住庄丽说："这有什么，以后咱们自己也买得起了。"

马小波又去炒了个青菜，然后才开始吃饭，庄丽不解地说："那么多海鲜，你炒菜干吗？"马小波撇撇嘴说："中午吃多了，腻得慌，我吃菜，海鲜全靠你了。"吃饭的时候，马小波慢慢地嚼着青菜，看庄丽头也不抬地吃海鲜。庄丽吃饱了，抬起头问马小波："你就一点也不吃？"马小波说："中午酒喝太多了，吃点粗纤维的青菜解解酒。"庄丽要去洗涮，马小波说："你身上不是来了吗，我来洗吧。"庄丽说："没事，我用热水洗没事。"马小波说："你不去给咱妈打个电话告诉她我加薪的事？"庄丽笑道："你回来之前我就打过了。"马小波笑着问："咱妈怎么说？"庄丽说："她当然很高兴了，说早就看出你有前途。"马小波听了很得意："当初她还怕你跟上我受苦，还是你有眼光，非要跟我不行。"庄丽说："你少说我妈的坏话，她要真不愿意我也跟不了你，你别老把这事记在心里，她对你那么多的好，你就一件也没记住？"马小波见话头不对，赶紧赔笑说："我都在心里记着呢，你

第六章 外　遇

放心，将来我绝对比你们姐弟要孝顺老人。"庄丽哼一声说："你就是长了一张好嘴，当我看不到你的黑心烂肠子！"马小波笑笑，哼着歌去客厅看电视了。

庄丽洗涮完，又蹲在地上抹地板，抹到马小波脚下，呵斥道："把蹄子抬起来！"马小波把脚翘起来，笑嘻嘻地说："地板不见得每天要擦，看会儿电视吧。"庄丽"哼哧哼哧"地蹲在地上说："人家你工资越来越高了，我再不多干点家务活儿，在你手里能行吗？"马小波嬉皮笑脸地说："我挣得再多，还不是为了讨你高兴？"庄丽不理他，马小波继续说："'五一'的时候把咱妈带上去海南旅游几天吧？"庄丽说："你妈还是我妈？"马小波说："当然是你妈，我妈一个农村老太太，坐公共汽车还晕车呢，她哪坐得了飞机啊。"正说着，电话铃响了。马小波过去接，是李浩的电话。李浩问马小波最近怎么样，马小波兴奋地说："熬了这么多年，终于熬了个首席策划，加薪百分之一百二十。"李浩问那是一个月多少钱，马小波说："一万不到吧，顶多算个白领，比老板少多啦。"两个人说笑了半天，约好明天马小波请李浩吃饭。

马小波放下电话，脸上带着兴奋的余波转过身来，庄丽已经站起来，拉着脸对马小波说："我觉得你有些太张狂了，不要见人就说，枪打出头鸟你知不知道？"马小波有些沮丧，依然笑着说："没事，李浩是我同学，对别人我不这样。"庄丽冷冷地说："一个男人，有点好事就沉不住气，你见过钱没有？"马小波有点受不了了，皱起眉头说："你不要总用这种口气对我说话好不好，我是干得好才加薪的，是辛苦赚来的，不是偷来的抢来的，有什么不光明正大的？"庄丽拧身就走，边走边说："那好，我不管你，你拿回钱来也别给我，你有本事，我不沾你的光。"马小波望着庄丽的背影，突然间气急败坏，嚷道："我好不容易有个转机，别人没说什么，你倒让我不痛快了，怎么一有好事就要变坏事，总是高兴不了几分钟就要吵架？你是什么人呐！"庄丽回头盯着马小波说："我就是这么个人，你才知道啊。"马小波又沮丧气闷，关了电视去书房玩电脑游戏了。路过客厅的仪容镜，看到一张愁苦的脸，不由用手搓了一把脸，心想："妈的，有时候女人能够同患难，不能够同富贵，真是莫名其妙！"

马小波玩着游戏，听见庄丽洗漱过去了卧室，有心跟她耗一次，转念想到庄丽其实也挺不容易的，相夫教子是女人的本性，她也是为了自己好，只不过方式有些不讲究，可这正说明庄丽是个坦诚的人啊。经过庄丽那一瓢凉水，马小波那点兴奋的虚火也给浇下去了，觉得自己确实也有些沉不住气，让自己老婆败兴，总比让别人败兴强多了，应该感激庄丽才对。马小波关了电脑，洗漱过，也去了卧室。

情人跟爱人是否可以互补

从结婚第四年开始，马小波陪庄丽上街，不再目不斜视，而是左顾右盼，欣赏沿路的美色。其实那些女孩和女人不见得比庄丽长得好，他就是看个新鲜，他也没有什么不轨的企图，也就是饱饱眼福。但这也很让庄丽受不了，为此跟他生过好几次气。后来发现生气也没有效果，只会让马小波隐藏得更深，就改为实时监督和随时冷嘲热讽，马小波通常笑一笑，该干吗干吗。马小波回到家里有意识地做点家务，学做模范丈夫，在外面也学会了跟女人打情骂俏，开始跟上同事和朋友去歌厅和桑拿按摩，不过他倒是坚守一个底

第六章 外 遇

线,毕竟是个有责任心和谨慎的人,不愿意冒那个可能摧毁自己苦心经营的一切的险。

星期六晚上,马小波在卫生间冲澡,手机上来了个短信,庄丽拿起来看了,是谢月发来的一个带"色"的短信。庄丽把手机依然放到茶几上,看着电视等到马小波出来,不动声色地告诉他:"你有个短信。"马小波擦着头发拿过手机看了,笑笑说:"有意思。"庄丽问:"她为什么给你发这样的短信?"马小波无所谓地笑着说:"现在的短信不都是这样的,有什么奇怪。"庄丽看看他说:"我是说双休日她还给你发短信,你们是不是关系挺不错的啊?"马小波皱皱眉头说:"你神经啊?"庄丽把遥控器摔茶几上回卧室了,门"砰"地关上了。马小波无可奈何地摇摇头,坐到沙发上看电视去了,一副身正不怕影子歪的样子。马小波心里有底:正经八百给庄丽讲不清楚,只要待会儿床上表现好一些,什么事情都能过去。

第二天上午,讲好陪庄丽去做美容,出门之前,夫妻俩又吵了一回。起因是马小波觉察到庄丽的一个古怪。

马小波拦在庄丽面前不让她开门,把一张百元钞票举在她脸前抖动着问道:"你这是什么意思?"庄丽一把抢过那张钱,面无表情地说道:"不要拉倒,省下了。"马小波抬起一条手臂来扶在门上,哭笑不得地问:"你把我当什么人了?我是你老公,不是鸭!"庄丽柳眉倒竖:"莫名其妙,我发现你这个人很无聊,没事找事!"马小波在气头上,一把攥住庄丽的手,一路把她拉回卧室,指着床头柜命令庄丽:"你把那张钱放到这上头。"庄丽挣脱开,针锋相对:"我警告你,不要用这种口气跟我说话,我是你老婆,不是你的佣人。"马小波壮着胆再次命令道:"把钱放到这上头！"庄丽嚷着："不！"马小波一把把庄丽推倒在床上，摁住她的手腕去抢那张钱。庄丽把钱紧紧地攥在手心里，死活不撒手。马小波望着庄丽愤怒的面孔，犹豫了一下，放弃了行动，颓然靠着床头坐下来，换上一种温和的口气说："你不是要给我的吗？"庄丽仰面朝天躺在床上，眼神敌意地望着马小波："是你自己不要！"马小波讨好地说道："现在我要了，给我吧。"庄丽骂了一句："贱！"抬手把攥成一团的钱扔到马小波身上。

马小波捡起那张钱，小心翼翼地展开了，放在床头柜上。然后把自己的眼镜摘下来压在那张钱上，指着自己设计好的这个场景问庄丽："你每次都是这样给我放零花钱的吧？"庄丽斜了一眼床头柜上的钱问道："怎么啦，有什么不对吗？"马小波说："你不要装糊涂了。"庄丽坐起来不解地看着马小波问："你是不是嫌钱少？我知道你现在每个月的工资要高出这张钱几十倍，可是你想过没有，要不是我精打细算地理财，就你那大手大脚的习惯，猴年马月才买得起新房子！"马小波辩解道："你不要误会，我不是嫌你给我的零花钱少，这个家由你当，我很放心，也很省心，我只是突然发现你给我零花钱的方式不对。"庄丽反问道："有什么不对？难道我必须把钱递到你的手里？你每天起床那么晚，我又着急去上班，不把钱放在床头柜上，难道还替你放钱包里？！"马小波说："不是，我指的不是这种方式，我今天早晨才突然发现，你给我零花钱的规律：如果第一天晚上咱们做爱了，第二天早上我睁开眼睛，就会看到床头柜上的眼镜底下压着一百块钱；相反，如果床头柜上没有钱，那么头天晚上我们一定没有做爱。你承认不承认这个事实？"庄丽盯着马小波，眼神有些迟疑，老半天"扑哧"笑了，贴上来搂住他，有些难为情地笑着说："你误会了。"

"误会？哼！"马小波嘲笑道，"你越来越不把我当你丈夫

第六章 外　遇

看了，岂止是零花钱，这两年我在这个家里连自己的行动都没了自主权，什么时候洗脚刷牙，什么时候吃饭看电视，什么时候看书睡觉，都要你指挥！现在倒好，我成了你的性服务人员了，还给上了小费，——什么小费，就是服务费！"

庄丽收敛了笑容，厌烦地说："少给我唠叨，没有我，你能走到今天？实话告诉你，就是你伺候我高兴了，我才给你钱，不高兴我就不给，你要怎么样吧？谅你也不能怎么样？！"她冷笑着打量气歪了鼻子的马小波。

"你这是对我——你的丈夫极大的不尊重。"马小波也索性换上一副外交的面孔道，"在这个家里，我找不到自己的尊严，作为一个丈夫、一个男人甚至一个人的尊严。"他仿佛觉得自己有些小题大做，过于认真了，缓和了一下口气，近乎哀求地望着冷笑的庄丽说，"我不是个封建思想严重的人，我不要求男尊女卑、夫为妻纲，我也不奢求什么举案齐眉，我只是要求你一点，能不能尊重我一些，就像平日我尊重你一样，怎么说，我也是个有事业有地位的男人，我不想在家里和外面活得判若两人……"

庄丽一直在望着气急败坏的马小波冷笑，她轻松地反驳他："够了，不要觉得你现在是什么首席策划，外人捧你几句，就跟个人物似的；我不管你在外面是什么东西，在家你别给我摆谱！"

四两拨千斤，马小波一腔沉重的心思瞬间灰飞烟灭，他瘫坐在床上，似乎想放弃了，又不甘心地挣扎着说了一句："你好好想想，在这个家里我什么时候摆过谱？我还摆谱？我一直在苟活着！"

庄丽大怒："我一天到晚地伺候你，你还要怎么样？！"

马小波抬起头来，望了一眼庄丽怒目金刚的样子，苦笑着摇摇头，站起来走出了卧室。庄丽却趴在床上哭了起来。

马小波去厨房倒了一杯水，端出来在客厅里走来走去，边走边喝，表情渐渐平和下来，看来那一杯水足够浇灭他心头之火。喝完水，他把杯子放到桌子上，重新走回卧室。庄丽依然在哭，头发在床上披散成一片，像盛夏水面上的荷叶。马小波在她身边趴下来，手抚在她头上，柔声劝道："别哭了，都怪我不好，我太敏感了。"

庄丽瓮声瓮气地骂了一句："你小肚鸡肠，你不是男人。"

马小波冷漠地望了一眼妻子的头发，咬咬牙说："对不起，我小肚鸡肠，我改就是了，你别哭了，洗个脸，不是还要去做美容吗？"

最后一句话很有效，庄丽爬起来，乱发遮掩着脸，去了卫生间。马小波如释重负，讨好地笑着，但对方全没看见。马小波只好坐在床边苦笑，暗道："我他妈的就是这样把尊严葬送的，每次总不能跟她坚持到底，这夫妻间的战争，主动缴械的一方，把道理、气势、尊严都给输尽了，而且，会形成恶性循环，一次你妥协，以后次次得妥协。"马小波不无懊恼地想："这辈子怕是难出头了，遇上个体谅丈夫的还好说，像庄丽这样无理强三分的，打倒你，还要踏上一万只脚，哪里还有翻身的指望？"

"庄丽怎么就不明白，我这是让着她？"马小波一边摇着头苦笑，一边通过卧室的门朝客厅里望，他拿不准，庄丽是否肯就此偃旗息鼓。

很快，庄丽在客厅喊道："你走不走？不走我一个人去也行。"马小波赶紧跑出来，赔上笑脸："走走，怎么敢不去，给老婆当保镖，天经地义。"庄丽刚洗过的脸很潮润光鲜，但冷冰冰的，她边换鞋边说："去不去由你，我没求你。"马小波笑笑，赶紧也去换鞋。

第六章 外 遇

出门后，庄丽换甩下一句："要不是跟人家约好了时间，今天跟你没完。"她抬头看了看天，太阳已经爬上了楼群之巅。

一前一后，来到美发厅时已经比约定时间晚了十几分钟，女人气十足的南方小老板责怪道："怎么现在才来呀，还以为你不来了呢！"庄丽赔上个笑脸说："有点事情耽搁了一下，不好意思啊。"小老板接过庄丽提的塑料袋，举在眼前打量了半天说："哟，还用这一套呀，早就过时了！"他指给庄丽看墙上的新产品宣传画说，"用这套新产品吧，效果非常好，只要买这个系列的产品，终身免费给你做。"庄丽问了价钱，考虑了半天，同意了。小老板高兴坏了，喊道："过来一个人，领庄小姐去做新产品吧。"他望了望马小波，马小波背过脸去看墙上的发型广告，——庄丽花钱从来不跟马小波商量，这次也不足为怪。

马小波见不得小老板那男不男女不女的样子，他拉过把椅子，坐下来看电视。庄丽被服务小姐领进小隔间去了。小老板走过来跟马小波搭讪，马小波敷衍了几句，他不习惯跟没有共同语言的人闲扯，但每次陪庄丽来，都不得不忍受小老板乏味的盘问。小老板曾听庄丽说过马小波是个大公司首席策划，一个月可以赚到一万块钱，羡慕不已，看上去准备对马小波做个深入采访。马小波故伎重施，借口出去买几份报纸，逃走了。临出门时问小老板："我老婆多长时间能完？"小老板说："怎么也得两个小时吧，主要是面膜做好后要让药物多渗透一段时间。"马小波说："知道了，我很快就回来。"

关上铝合金拉门，马小波站在门口四下张望了一番，轻轻叹了口气，朝书报亭走去。没走几步，仿佛听见有人喊他，声音饱含惊喜和柔情。抬头一看，一位稍嫌丰满、皮肤白皙的少妇正冲他绽露着端庄秀美的笑容。

不认识，马小波没敢搭腔，左顾右盼。对方在他眼前站定，略带羞涩地笑着问："小波，你不认识我了？"从对方无可置疑的神情里，马小波判断出他们曾经可能是非常熟悉的人。因此，他从她的面容中也依稀分辨出一丝熟悉的影子，拼命地想把她从记忆的湖水里捞出来。但最终还是人家给出了答案："讨厌，贵人多忘事，我是苏小妹呀！"马小波恍然大悟，可不是大学时的恋人苏小妹吗，梦见她无数次了，都是别人的形象，因此都把她原来的样子忘了，马小波叫道："唔，你是苏小妹，我的天，怎么变成这样儿了？！"苏小妹羞红了脸，捅他一拳："讨厌，一见面就笑话人家，你不也胖了吗？"马小波"嘿嘿"笑了，心情彻底好起来，他终于可以认定，眼前这位美丽的少妇，的确是七八年前那个黏在他身边比小猫还听话的苏小妹。不过当年麻秆瘦的小女孩如今竟发福成了一个丰满的小妇人，真是人生如梦啊！见到苏小妹，马小波觉得自己再次高大起来，找到了男人的自信和力量。他知道，在苏小妹眼里，他永远是完美的，从她脸上腾起的红晕和起伏的胸脯就可以判断出来。

苏小妹问道："小波，没想到能碰到你，住在附近吗？"

马小波说："不是，我陪老婆来做美容……"

苏小妹打断他："老天，你的时间那么宝贵，怎么能陪她来做美容！你知道吗，你不是属于某个人的，也不是属于你自己的，你属于大家，你是大家的财富，谁也不能浪费这笔宝贵的财富，包括你老婆。"

望着苏小妹竟然有些怒气的样子，马小波得意地大笑起来："小妹，你了解我的事业吗？这么多年了，我以为你对我一无所知呢？"

"我并不了解你现在的情况，但我相信你，你有多大的成绩都

第六章 外 遇

不奇怪，因为你是最优秀的。"苏小妹蹙起眉头坚定地说，继而又柔情地笑了："我关心的只是你的生活，你生活得幸福吗？"

马小波的心头飘过一丝黯然，但快乐的情绪马上蒸发了它，他问苏小妹："我还行，你呢？你一直住在这座城市里吗？怎么今天才碰见你？"

苏小妹说："不是，毕业后我回了成都，我老公来这里做生意，租了间房子暂时住了下来，就在这附近。"

"那你现在去哪里？"马小波望着她的眼睛。

苏小妹还是忍不住地要羞涩，可能不是因为两人以前的情分，而是因为她外表的变化。因此，她有点难为情地告诉他："我去前面的美发厅。"

"你也去美容？！"马小波开心地看着她。

苏小妹笑了，低下头去。俄而，她又抬起头来，眼神闪烁语气坚定地说："现在不去了，咱们去我家里坐坐吧，我想给你做点什么吃。"

马小波猛然有点鼻酸，他潇洒地笑着掩饰了过去，故作神秘地问道："是不是你老公不在家？"

苏小妹脸上掠过一丝红晕："他谈生意去了，明天才能回来。"

马小波不自觉恢复了当年风流倜傥的样子，假装惋惜地说："可惜呀，我只有不到两个小时时间，够用吗？"

苏小妹羞涩地骂道："讨厌！"她挽过马小波的手臂，几乎是在拉着他往前走。——七八年前，刚进大学门槛的苏小妹就是这样挽着哲学系学生会主席马小波的手臂到处招摇，真个叫小鸟依人。一直挽到第二年马小波毕业。马小波觉得，如今挽着他的这条胳膊比过去的粗了至少两倍，当年娇小的四川妹子苏小妹走在他身边，轻盈得像没人似的，不扭头，看不到身边还有个大活人，而今眼角的余光里有很大的一片白影子，而且手臂上明显能感觉到一个人的体重。这让马小波觉得像跟一个陌生的少妇走在一起，有点别扭，也有点莫名其妙的冲动。

苏小妹却很坦然，就像挽着她法定的丈夫，两个人有说有笑地向苏小妹的住处走去。

艳遇往往没有想象中那么美妙

租来的房子很简陋，虽然是新楼房，却只简单地刮了一下家，门窗还是原来简装的。进得门来，马小波随手磕上了防盗门，想把房门也关上，犹豫了一下，没好意思。苏小妹兴高采烈地径直去了厨房，叫道："你先看会儿电视，我马上就好。"

马小波打量了一下这空洞而苍白的房子，走过去坐进白墙下红色的沙发里，拿起遥控板来，打开对面白墙下的黑色电视机。

广告。

厨房里传来流水声。

忽然间，一阵莫名的激动袭击了马小波，使他的心跳"嗵嗵"响亮起来。他深吸一口气，望了一眼那扇半开的房门，透过防盗门上的栅栏，可以望见楼道里白墙上若隐若现的阳光。

为什么，为什么会紧张？区区苏小妹而已，自己以前的恋人，又不是跟别人的老婆偷情。

对于苏小妹，马小波是襟怀坦荡的，虽然曾在一起厮混了一年时光，但他给她保留了贞洁。他不能做得太过分，一来苏小妹是刚

第六章 外 遇

入校的小学妹,占她的便宜会受到良心的谴责与高年级女生的万指齐戳;二来当年马小波的确对苏小妹没有欲望,一个傻乎乎稚气未脱的小丫头片子,怎么也算不上是一个有魅力的性感女人吧。

可是现在马小波却紧张了,而且越来越紧张。这一切都来源于苏小妹的变化和她的陌生。或许从苏小妹方面,她觉得自己还是那个苏小妹,一辈子都是一个苏小妹,但马小波不能,他开始意识到,自己跟着一个少妇,趁人家老公外出的时候,来到人家家中,显然,有着不可告人的目的,至少动机是暧昧的。

马小波抬眼看看对面墙上的石英钟,还有一个半小时庄丽就会完了。

他站起来,试图用参观来使自己平静,走到卧室门口站了站,看见了一张双人床,上面横卷着一床大被子;没什么好看的,马小波又踱向厨房。苏小妹正手忙脚乱地炒菜,围裙勒着她穿着紧身纯棉衣裤的腰身,胸脯高耸,丰臀挺翘。马小波心中"咯噔"了一下,感到了触目惊心:这丫头变得风韵无限了。苏小妹听到他进来,回头嫣然一笑,马小波又是一阵头晕。他尽量平静着自己的心跳,走过去站在苏小妹身后,在她头顶上方说:"我来吧。"苏小妹笑道:"你会吗?"马小波一笑:"在我家从来都是我炒菜,女人家炒菜舍不得下料,火也太小,纯粹是煮菜,不香;你见过几个名厨是女人?"

马小波正夸夸其谈,苏小妹却一把推开了他:"快走开,你怎么能下厨房?你以为你是一般男人呀,做家务!你怎么能炒菜和做家务?!"

马小波有点傻,想不到这么多年了,他在苏小妹心目中还是那样神圣,还是那个世界上最令人尊崇的男人。他不由拉开一段距离,望着得意地忙着的苏小妹,很明显,她为能为了马小波忙碌而兴奋，更为能让马小波很男人地袖手旁观而骄傲。马小波在感激之余，又有些感慨，其实，从他心底里并不追求大男子主义，他不认为当坐享其成的甩手掌柜是多么幸福的事情，他甚至很乐于和自己心爱的女人一起干家务，享受那份饮食男女的烟火之乐。但是现在看来，无论是庄丽还是苏小妹，都不给他这个机会，——前者全让他干，后者全不让他干。马小波黯然地从苏小妹家厨房退出来，不由长长地叹了一口气。

无所事事，马小波重新坐进客厅的沙发里，伸手去拿茶几上的香烟，他看到自己的手有点抖。他拿起烟盒，又放下了，脑子里转过一个念头：不能让苏小妹的老公回来后看到烟灰缸里有烟头。然后马小波悄悄笑了："这说明我心里有鬼。"他猜想着，不知道苏小妹是否向老公提起过他这么个人。

苏小妹在厨房喊他帮忙端菜，马小波站起来，飞快地赶了过去。苏小妹一手握炒瓢，正往盘子里划拉炒好的菜，丰腴的腰身扭成一个柔美的曲线。马小波鬼使神差地径直贴上去，从后面抱住了她。苏小妹长长地呻吟一声，炒瓢"咣"地扔在了煤气灶上，小铁铲在地板上清脆地跳跃。马小波忘情地把脸贴在她的耳际，厮磨着，双手早攀在了鼓起的那两峰，并且一只手向下滑去。苏小妹扭动着，大声呻吟。马小波怕墙壁隔音不好，叫邻居听见，赶紧扳过她来，把嘴压在了她的嘴上。两个人长久而深深地吸吮着。这一切，对马小波说，自然而又陌生，这都是从前他们从未有过的体验，他甚至有些惊奇："是什么力量，把一个木讷的傻丫头，变成了一件一碰就响的尤物？是时光吗？"

厨房里毕竟味道和环境都不甚理想，两个人才能渐渐恢复理智。苏小妹偎在马小波身上，看样子一辈子都不想动了。但马小波轻轻的一个眼神，她马上乖乖地端起了盘子。

第六章 外 遇

终于，两个人都坐进了白墙下的红沙发里，面对着茶几上的四盘菜。马小波说："我不饿，吃不下。"苏小妹嗔道："那你不早说，害我忙这么大半天。"马小波笑道："你问过我饿不饿吗？"苏小妹难为情地笑了："人家一心想为你做点什么吃嘛！"马小波不由调笑道："做什么不好，非要做菜？"苏小妹骂道："讨厌！你又欺负我。"马小波开心地大笑，他睨苏小妹一眼道："你家的门坏了吗？"苏小妹回头望了望半开的房门，羞涩地白了马小波一眼，走过去关门。

望着苏小妹扭动的腰肢，马小波的笑容凝固在脸上，这个风情万种的小妇人，真的就是当年的苏小妹吗？苏小妹关好门，回过身来，看到马小波直瞪瞪地望着她，脸上涌起红潮，一脚深一脚浅地扭过来，倒在他怀中。

受她的鼓舞，马小波更加投入起来。偶然闭了一下眼睛，或者说就在一眨眼的黑暗中，他错觉手下的是庄丽的身体。女人的身体何其的不同，又何其的相同啊。马小波惊觉地停了下来，抬头看了一眼墙上的石英钟：离庄丽做完还有整整一个小时。

苏小妹觉察到马小波的异样，睁大眼睛望着他，问道："怎么了？你看什么呢？"马小波随口问："怎么不见你和你老公的合影？你们没有照片吗？"苏小妹不假思索地说："又不是跟你在一起的合影，挂出来有什么价值？！"马小波停下手上的动作，沉思片刻，认真地告诫苏小妹："记着，要尊重你的丈夫，既然你嫁给了他，就不要看轻他。"苏小妹转转眼珠说："好吧，我听你的。"

马小波强调说："我是认真的！"苏小妹委屈地辩解："谁也不能跟你比，我老公也不能，我不能把他跟你相提并论。"马小波沉下脸说："不行，不能这样，在妻子心目中，老公才是第一位的，你一定要记着。"苏小妹轻轻地问："为什么？"马小波大声说："这很重要！"苏小妹不敢问了，坐起身来，抱住了她心目中的伟丈夫。

马小波苦笑了一下："抱着人家的女人，劝人家的妻子尊重自己的丈夫，真是自欺欺人的勾当啊！"但他马上又坚定地认为，苏小妹的老公应该感谢他，至少，他让他得到了老婆的尊重，而做好事者却无人来搭救。

一点小别扭带来片刻的沉默，激情在降温。马小波意识到了这一点，但他恶作剧地不去挽回，闭着眼睛，冰冷地沉默着。苏小妹放开他，认真地审视着这个男人，突然笑了："讨厌，几年没见，你连个男人也不是了！"马小波马上就领悟了她的意思，就着台阶往下走，不易觉察地望一眼墙上的挂钟，大大咧咧地说："抓紧时间，还有不到一个小时，我要让你知道什么是真正的男人！"他一把抱起她来，向卧室走去。苏小妹全身尽可能地贴在马小波身上，因为幸福而微微战栗。

他抖擞精神，准备大有作为一番，却发现依然不甚理想，像霜打过的茄子。最终，马小波只能用粗暴来掩饰自己，站到床下，握着苏小妹的脚腕，把她拉到床边。苏小妹期待地迎合着，她的夸张，夸大着自己崇敬的男人的强大。马小波也很想给苏小妹展示一个强大的自己，最终，却草草了事。

马小波跪在床边，像剖腹自杀后的日本武士。苏小妹也坐起来，抱紧马小波，用一卷纸巾来向他展示自己毫不降温的柔情。马小波的心中充满了歉意，细细一想，竟是对两个女人的。他再也不忍看苏小妹残败的身体，轻声告诉她："穿上衣服。"

苏小妹飞快地蹬上裤子，她虽然比七八年前胖了至少三十斤，动作依然像当年一样灵活，就像她对马小波依然火热的那颗心。

第六章　外　遇

苏小妹去卫生间了，马小波习惯地把地上用过的纸巾一团团捡起来，捧在手里也走进了卫生间。苏小妹手里握着把梳子在镜子里惊愕地瞪着马小波问："老天，你怎么收拾起来了？你是个男人呀，快给我，我来收拾。"马小波自我解嘲道："我还算个男人吗？……"苏小妹把那团纸扔进纸篓，抱住马小波说："谁敢说你不是男人？一两次发挥不好而已，是你缺乏锻炼。肯定平时没找其他小姑娘玩过，我要是你老婆，才不会把你管得那么严，一切随你高兴。"马小波始料不及，心下感慨了老关天，抱着苏小妹不撒手，生怕对方看见他惊愕的表情。

重新坐回白墙下的红沙发上，苏小妹趴在马小波膝上，马小波面无表情地望着对面墙上的石英钟：还有二十分钟。

电视里依然是广告。

苏小妹望着马小波，目光像是在梦游，喃喃道："小波，你说，要是当初咱们结了婚多好啊？你说，咱们这辈子还有可能生活在一起吗？"

马小波的心猛地抽了一下："呀，如果这一切全是苏小妹的圈套，她想破坏两个家庭而和我生活在一起，岂不是让她得手啦？真要是这样的话，麻烦可就大啦，这辈子也许就毁在这个精神偏执的女人手里了。"马小波不敢暴露出自己的惊慌来，凭着过去他对苏小妹的了解，这不是她的作风，但时光既然可以改变她的外表，怎么不能同时重新雕蚀她的心灵？马小波忧心忡忡地叹了口气，目光中充满了忧伤。苏小妹无限敬仰地望他一眼，张嘴在他大腿上咬了一口，说道："爱死你了！"马小波想不到她会隔着裤子咬自己的腿，心下十分感慨："老天，这是多么迫切的爱呀！"他更加紧张了，忍不住问道："小妹，你跟你老公提起过我吗？"

"没有，过去没有，将来也不会！"苏小妹坚决地说。

"为什么?"

"每个人都有自己的秘密,你就是我的秘密。"苏小妹幸福地望着马小波。

马小波冲动地抱住了苏小妹:"小妹,我愿意成为你永远的秘密。"

"可我希望能一辈子跟你生活在一起。"

"不,小妹,还是这样最好,一结婚,一切美好的都不存在了,我不想失去你,不想让我们俩成为敌人和陌路。"

"我懂……"

苏小妹双手紧紧握着马小波的一只手,含情脉脉地望着他,不能放开。

但马小波必须走了,他毅然决然地站起来向门口走去,苏小妹不撒手,几乎被他拖到了门边。

有些错误是绝对不可以原谅的

匆匆奔出苏小妹家的单元门,马小波出了一身虚汗。下楼梯的过程中,他觉得每一扇门的猫眼里都有一只眼睛在等着看清他的尊容。第一次,马小波觉得自己像过街的老鼠,像被人追逐的小偷。而苏小妹却一直站在楼道口目送她的情人狼狈逃去,她的脸上挂着幸福的红晕。

来到大街上,马小波放慢了脚步,一边回味与苏小妹在一起的情景,一边置疑它的真实性。真的与庄丽之外的女人有了私情吗?并且就在几十分钟前发生了关系吗?没有,不可能,马小波不是那样的人，庄丽更不允许他那样做。马小波所有的闲暇的时间，必须全部和庄丽在一起，由她来支配他，他根本没有机会。

所以，一切都是不可能的，一切都是虚幻的，不存在的。

只是，马小波和庄丽之间多了一个叫秘密的东西，而已。

终于也有了情人，同时成了别人的情人，马小波感到一点虚荣和万分愧疚。

"无论如何，这是我的第一次也是最后一次，只要守住这个秘密，对于庄丽来说，我还是没有做过对不起她的事情。"

马小波有些坦然了，他脚步轻快地往美发厅赶去。刚到门口，庄丽正好出来。看到那张光鲜冷漠的脸，马小波突然慌乱起来，乱了方寸，不知道如果她要盘问，自己该如何回答。然而对方甚至没心情看他一眼，径直顺着人行道走去。马小波赶紧跟上，感到自己就像前面那熟悉又陌生的女人养的小宠物，一只小狗或别的什么。

一路之上，望着庄丽苗条的背影，马小波想起苏小妹已近臃肿的腰身和那些不堪入目的身体部件，感到了真实尖锐的逼近。他下意识地躲闪了一下，以防被飞来的利器所伤。

有时候，虚幻是慰藉，而真实却是伤害。

为了确定刚刚发生的一切的真实性，回到家，趁庄丽上厕所之机，马小波去阳台上给苏小妹打了个手机，他用眷恋而深情的嗓音告诉她："我已经回到家了，回头再联系吧，下次由我选一个地方，好好向你展示一下我的强大。"

苏小妹却轻轻地笑了："不必了，有一次就够了，我想，我得到了。"

苏小妹的语气令马小波意外，他追问："为什么？你得到什么了？"

"我呻吟，是为了让你还想要我；我和你做爱，是为了得到你的孩子。"

"为什么？"

"不为什么，我知道我这辈子不可能得到你，我只好得到你的孩子，至少，我们的孩子可以和我在一起。"

"你怎么敢肯定你怀上了我的孩子？"

"我的心告诉我的。"

"你太唯心了吧，心怎么告诉你？"

"我相信我的心，因为我想着今天能遇见你，它就带我见到了你。"

"这么说我们碰见不是偶然？"

"有时候偶然就是必然。"

"什么时候？"

"在你心有所想的时候。"

沉默了片刻，马小波像爱情电影里的男主角一样投入地念了句"台词"：

"谢谢你，小妹，我会永远保守这个秘密。"

"谢谢你给我的孩子，它是我们共同的孩子，也是我们共同的秘密。"

挂掉电话，马小波怅然若失，不是因为苏小妹那一番话，而是他有了新的发现，那就是，他觉得在他和庄丽的夫妻关系上，自己的过错肯定很多。因为他终于发现，他和其他男人一样，都是自以为是的人，而且他根本不知道女人们心里到底在想些什么。

马小波站在阳台上，望着苏小妹家的方向遐想，良久，轻轻地叹口气，转过身来。庄丽不知什么时候站在了门口，目光冷冷地审视着他，问道："刚才跟谁打电话呢，这么伤感？"马小波再次感到了慌乱，信口扯谎："一个客户，约好了明天见面。"然而终

第六章 外　遇

是底气不足，眼神游移不定，反而引起了庄丽的怀疑，研究着他的表情。马小波感到了屈辱，他粗鲁地推开庄丽，走进了书房，一边大声地发起牢骚："你不要用审犯人的口气跟我说话好不好？我是你丈夫，不是你养的宠物！"庄丽的火气也上来了，眉头拧成了一团，可是她还没开口，马小波的手机响了。

马小波撇开庄丽，没好气地翻开机盖，心脏瞬间停跳了：竟然是刚刚拨打过的苏小妹的号码。马小波望着手机屏幕，犹豫不决，手机铃声执着地响着，两声，三声，四声……就要结束的时候，庄丽冲过来抢过了手机。马小波抢了一下没抢回来，大声喊道："你干什么？"庄丽冷笑道："干什么？你为什么不接？"马小波不甘心地说："还不是刚才那个客户，已经给他说清楚了，没必要再接了，浪费电话费。"这个解释太幼稚了，给了庄丽接听电话的勇气，她摁下了接听键。

那一刻，马小波仿佛看到地狱的大门打开了，他后悔死了。情急之间，想冲过去夺过电话扔到楼下，但是还没等他行动，已经听到苏小妹的声音说："小波，我突然很想你，想得我想哭。"庄丽脸色大变，眼睛瞪得老大，嘴唇开始哆嗦，但她坚强地听着。苏小妹还在说："小波，小波，你怎么不说话，不方便吗？"马小波瘫在了床上，把一只手伸向庄丽哀求道："求求你，挂了吧。"庄丽无声地惨笑着，望着马小波，眼里的泪水开始往外溅。她终于冲手机骂道："马小波已经死了！"苏小妹挂断了电话。

马小波趴在床上，把头埋进床单里，像一只把脑袋钻进沙里的鸵鸟，自欺欺人地试图躲过致命的打击。庄丽直戳戳地站在那里，用变了调的声音说："你不要装死，今天你要不说清楚，有你的好果子吃。"那一刻，马小波真想跪下来，向庄丽坦白一切，然后请求她的原谅。但是他很快就否决了，他太了解庄丽的脾气了，如果他承认了一切，只能意味着两件事：一是离婚；二是出人命。马小波在黑暗中寻找来拯救他的上帝，可是只看见了群魔乱舞。看来他只能自己救自己了。

马小波坐起来，平复了一下心情，平静而轻松地对庄丽说："实话跟你说了吧，这个女人是我的客户，她喜欢上了我，我一直躲着她，可她还是纠缠不休。小丽，你相信我，我们之间什么也没发生过。"庄丽想了想说："好，要我相信你不难，你当着我的面骂她。"马小波始料不及，犹豫道："这恐怕不好吧，人家只是喜欢我，我不理她就行了，犯不着骂她。"庄丽哼了一声说："你不骂，就是心里有鬼。"马小波推心置腹地说："小丽，你太任性了，我大小是公司的首席策划，怎么能出口伤人说脏话呢？这不是破坏公司的形象吗？老总知道了非炒了我。"

往常说到饭碗问题，庄丽就会罢休，这次显然性质不同，她冷笑着说："你为了你那点臭面子，宁肯把老婆气死！好，你不骂我骂。"她哆嗦着翻出苏小妹的号码，就要按拨出键。马小波赶紧说："我骂，我骂。"夺过手机来，可怜兮兮地望着庄丽问："我从来没骂过女人，怎么骂呢？"庄丽说："你骂他贱货，不要脸，叫她别再缠着你了。"马小波为难地说："这话你们女人才骂得出口……"庄丽不耐烦地说："你骂不骂，不骂我骂。"马小波赶紧说："我骂我骂。"鼓足勇气按下了拨出键。

通了，苏小妹在那边说："喂？"马小波说不出话来，看看庄丽，庄丽认真地准备听他说话。马小波嘶哑着嗓子说："你误会了，以后咱们不要再见面。"苏小妹被他这没头没脑的话弄糊涂了，问道："你怎么了小波？刚才那是谁？是你太太吗？"马小波赶紧说："好了，再见。"庄丽越听越气，扑过来抢过手机大声说："喂，喂！你是个什么女人？你怎么这么贱？你自己没有老公

第六章 外　遇

吗？非要抢别人的老公！天底下有你这么不要脸的人吗？……"马小波如同在油锅上煎熬，咬着后槽牙硬挺着。

　　庄丽正骂得痛快，苏小妹挂了电话。再打，不接了。庄丽一腔妒火无处发泄，扭头看到马小波在发愣，甩手把手机砸了过去，马小波伸手去护头，手机砸在手背上，感到一阵剧痛，"哎哟"一声，赶紧看手，已经慢慢肿起来了。要在往常，马小波受了伤，庄丽马上就没有了火气，反过来哄马小波，但这次她反而冷笑了，不屑地说："打死你你也是为别人死的，和我无关！"说完，转身去了客厅。很快，马小波听见防盗门重重地关上了。

　　马小波躺下来，望着天花板，感到手背火辣辣的，看一看，已经紫青紫青的了。他想不到事情在瞬间变得这样糟糕，重重地叹口气，自言自语道："妈啊，终于结束了。"此时，他已经没有了主张，冷静了一下，正想爬起来找到手机给苏小妹解释一下，然后请他为自己圆谎，听到钥匙粗暴地插进防盗门的声音，赶紧又趴下来，开始捂着手呻吟。

　　庄丽去而复返，径直走回书房。马小波担心地想："她不会拿了东西回来想砸死我吧。要砸就砸吧，是我对不起她，死了就算了！"闭着眼等待命运的安排。庄丽铁青着脸走进来，看也没看马小波，捡起他的手机，又往出走。马小波预感到什么，睁眼看见庄丽拿走了手机，赶紧叫道："你拿走我的手机，客户找我怎么办？耽误了公司的事情就闹大了。"庄丽怨毒地说："你不顾我的死活，我也什么都不在乎了。我一定要把你们的关系搞清楚！"

　　马小波说："你去哪里？"

　　庄丽说："跟你没关系，我也去找个情人玩玩。"

　　防盗门又被摔上了。马小波颓然倒下，感到了末日的来临，脑子里反复想着一句话："莫伸手，伸手必被捉。"马小波沮丧地想:"人家搞了那么多情人,什么事没有,我还没明白过怎么回事来,就露馅了,遭到了报应,多么不公平啊!"

天黑下来了,庄丽没有回来的意思,马小波有些怕她回来,如果庄丽搞清了他和苏小妹的关系,后果将不堪设想。马小波一动也不想动,这半天他终于想明白了:对于某些人来说,有些错误是一次也不能犯的。这是乖谬,也是宿命。很可能庄丽永远都不会原谅他了。

第七章

同 居

除了那个家已经无处可去

　　庄丽拿走马小波的手机，原本是怕苏小妹再给他打电话，两个人编制骗局。盛怒之下，她想去范红那里住一个晚上，让马小波着着急。走出单元门，凉风一吹，庄丽想到应该先确定一下马小波和苏小妹的关系，然后再决定自己怎么做，——回去还是去范红那里——，她觉得总让范红知道自己拴不住男人的心，挺没面子的。于是庄丽想到可以利用马小波的手机试探一下苏小妹，她翻开马小波的手机，找到苏小妹的号码，给苏小妹发了一条短信："我从家里出来了，你干吗呢？"

　　苏小妹果然上当了，回道："想你呢！很担心你，你太太没为难你吧?"

庄丽感到胸腔都快气炸了,站下来,哆嗦着又发道:"我没事,想见你一面。"

苏小妹回道:"我也想见你,你还是来我家吧,这回你可要好好表现。"

庄丽眼前一阵发黑,忍不住蹲了下去,用手扶着额头。有个老太太走过她身边,站住了,担心地看着她,问道:"女子,你没事吧?"庄丽站起来,对老太太凄惨地笑笑,转身走了。

庄丽很想见见这是个什么样的女人,可她缺乏勇气,此刻,她觉得自己反而是多余的,是应该内疚的那一个。而且,她不知道苏小妹的家在哪里,如果通过短信问,一定会被对方识破。庄丽只是感到自己是世界上最可怜的那个人,她想找张床躺下来,仔细地把自己和马小波的这些年想想清楚,把刚刚发生的这件事情想想清楚。可是,她应该去哪里呢?回父母家吧,这些年跟马小波吵吵闹闹的事,从来也没对爸妈说过,老两口都以为小两口一直很恩爱幸福呢,此时回去,难保不被看出来,给老人平添心病。况且,让爸妈知道自己的老公有了情人,庄丽觉得挺丢人的,毕竟是嫁出来的闺女了,跟爸妈的关系不比从前。——此刻,庄丽有家难回;去范红那里吧,这次的性质跟往常不同,不是夫妻矛盾,而是婚姻出了问题。往常庄丽在范红那里告马小波的状,同时显示着马小波对她绝对的忠诚,有她挑剔的份,没马小波挑剔的份,其实是标榜她在马小波心目中不可动摇的位置,以及马小波对她绝对的爱和臣服。而今,这件事把以前的一切都一笔勾销了,等于说庄丽一直在自欺欺人,她怎么对范红开这个口?——此刻,庄丽是有苦无处诉。

离开马小波,离开倾注了自己全部心血的那个家,庄丽感到了走投无路。她开始流泪,同时感到心在揪痛,她恨死了马小波。庄

第七章 同 居

丽越想越气,恨不能把马小波一块块咬碎,她打通了家里的电话,一听见马小波的声音就骂道:"你死去吧,你这个王八蛋,你怎么不死?!老子再也不回去了,老子撞车呀,撞死算了!"

马小波在那边叫道:"小丽,你在哪里,你别胡来!"

庄丽叫道:"我死了,跟你没关系!"挂断了手机,又关了机。她站在马路边,不知该往哪里去。一辆出租车停在她面前,司机探头问道:"走不走?"庄丽犹豫了一下,摇摇头,转身向前走去。夜幕开始低垂,华灯初上,庄丽毫无目的地走着,她在想:"我哪里做错了?"想不出来自己做错了什么事,马小波要这样对她。于是,又开始流泪。

马小波拨打自己的手机,关机了,又拨打庄丽的手机,也关机了。那一刻,他感到了恐惧,觉得庄丽真的出事了。他躺不住了,跑到卧室,拉开床头柜,拿出药水来,胡乱给手背上抹上,匆忙出门找庄丽了。马小波不担心找不到庄丽,他了解她,知道如果不出事,她一定会回来的,他担心的是找到庄丽,如何跟她解释这件事。他猜到庄丽此刻一定知道他和苏小妹的关系了,那么解释就是徒劳,他面临的是如何解决这件事情。解决方法有两种:一是向庄丽坦白一切,请求她的原谅,然后一辈子被她揪着小辫子活着;二是心照不宣,冷静地离婚,各奔前程。马小波想了想,这两个办法都不理想,都无法面对,他感到了深深的懊悔,真希望奇迹出现,让时空倒转,自己没有跟上苏小妹去她家里。当然,这是妄想,马小波想到了死。

马小波走了好几条街,都没有看到庄丽的影子,他感到身心空前的疲倦,就打了个出租车,继续找。跑了大半个城市,还是没有看到庄丽。马小波侥幸地想:"也许她已经回去了。"他就往回赶。上了楼,开门的时候,马小波轻轻地把钥匙插进去,同时想道:"如果转三圈扭开,庄丽就没回来,如果一下就开了,庄丽肯定回了家。"结果,钥匙在锁孔里第一圈没打开门,马小波的心向下沉去,——门还是他出门时反锁上的。

进了屋,马小波不甘心地把各个房间都找了一遍,当然是徒劳。最后他回到卧室,在宽大的双人床上躺下来,望着吊灯,脑子里一片空白。片刻后,他给范红打了个电话,问庄丽在不在她那里,范红说:"小丽没来呀?你俩又吵架了?"马小波不带任何感情色彩地说:"你告诉我,庄丽真不在你哪里吗?"范红说:"真不在,我男朋友在呢,要不叫他跟你说句话?"马小波说:"那就算了,她万一去你那里,你赶紧给我家打电话。"范红追问:"你俩又怎么了?这么晚她还没回去啊?要不,你给她妈家打个电话问问吧。"马小波说:"没事,我们出去逛,走散了,她一会儿就回来。"范红说:"你俩真逗,那我挂了。"

马小波没有给庄丽父母家打电话,如果庄丽回了那里,比回来更让他安心。马小波考虑着,如何面对两位老人。

庄丽一个人在街上转到半夜,想不出来除了自己的家还有那里可去,就回来了。她刚把钥匙插进防盗门,马小波就拉开了门。庄丽没有看马小波,轻轻地走进去。马小波试图抱住她,庄丽把他推开了。马小波轻手轻脚地跟在她身后,但是庄丽走进卧室后,随手关上了门。

马小波丧失了表情的能力,听见庄丽在卧室开衣柜收拾东西,他痛苦地闭上了眼睛。好一会儿后,庄丽拉开了门,身边一左一右两只行李箱。马小波真想跪下来拦住他,但他从庄丽淡漠的表情中读出了决绝。

马小波说了一句毫无意义的话:"不走不行吗?"

庄丽冷冷地说:"不行。"

第七章 同 居

马小波哀哀问:"你要去哪里?"

庄丽凛然地回答:"不用你管!"

马小波忧伤地望着庄丽问:"不走不行吗?"

庄丽不带感情色彩地说:"不走我会死。"

马小波低下头去,揪住了自己的头发,庄丽面无表情地望着他。良久,马小波抬起头来苍白着脸客气地说:"那就明天再走吧,今天太晚了,我不放心你。"

庄丽想想说:"可以,但你不要打搅我,我不想听你说任何的话。"

马小波痛苦地闭上眼睛,点点头。

庄丽关上了门。马小波站在门外,面对那扇门,没有动。

庄丽回到床上,关上灯,把枕头捂到脸上,开始哭泣。哭了整整一夜,没有睡觉。天亮后,她拉开门,看到马小波还站在外面,——他一夜没动地方。

庄丽没有丝毫感动,用红肿的眼睛望着他。

马小波嘶哑着声音低低地说:"我想过了,是我对不起你,应该走的是我,你留下。"

庄丽坚决地说:"我走,我带所有存款走,存款正好是我的名字;房子归你。"

马小波诚恳地说:"你不能走,你一走你爸妈就知道咱们的事了,他们肯定承受不住打击,说不定会病到。"

庄丽冷冷地说:"我们家人的死活与你无关!"

马小波推心置腹地说:"有不让老人病倒的办法,为什么非要让他们受打击?我对不起他们,可我只是个女婿;你是女儿,不能把生养你的父母搭上。"

庄丽想了想说:"那好,房子归我,存款归你,我一会儿就去转到你的名下。"

马小波苦笑道："我什么也不要，我自己造的孽，自己受惩罚。"

庄丽说："也好，你工资高。那我谢谢你了。"

马小波听到"谢谢"，差点哭出来，哀求道："我要走了，能不能抱你最后一次？"

庄丽想想说："不能。"

马小波眼睛里划过流星般的失望，孤独地转过身去，慢慢走向书房，他得去收拾东西了。庄丽在背后说："上班后找单位开个证明，有时间去民政局吗？"

马小波没有回头，像个老头一样边走边摇头，喃喃道："不能办离婚手续。"

庄丽打量着他的后背问道："为什么？"

马小波叹口气说："为了你的父母。"

庄丽说："也好，等我也找下男朋友了，咱们结婚离婚同时办。"

马小波闭上了眼睛，摸索到书房，把门关上，爬到床上去，立刻昏睡了过去。朦胧状态中感恩地想："终于可以睡觉了。"

过来人都不再对婚姻抱有幻想

马小波觉得良心上很是不安，思想斗争了整整一天，决定做最后一次的努力，如果庄丽肯给他机会，他愿意用后半生来赎他的"罪"。马小波在办公室给庄丽发了个短信："我能不能租下你的书房住，跟你是个照应，还可以给你炒菜。事到如今，我知道说什么也晚了，你可不可以看在夫妻多年的份上，给我三年的时间，如果这三年你发现我爱的还是你一个，你再让我回到你的身边？"发过去后，觉得不够诚恳，也不够公平，就又发了一条："这三年里你可以交男朋友，只要不结婚，什么都可以做；而我则照顾你三年，不跟任何女人交往，这样才能见出我的真心。"

马小波写短信的时候，把自己都感动了，然后就等庄丽的回音。他猜测着她是会跟他辩论谁是谁非，还是无所顾忌地骂他，结果，庄丽很快就回信了，她简单明了地命令道："给你三天时间搬出去，三天后我就要换门锁。"

马小波颓然趴到了桌子上，感到了空前的疲倦，然而思想却极度活跃起来，他有些庆幸庄丽的决绝，觉得自己反倒有些感情用事了，心想："过去的三四年，我对庄丽绝对的忠诚，可是又如何呢？吵闹、诋毁、猜忌、抗争、折磨，让人身心疲倦，并不像童话的结尾所描述的：'王子和公主从此幸福地生活在一起。'童话故事以结婚为结束，真是聪明啊！而现在我已经对庄丽犯了罪，即使她肯给我机会，以后的生活中这件事一定难免成为定时炸弹，不幸是可想而知的。或许，庄丽的绝情是明智的，这对两个人都有好处。"同时马小波做出了一个决定："今后无论跟哪个女人在一起，绝对不能结婚，高兴就在一起，不高兴一拍两散。"然后，马小波觉得自己是个真正的过来人了。

晚上下班后，马小波感到了从没有过的强烈的回家欲望，他竟然是那么的思念庄丽。可是他明白，一旦两人见了面，这些美好的情绪就会被恶劣的东西取代，因此，马小波决定控制住自己的情感，学会用理智支配言行。他跳上电车，准备没有目的地到处转转，等庄丽睡下再回去，还有，就是考虑一下搬到哪里去。在电车上，有一刻，马小波想："如果自己学习金岳霖教授，林徽因住到哪里他就跟着搬到哪里，在自己家的单元里租套房子，悄悄地照顾庄丽，年深日久，她一定会感动，然后重新接纳自己。"马小波甚至幻想到了最后破镜重圆时感人肺腑的场面，但是他苦笑一下，摇摇头，甩掉了这个浪漫而幼稚的想法，——自己还是不够成熟啊。

马小波挡得住幻想，挡不住回忆，他想起婚后的第二年，由于庄丽紧缩银根，为了应酬，他开始藏私房钱。有一次庄丽给马小波洗衣服，喊马小波把口袋里的东西掏出来，马小波正忙着在网上查资料，叫庄丽自己掏。庄丽把马小波的钱包掏出来，刚要往桌子上放，觉得手感不对，就把"发"给马小波的钱拿出来，又捏了捏，果然有点厚，把手指伸进装身份证的夹层里，就夹出了一张老头票。庄丽喊道："马小波你出来。"马小波一下就反应过来出了什么事，赶紧跑出来，一看，果然人赃并获了。他装糊涂："你给我装那么多钱干吗？"庄丽假装生气道："谁给你装的！你竟然藏起了私房钱，说，还有没有？"马小波心虚地说："没了，就那一张。"这话倒提醒了庄丽，她继续搜钱包，结果又从另一个夹层里掏出了一百块。庄丽倒乐了，望着尴尬的马小波说："我倒要看看你还有多少！"结果又搜出了一百块，望着马小波，差点乐倒。

搜出第五个一百块时，庄丽乐不可支，竟然一屁股坐到了地上。马小波也笑坏了，两个人你看他她看你，笑得满地打滚。马小波以为就没事了，讨好地说："既然搜出来了，就全归你了。"他其实很心疼，要知道那是好几个月才攒下的啊！可是庄丽并不领情，笑完后马上就板起脸来，质问马小波："你既然不信任我，干吗让我管钱？从明天起，各管各的，我把你的钱都还给你。"马小波又是赔不是，又是赔笑脸，庄丽还是埋怨了他三天。此刻想起那时的烦恼来，好像就在昨天，马小波想："那个时候多么拮据啊，

第七章 同 居

可有苦有乐,盼着有一天日子好起来。现在日子终于好起来了,过日子的人却劳燕分飞各西东呀。"他心中一阵酸楚,又想到此刻庄丽一个人待在家里,再也不牵挂那个每天牵挂、再也不等那个每天等回家的人了,泪水就下来了。

情绪刚刚平稳一些,电车驰过公园,又想起庄丽逼他亲吻三分钟的往事,泪水又下来了。就这样哭哭停停,停停哭哭,马小波浑身冒虚汗,脑子里的意识渐渐模糊。后来,马小波被人叫醒了,一个中年人站在他面前问道:"小伙子,再有两站就到终点了,车上就你一个人了,我怕你睡过站,问问你在哪里下车?"马小波看看窗外,天已经黑下来了。他站起来,微笑着对好心的电车司机说:"对不起对不起,我就这站下吧,谢谢您谢谢您。"

马小波跳下车来,原地转了好几圈才明白过来来到了哪里。他站在街边开始翻手机上的电话本,先翻出苏小妹的电话来,盯着看,陷入遐思,然后重重地叹了口气,把它从手机上删掉了。又翻出李浩的号码来,想了想,翻过去了。然后就看到了刘阿朵的名字,再次陷入了遐思。手机屏幕的背景光熄灭了,马小波按了一个键重新打开它,继续看着,又去望紫红色的天空。终于,他按下了拨出键,听到一声"喂"后低沉地说:"哦,阿朵吧,我是马小波,你们学校怎么走?"

刘阿朵压抑着喜悦问:"小波?你在哪里?"

马小波又望望夜空,依然低沉地说:"我可能就在你们学校附近,只是突然搞不清方向了。"

刘阿朵笑着说:"你真傻,不会打个的吗?出租车都知道。"

马小波恍然大悟道:"那我打车去吧。"伸手拦车。

刘阿朵笑道:"我现在就去学校门口接你啊。"

这种不真实的感觉就是传说中的幸福吗

马小波和刘阿朵同居了。

马小波一开始并没有跟刘阿朵在一起的想法，他那天晚上去刘阿朵的宿舍只待了一小会儿，面对刘阿朵探询的目光，他突然感到对所有的女人都失去了兴趣，也就没有对她倾诉自己和庄丽的事情。后来马小波就回家了。回到家时庄丽已经睡下，卧室的门关着。马小波无法接受这一切的真实性，在客厅呆立了半响，轻轻地在沙发上躺下来，打开电视，在静音的状态下看着体育频道，时间缓慢地在他身边环绕着，止步不前。马小波感到了夜的空旷和寂寥，感到了时空的辽阔和沉静，他望着变幻的电视画面，想起以前每到世界杯或欧洲杯的赛季，自己总是变得非常勤快，和庄丽抢着干家务，甜言蜜语时时挂在嘴边，还积极做爱，为的就是巴结好庄丽，好允许他在半夜看球。庄丽每次都答应得好好的，马小波做好熬夜看球的准备后她却常常变卦，害得马小波又要多费好多唇舌，撒娇打泼，才能偷偷摸摸地看上一场球。而且总是在最关键的最后补时阶段，庄丽就醒过来，迷迷瞪瞪地埋怨马小波还不睡觉，影响了她的睡眠质量。其实马小波把音量调到了最小，看到一个好的进球不敢欢呼，攥着双拳，牙根咬得都要碎了。

而今，那个讨厌的、苛刻的女人终于不再管束自己了，愿意熬到多会儿都行，马小波却感到了极端的失落。

同样，在白天，马小波上班时也魂不守舍，而且常常突然就悲

第七章 同 居

伤起来。他不知道庄丽怎么样,觉得自己是个过于脆弱的男人。他从没想到自己是如此的依赖庄丽,同时想到庄丽也许更依赖他。而庄丽显然不给他任何赎罪的机会了。

马小波惧怕回那个家,他怕两个人在一个屋里却互相假装看不见的感觉,更害怕一个人在家却没有等谁回来的感觉。其实就算马小波愿意回家,庄丽也给他下了最后通牒:三天后搬走。

最后的三天里,马小波每天晚上都去刘阿朵那里坐一会儿。刘阿朵看出他有沉重的心事,关心地追问了几次,马小波都说:"以后告诉你。"

三天后,马小波放弃了在那个家的所有东西,只身投靠了刘阿朵。他不是赖着不搬东西,只是想让那些东西代表自己和庄丽待在一起;他也不是不能自己租房子住,他需要跟一个女人在一起,让自己不是太思念庄丽。刘阿朵不明就里,她也不计较马小波突然到来的原因,她盼了他许多年,目的很单纯,就是跟他生活在一起,其他的,还没有时间细细考虑。

现在,马小波对庄丽只有一个义务,那就是在庄丽的父母要来女儿家的时候,他跑回来扮演一会儿姑爷和老公。其余的闲暇时间,都跟刘阿朵在一起。

刘阿朵宿舍的窗子向东,几乎有一面墙大,于是一年中有许多个早晨阳光可以辉煌满室。澄明的空气缓缓流动,偶尔似乎有金色或银色的波光在闪,相拥在单人床上的马小波和刘阿朵便如同睡在一条小船上。跟马小波和庄丽背靠背睡不同的是,他们总是喜欢互相搂抱着睡,四肢交叠,彼此呼吸着对方的气息。他们住在二楼,床在一只文件柜的后面,对面是学校的一个旧仓库,所以窗帘虽然很厚实,但没有拉上的必要,渐渐就成了习惯。对于马小波来说,这是完全不同的生活环境和生活方式。

单人床是学校分配给刘阿朵的,这个宿舍和其中的几件家具都是。马小波没有带来任何东西,刘阿朵也不许他拿来任何有庄丽痕迹的物品。马小波在刘阿朵的单人床上睡了半年了,两人都觉得这样挺好,没有必要买双人床,更没必要出去租房子住。他们在一起住,没有人说闲话,未婚同居在学校的年轻老师中很流行,校方绝对不干涉。没有人知道马小波是个没有离婚的人,刘阿朵的同事都为她找到归宿高兴。为了让自己心安理得一些,马小波放大了一张他和刘阿朵的合影,摆在写字台上,黑白的,非常艺术,就像中国近代留洋的新派人物。刘阿朵是教美术的,很欣赏和喜爱这张照片。在经济上,他们不自觉地实行着AA制,刘阿朵也曾试图跟马小波商议买房子或找房子结婚的事情,马小波说:"结婚干吗,这样静静地生活,多好。"刘阿朵就不再坚持了,她曾经因为着急谈婚论嫁失去过马小波一次,不想再失去他了。

　　跟和庄丽在一起不同,跟刘阿朵在一起,马小波脾气很大,虽然终于拥有了平静祥和的生活,但心情莫名其妙就会焦躁,偶尔就要发泄一通。他开始把工作带回家来做,而且总是对自己的设计不满意,于是常常发脾气。刘阿朵很怕马小波发脾气,他一发脾气就摔东西,虽然多数不值钱,再置买总是麻烦。刘阿朵跟庄丽不同,她从来不跟马小波闹,只是总喜欢赖在床上,马小波一回家她就说:"你过来抱我一会儿再干活儿吧。"马小波听腻了,就假装听不见,趴到写字台上去继续做策划书。刘阿朵就下了床,拉把椅子坐在马小波身边打毛衣。刘阿朵教的是辅课,一个星期只有四节课,下了课就买菜、做饭、洗衣服,做完这些家务,就给马小波倒一杯水,拉把椅子坐在他旁边打毛衣。马小波不是经常打量她,但有时候会出神地望着她想:"跟庄丽比,这个女人太听话了,以至于她就在身边而自己往往忘记了她的存在。"

第七章 同　居

与马小波过去住楼房时"鸡犬之声相闻，老死不相往来"的邻里关系不同的是，这里的邻居低头不见抬头见。刘阿朵的隔壁是一位中年女教工，她们经常串门，相处很融洽。学校的集资楼建成后，女教工一家搬了进去，隔壁就住进了一个奇瘦而高的中年男人。刘阿朵以前没有见过这个男人，据说是新调来的体育教师。刘阿朵看见这个人的腿脚都很长，脸也很长，而且凸眉凹眼，颧骨突出额头低陷，皮肤粗黑、嘴巴老大，走路时四肢甩来甩去，像只营养不良的大猩猩。刘阿朵从美术的角度进行了这样的描绘后，马小波笑着说："别在这里浪费你的观察力了，把人家说成一个类人猿，异相出异人，兴许他还是个人物呢。"他对这个比自己更晚来到这里的人没来由地感到一点怜悯。

"大猩猩"每天起床很早，趿拉个拖鞋"吧嗒吧嗒"地跑到楼下的水管打水，又"吧嗒吧嗒"提个水桶上来，"哗"一声倒进脸盆里，然后蹲在小二楼的檐廊上洗脸，一边"噗噗"地喷着水。这个时间本来是马小波和刘阿朵最留恋的时刻，他们喜欢亲密而温暖地紧抱着，在这静谧的清晨感受幸福的时光，偶尔听见有鸟鸣，马小波总是忍不住用手抚摸着刘阿朵光洁的身体，闭着眼睛把脸埋进她柔软的胸脯里，两人响动很小地做爱，直到阳光变得明亮起来。但是"大猩猩"的到来却粗暴地破坏了他们的情调，他比太阳起得还早，并弄出一些刺破清晨的温柔与宁静的响声来，特别是他刷牙时比刷鞋还大的声响，让刘阿朵感到胃口不适，不停地干呕。马小波担心地问刘阿朵："你是不是怀孕了？"刘阿朵痛苦地摆摆手说："我有点洁癖。"

"大猩猩"的生活方式改变了马小波和刘阿朵的作息规律，他们只能跟他几乎同时起床、打水、洗漱。刘阿朵早上一般没课，洗漱完了，吃过早饭，就没事可做了，坐在床上边打毛衣边打哈欠。马小波晚上习惯开夜车，第二天起太早就浑身发软，上班时一整天没精打采。天气好的时候，小二楼的居民都习惯把桌子摆到檐廊上吃饭，可以边吃饭边望着大半个学校的建筑和草木，是块风水宝地。"大猩猩"不会做饭，每天早晨到校门外买几根油条，边走边吃，走回来也就吃完了，洗洗手，摆出一张小桌来，搁上两筒黑白子，一个人坐在那里下围棋。总是在马小波和刘阿朵吃饭的那时候，"大猩猩"又扛着一柄穗子很长的练功剑旁若无人地走过一张张饭桌，去操场锻炼。不知为什么别人跟"大猩猩"打招呼的口气总像逗一个弱智者，这与他严肃的神态形成强烈的反差。有一次马小波抱着一碗米汤冲他礼貌地点点头，"大猩猩"扛着剑郑重其事地朝马小波点点头，幅度很大，动作僵硬，像个木偶人。"大猩猩"走远后，刘阿朵说："这人有病？"马小波笑笑，没有发表意见，他还不能完全融入这里的生活而做出心安理得的判断。包括刘阿朵在内，他觉得这里的人都有些不真实，跟以前的生活相比，他好像来到了世外桃源。

除了和大家一样对"大猩猩"的轻蔑之外，刘阿朵总觉得"大猩猩"那张脸有些恐怖，一天到晚板着，像一张风干了的牛皮，紧巴巴没有表情和温度，偶尔咧嘴一笑，活像千年木乃伊诈了尸。"大猩猩"心情好的时候，一边走路一边挥舞着手臂摆一些舞剑的姿势，下巴一扬一扬的，打老远刘阿朵以为他一定满脸喜色，走近一看，依然是一张死牛皮般的脸，眼神呆呆的没有一丝光彩。刘阿朵心里害怕，赶紧躲开。最让刘阿朵受不了的是两家之间的墙壁隔音不太好，经常能听见"大猩猩"恶心的清嗓子的声音，清晰程度好像就在他们床底下。做爱时间由清早改为晚上后，刘阿朵总觉得在她和马小波最快乐的时候，大猩猩面无表情地坐在隔壁某处倾听。刘阿朵怕自己叫出声来，就把枕巾咬在嘴里，可还是忍不住发出一点"呜呜"声，还有床也在"吱吱"作响。跟庄丽的不顾一切不同，刘阿朵的小心让马小波感到很不满足，他常常会中途停下来翻身睡去，但关键时候他也会赶紧把刘阿朵的嘴巴捂住，防止她失控地喊叫出来。

　　刘阿朵后半夜有小便的习惯，偶尔一次神志不太迷糊，刚回到床上，听见窗台下好像有人在哼哼，不由得头皮发紧，睡意全无。仔细听听，是隔壁"大猩猩"发出的声音，伴随着粗重的喘息，床也在吱吱地响，墙壁不时被重重地撞一下。刘阿朵听了一会儿，明白了是怎么回事，忍不住又干呕，三两下推醒了马小波，低声说："你快听听隔壁在干什么。"马小波恰好听见"啪啪"两声，像是巴掌打在肉上，就说："睡不着觉，打蚊子呢。"刘阿朵说："肯定不是打蚊子，你再仔细听听。"马小波凝神一听，"扑哧"笑了起来，说："听见像是在自……"刘阿朵掐他一下："恶心吗你！"马小波笑道："这么大年纪了，没个女人，还不让人家自慰一下？……哎哟你别掐我，我不说了。"马小波伸胳膊把刘阿朵的脑袋抱在怀里，哄道："别听了，睡吧，生理需要，正常现象。"刘阿朵在黑暗中微笑着闭上了眼睛，马小波却睡不着了，黑暗中睁着眼睛想："庄丽这半年是怎么过来的呢？"想到这半年来跟刘阿朵在一起的生活，马小波感到了强烈的不真实，仿佛一个漫长而乏味的梦，他想："这种不真实的感觉就是传说中的幸福吗？"

一个人可以遇到两次以上的爱情

　　马小波更加热衷参加公司的外交应酬，跟庄丽在一起时，是为了躲避她的吵闹，如今刘阿朵听话得像只猫，却让他感到了比吵架更难忍受的腻烦。下班早了，马小波也不着急回家，而是一个人到处溜达，慢慢地养成了独自散步的习惯。有好几次，马小波发现自己不知不觉来到了庄丽居住的小区，夕阳下，他久久地望着那扇封闭藏匿着自己过去岁月的窗户，心里冰凉冰凉的，常会想起那句词来："夕阳西下，断肠人在天涯。"跟庄丽在一起的四年来，马小波无数次想过索性终止炼狱般的婚姻生活，如今真的解脱了，他却感到头不着天脚不着地，空落落的。马小波有些明白过来了："再闹，我和庄丽之间还是有真感情的。"

倒是他马小波一直是对的，最后却错了。这就叫一招不慎，满盘皆输吧。

中午，马小波陪客人喝高了，躺在办公室的沙发上喷酒气，谢月忙着给他倒茶，又拧了手巾把来给他擦。马小波两眼发花，只看见谢月就是庄丽的模样，一把拽过来。谢月跟跄着倒在他身上，脸对脸地望着他。马小波睁一只眼闭一只眼费劲地打量谢月，还是庄丽的模样，酒精让神经变得脆弱，眼泪就下来了。谢月误会了，温柔地给他用毛巾去擦。这时，谢月的电话响了，她麻利地站起来跑过去接，嗲着声音答应了几声，扭头望望马小波，看见他闭上眼像是睡了，放下电话出门去了。

马小波满心眼里全是庄丽，摸到自己的手机，借着酒劲给庄丽发了个短信："救救我宝贝，我快死了。我只想回到你身边。"勉强写完，按下发送键，就睡过去了。

昏睡了一个下午，马小波的酒劲过去了，依稀记得自己给庄丽发了个短信，冷汗就下来了，他想："这不是自讨没趣吗，庄丽一定不搭理我，闹不好被她血骂几句。"马小波稳一稳心神，翻开手机，庄丽竟然回信了！马小波瞪大眼睛，一字一字地读着，读完

第七章 同 居

又读一遍，一连读了三四遍，依然是那七个字："随你便，我无所谓。"

马小波真的晕了，"扑通"仰倒在沙发上。庄丽是什么意思呢？难道她已经看穿了生活，感到"无所谓"了吗？想到庄丽已经看穿了自己和婚姻，马小波感到更加缺乏勇气见到她。

马小波到底没有勇气去庄丽那里，满腹心事地溜达了几条街，最后还是回到了学校。刘阿朵看到马小波心神恍惚，以为他累了，让他躺床上，给他捶打腰背。又钻进马小波的怀里，吻他的脖子、胸脯，听他的心跳。马小波一面想庄丽，一面应付刘阿朵。他在想："如果我离开刘阿朵回到庄丽那里去，刘阿朵会怎么样？我和庄丽又会怎么样？"当然，想不明白，——如果当初他能想明白现在的结局，无论如何不会离开庄丽的——人没有前后眼啊！

第二天是周六，马小波一直睡到中午，醒来还是想何去何从的事。"难道往后就这样生活下去吗？出于潜意识的破坏欲望，我失手打碎了自己的生活，覆水还能收起来吗？如果我再次离开，对于无辜的刘阿朵来说，我又要犯一宗罪了。"马小波感到活着真是烦死了。

刘阿朵出去买菜了，马小波把头从文件柜后面探出来，望向门口。从竹帘子的缝隙望出去，马小波看到"大猩猩"挥舞着手臂出现在阳光下，身后跟着一个看上去比她小很多的年轻女人，那女人穿一身样式很花很俗气的廉价衣服，低着头跟在"大猩猩"后面迈着小碎步。马小波注意到，这个苍白肤色的女人，有一点清秀，不由微微笑了："'大猩猩'终于也有个女人了，不过别人有个女人才显得正常，他有了女人却让人觉得有些怪怪的。"

马小波起床后出来洗脸，看到那个女人正给"大猩猩"做饭。正好刘阿朵回来，看到这情景，看呆了。马小波赶紧把他拉回家。

吃过中饭，刘阿朵又要出去看那个女人，马小波看着她大惊小怪的样子，觉得很好笑："女人真是猴子，对什么都好奇。"

那女人正坐在门口洗衣服，对刘阿朵善意地笑笑，刘阿朵倒不好意思了，也笑了笑，算做打招呼，赶紧撤回来了。小声问马小波："不知道她晚上是不是跟'大猩猩'住在一起。"马小波笑得直不起腰来，暗想："女人对这些事情真是太在意了。"这个女人的到来，转移了马小波的思想，他感到心里平静多了。

平静的生活一瞬间又回来了，酷暑的炎热也突然来到了。马小波不想成天关在屋子里，恰好市中心开了一家大书店，马小波就拉着刘阿朵去买书。在书店呆了没几分钟，刘阿朵一个人出去逛商场去了，这一点爱好她跟庄丽没有什么分别。马小波在书店的书吧看书，直到刘阿朵大包小包回来喊他回家，——如果是庄丽，马小波就没有这样的自由，他得全程陪同她购物，还得小心翼翼。马小波想到这点区别，暗暗笑了："某些时候女人跟女人就是不一样。"路上买了一张晚报。

吃过晚饭，马小波翻看那张晚报。刘阿朵边收拾碗筷边说："小波，我觉得你最近老了许多，不太爱说话了，心里没什么想不开的吧？"马小波从报纸里抬起头来说："没有，难得生活这么平静，我这是自在的表现。"刘阿朵笑了，深情地望望马小波，洗碗的时候又对着碗说："注意你的身体，晚上熬夜别那么久了。"马小波笑笑，打了个哈欠。

睡下后，刘阿朵温柔地说："小波，也不见你带朋友回来，他们是不是对你'离婚'的事有看法？"马小波看看她，笑道："碍着他们什么事了，管好自己的事就不错了。"刘阿朵说："那你明天约几个朋友来家吧，老是咱们两个人，你肯定闷得慌。"马小波心下感慨："女人都是自私的，都希望尽量多时间跟自己的爱

第七章 同 居

人独处,但刘阿朵和庄丽明显不同,庄丽不会这么为我而牺牲自己的。"不过刘阿朵的善解人意倒给马小波造成了心理负担:"请谁们呢?"他想到了姜永年和谢月,又否决了,"他们看到我现在的生活,一定会大惊小怪,闹到全公司都知道。"后来马小波终于想到了一个最合适的客人:李浩。

第二天是星期天,正好李浩没有班,早上接到电话,半上午就来了。马小波去学校大门口接他,怕他大惊小怪,走回来的路上给他简单讲了自己的现状,进门后李浩还是惊呼道:"靠,你怎么住这里,比我还惨呐!"马小波怕刘阿朵脸上挂不住,赶紧打哈哈给两人介绍。刘阿朵一点没有见怪的意思,很高兴地跟李浩攀谈。有刘阿朵在,马小波不好跟李浩谈自己的事情,李浩就跟刘阿朵讲述自己的婚姻不幸。李浩讲起来比从前给马小波讲顺溜多了,就跟英模做报告似的,听得刘阿朵一脸泪水。马小波听着李浩想着自己,心里也很不好受。

李浩走时,刘阿朵坚持把他送到大门口,依依不舍地望着李浩骑着摩托远去,回头对马小波说:"真可怜,长得又帅,你说那刘珂珂怎么就舍得离开他?"马小波有点酸酸地说:"你是不是爱上他了?"刘阿朵说:"去去去,我只是从小就崇拜警察。"马小波说:"警察有什么好?"刘阿朵想想说:"可能是威风吧,能给人安全感,我也说不清楚。"马小波笑笑,心里不太得劲,就对刘阿朵说:"你先回吧,我再去书店转转。"

路上,马小波想着刚才的事,越发觉得刘阿朵是爱上李浩了。"这说明,一个人是会有两次以上的爱情的。我还会遇到一次爱情吗?"又想道:"其实这世上有很多人没有爱情而生活在一起,遇到爱情也自欺欺人地不敢承认,懒得打破目前的格局,比如刘阿朵,比如那些安于无爱情的婚姻的人。这样的人都不是勇敢的人。

而我不爱刘阿朵却和她生活在一起，同样是对爱情的漠视。但是，要真的遇到第二次爱情是多么不容易啊，庄丽会像刘阿朵一样遇到她的第二次爱情吗？我是否应该勇敢地回到庄丽身边去，重温我的第一次爱情呢？"

这个世界上的女人都很可怜

马小波只在书店待了一个小时，买了一本米兰·昆德拉的《生活在别处》。他坐电车到了公园，坐在树荫下的一张长椅上，看着树荫和花影里的男男女女，想自己从前和刘阿朵还有庄丽来这里的情形，觉得恍如隔世，此刻，这两个女人都很陌生。夕阳渐渐隐入一座大楼的背后，马小波站起来，走出公园，沿着人行道慢慢往回走。一个抱着小孩的少妇快步超过他向前走去，那个小孩趴在少妇肩膀上，眼睛直直地盯着马小波。马小波冲他做个鬼脸，小孩突然冲着他伸出一双手来，奶声奶起地叫道："爸爸，爸爸，爸爸抱抱。"抱孩子的少妇闻声转过身来，不好意思地对马小波笑笑，哄孩子："宝宝，那不是爸爸，是叔叔。"小孩不愿意了，抻着小身子非要让马小波抱，少妇不让，小孩咧嘴就要哭。马小波上前伸手去抱孩子，对少妇说："没事，我抱抱他，我很喜欢小孩的。"少妇只好小心地把孩子给他，歉意地说："真不好意思，看他弄脏了你的衣服。"马小波笨拙地抱着孩子小而轻的身体，突然感到一阵强烈的幸福感冲上心头。可是孩子却又要她妈妈了，马小波把孩子还给少妇，少妇感激地说："谢谢你，我们赶着回家，他爸爸在前面等着呢。"马小波目送母子远去，心中对美满的家庭充满了艳

第七章 同 居

羡，不由重重叹了口气，继续往前走。

走到十字路口，往东是刘阿朵那个家，往北是庄丽那个家，马小波踌躇再三，在路口兜着圈子。虽然庄丽在短信里说他回不回去无所谓，但马小波能想到她在缓过劲来后会对他做些什么，况且，自己和刘阿朵这一段的生活，庄丽迟早要追究，后果不堪设想。马小波胆怯了，他还没有做好跟庄丽面对面的准备。十几分钟后，马小波向东走去。此时，黄昏已经接近尾声，大街上一片"宿鸟归飞急"的况味。"何处是归程？长亭更短亭。"马小波心里一片黯然。

马小波回来的时候刘阿朵正在做晚饭。刘阿朵头也不回地问："今天买的什么书呀？"马小波一愣，这才想起买的书忘在公园的那张长椅上了，只好说："忘了带钱，没有买。"刘阿朵扭过头说："早晨我还见你钱包里有好几百块呢，怎么就没钱了？"她犹疑地打量着马小波，少见地伸过手去从他的屁股口袋里拽钱包。马小波待着没动，有些不习惯地望着她。刘阿朵掏出马小波的钱包，却带出一根长长的头发来，——刘阿朵一直留的短发，这根头发有她的五倍长——她的两根手指捻着那根头发，脸色渐渐变了，把头发举到马小波脸前，声音尖而高带着颤音问："你今天到哪里去了？这是谁的头发？"马小波笑着说："我知道这是谁的头发？大概是在公园的长椅上沾的。"刘阿朵马上问："你去公园了？跟谁去的？"马小波依然笑着说："我一个人去的。"刘阿朵深深地看了马小波一眼，低头打开钱包，然后大叫了一声："钱呢？你把钱弄哪去啦？"马小波还在笑着说："你今天怎么了？我说过我没有带钱，你一定记错了。"他伸手去抱刘阿朵，想安慰她。但是他看见刘阿朵眼神突然直了，眼睛盯着他的肩膀，射出一种绝望的光来。马小波顺着刘阿朵的目光看了看自己的肩膀，天，那里竟然有个口红印！小小的，像个红樱桃，分明是一张曲线分明丰满圆润的小嘴留下的。马小波马上想到是公园外面碰到的那个叫他爸爸的小孩嘴上抹了口红，一边伸手去抹，一边打算给刘阿朵解释。但刘阿朵疯狂地把他的手打开了，她疯跑过去关上门，又疯跑回来，把那根头发举在马小波的脸前喊："你到底去哪里了？我问你，庄丽是不是长头发？她是不是长着一张小嘴？"久违的气闷袭击了马小波，他突然感到了眩晕，整个脑袋像浸在水里的冰葫芦。刘阿朵依然在喊："你一定到庄丽那里去了，我知道你身上的钱都给了她了！你爱的还是她，我根本在你心里没有分量，是不是？"马小波紧紧地抱住刘阿朵，闭着眼低声说："朵朵，你听我说，没有的事，我真是一个人去公园了，你别胡思乱想。"但是刘阿朵很粗暴地挣开了，她喘着气一字一顿地问马小波："你告诉我，你是不是去庄丽那里了？你们做爱了吧，很爽吧，她在床上是不是比我骚啊？……"马小波瞪着刘阿朵，惊呆了，想不到女人醋性大发、妒火燃烧的时候是一样的凶猛和疯狂，他分不清眼前是刘阿朵还是庄丽了，抡圆了就是一个耳光。"啪"的一声脆响，两个人都愣了，刘阿朵望着马小波，眼睛里充满了惊恐和委屈，转身扑到床上哭起来了。

"怎么会这样？！"马小波只记得自己挨庄丽的耳光，从不记得自己打过她，而今，一向温顺的刘阿朵却被自己打了！马小波懊悔不已，扇了自己一巴掌，走过去轻轻地搂住刘阿朵，他知道刘阿朵是个讲道理的人，比庄丽有文化，只要他能一五一十说清楚，她会原谅他的。但马小波却什么也不想解释，他强压着懊恼轻轻地搂着刘阿朵，感到她越哭越厉害了。马小波担心被隔壁听见，走过去把窗户也关了。回来把刘阿朵的头抱在怀里，尽量让她的哭声少发出来一些。

刘阿朵哭得浑身发软有气无力了才悸动着安静下来。马小波平静而缓慢地告诉了她今天下午碰到的所有的事。他真诚地望着

第七章 同　居

刘阿朵，希望她能相信他。刘阿朵慢慢地摇摇头，凄然地笑道："我现在终于明白了，你心里一直没有我，其实从第一次你离开我时我就该明白了。"她用泪眼打量着马小波继续说："你和庄丽毕竟是夫妻，一日夫妻百日恩，你还是忘不了她。既然这样，你还是回去找她吧，我祝你们幸福。"马小波苦笑道："朵朵，你真的误会我了，我不是都告诉你了吗？为什么不能相信我？"刘阿朵惨然一笑："我只相信我看到的，你不用解释了，你走吧，我不想和一个心从来没在我身上的人生活在一起。"马小波痛苦地闭上了眼睛："你为什么就不能相信我？我怎么可能去找庄丽？"刘阿朵说："怎么不能？离婚后夫妻成为情人的有的是，何况你们又没有离婚。"马小波坚定地说："我不会离开你的。"刘阿朵冷笑道："你在这里已经没有意义了，我最瞧不起打女人的男人！"她轻蔑地望着马小波。

马小波愣了，眨眨眼睛，直盯盯地望着刘阿朵，站起来慢慢往后退，他突然发现，眼前这个女人其实一直都是陌生的，是他自己一直在欺骗自己也欺骗着她。"是了，是时候离开了。"马小波环顾了一下这个房间，心中也生出一丝留恋，但也没什么可拿的，他夹上自己的公文包，对已经不再看着他的刘阿朵点点头，转身走了出去。

下楼的时候，起了一点风，马小波想："人生其实一直都在打尖，根本不知道哪里才是归宿。"他想起了一位叫李骏虎的诗人写过的一首叫《我走》的小诗：

　　我说走
　　我就跟着我走
　　如果我不走

我就推着我走

害怕每一个落脚点是终点
更害怕这一辈子老是打尖
等我不再走的时候
是我不再叫我走

不再走的时候
是我不想再走
那就不走了
让心去走

大街上消暑的人很多,马小波闻到烤羊肉串的味道,感到了饥肠辘辘。他不由想起了几年前的冬天跟庄丽生气,做的那个离家出走的梦,与那个梦里的寒冷和孤寂相比,走在热闹的夜市,马小波更加感到虚幻,竟然有些好笑。那时,尚有个苏小妹可以在梦里解救自己,而今不想苏小妹还好,一想到她,马小波就觉得一切都会变得更加糟糕。"我现在是条无家可归的丧家之犬了。"马小波微微笑着,走进一家烧烤排挡,要了几样烤串,一瓶啤酒。

两瓶啤酒下肚,马小波感到有点晕,他一直在想事情,想庄丽和刘阿朵,他想道:"庄丽很可怜,刘阿朵也很可怜,这个世界上的女人都很可怜。"他在想自己的生活到底是哪里出了问题,后来他终于想清楚了:"在这个世界上,也许只跟一个特定的人生活在一起才踏实,才能找到活着的感觉。只是那感觉也许是痛苦,也许是快乐,也许苦乐参半。"

马小波决定去找庄丽,他付了钱,借着酒劲大步向前走去。

第八章
覆 水

夫妻之间有点分寸更美好

　　马小波一路上走得很坚决，到了楼下却开始踌躇。他仰头望望庄丽的窗户，亮着灯，不由产生了遐想："她现在是一个人在家，还是跟一个男人在一起？"如果是后一种可能性，马小波不知道自己应该如何应付那种局面，他甚至开始打退堂鼓，可是，退路在哪里呢？闻着人家窗户里飘出的菜香味，马小波感到了生活正离自己越来越远。

　　在楼下徘徊了一个多小时，马小波开始往小区外面走，脚步缓慢，心事重重。快走出小区大门的时候，手机响了，马小波突然灵光一闪，想道："要是庄丽打来的电话就好了。"同时觉得这种可能性太小了,半年多来庄丽除了需要他一起扮演夫妻隐瞒家里人,基本上没怎么搭理过他。马小波翻开手机,屏幕上的光亮让他感到了上帝之光,——竟然真的是庄丽的电话。马小波抑制住内心的激动说:"喂?小丽吗?"说完了突然意识到用词和语气都像某个电话广告,短暂地自嘲了一下。

庄丽平静而自然地说:"是我,你这几天忙吗?"马小波赶紧说:"不忙不忙,你有什么事?"庄丽有些客套地说:"那能不能请你帮个忙?"马小波马上说:"行,你说。"庄丽顿了顿说:"我们单位被兼并了,除了搞业务的那几个人,其他人都被买断了,一次性给了两万块钱,我也被买断了。"马小波在瞬间感到了庄丽的软弱无助,他的心都要碎了,急切地问道:"多长时间了?"庄丽说:"快一个月了。"马小波叫道:"干吗不早告诉我!"庄丽说:"怕给你添麻烦。"马小波嚷道:"添个屁麻烦,咱们还是夫妻。"庄丽说:"我想了好久,这么年轻就不上班肯定不行,想再找个工作,又不知道干点什么合适;想找个人商量,也没个人,告诉爸妈吧又怕他们担心,没办法,只好找你了。"马小波的眼泪都快下来了,失声叫道:"你等着,我马上上楼去。"庄丽惊讶地问:"你在哪里?"马小波笑道:"我就在你楼下。"庄丽说:"我不信。"马小波说:"你把门打开,我一分钟就上去了。"

跑步上楼的时候,马小波想:"毕竟是夫妻,心有灵犀啊!"

上了楼,庄丽已经手扶着门探身守望在那里。马小波气喘吁吁地站到庄丽面前,有些拘谨地冲她笑。庄丽有些惊喜地问:"你真的在楼下啊,你在楼下干什么?"客气地把马小波让到屋里,两个人都有些尴尬。再次见到庄丽,马小波竟然一下找回了当初和她第一次见面时的感觉,亲切、心动,仿佛前生就是亲人。马小波情

第八章 覆 水

不自禁地发挥道："我天天都在楼下看你的窗户，想知道你都干些什么？"庄丽竟然信了，有点慌乱地说："真的呀？"转念又说："你油嘴滑舌的，又在骗我。"想到马小波的不忠，心情开始变坏，情绪低落下来。马小波也有些惭愧，强打精神半开玩笑地说："我每天监视你呢。"庄丽果然被吓了一跳，脸庞发红，眼神闪烁地问："胡说呢，你都看见什么了？"马小波的心向下坠去，想到庄丽一定也有了情人，故作潇洒地说："算了，不说了，咱俩打平了。"庄丽翻他一眼说："你都想些什么啊！"

两个人半客套半玩笑地"调情"，让马小波感到非常舒服，心想："早知道夫妻之间有点距离和分寸这么美好，怎么会搞成现在的局面？"

庄丽问道："你喝不喝水？"马小波说："沏杯茶吧，我吃了烧烤，有点油腻。"庄丽笑道："你倒不客气。"马小波涎着脸说："客气什么，在自己家里。"

庄丽看看马小波，突然变了脸色，要哭的样子，也不倒水了，快步去了卧室，顺手掩上了门。马小波闭上眼睛，仰靠在沙发上，片刻，追进了卧室。

庄丽没有开灯，在黑暗中问："你进来干什么？"马小波也不答话，径直扑上去，抱住了庄丽。庄丽挣扎了一下，马小波粗暴地进入了她，两个人几乎同时发出了快活的呻吟。完后，马小波问道："你怎么这么激动？"庄丽温柔地说："废话，半年没跟男人在一起了，能不激动吗？"马小波惊讶地说："你不是说有情人了吗？"庄丽说："我什么时候跟你说过？"马小波半晌不说话，原本以为平衡了的天平瞬间又倾斜了，他预感到今后生活中即将发生风暴。

庄丽也不再说话，马小波猜想她已经哭上了，翻身把整个身体压到她身上,双臂环住她的肩,脸贴着她的脸柔声说:"对不起,我错了,你原谅我。"庄丽侧过头,泪水一股一股的,整个身体都在跟着抽泣抖动。马小波的脸被打湿了,他撩起枕巾来给庄丽擦了擦,依旧把脸贴在她脸上,一边念经似地哄她:"噢、噢不哭了,噢、噢不哭了……"庄丽看来没有停下来的打算,马小波怕她追问这半年的事,或者又要算旧账,灵机一动,决定跟庄丽谈她的工作的事情:"好了好了别哭了,像个小孩子;对了,你干脆别上班了,我养着你,咱们要个孩子吧?"庄丽果然不哭了,黑暗中似乎在思考,半天说:"我也这么想过……明天我回我妈那里,再跟她商量一下。"马小波说:"你想过?你知道我一定会回来?"冲动地抱紧了庄丽:"明天咱们一起去。"庄丽软弱地说:"你不回来,我不敢跟爸妈说下岗的事,你回来就不怕了。"马小波感到了作为一个男人的伟大,同时惊讶原来自己在庄丽心目中的位置这么重要,看来从前大家都误会了。正臭美,听见庄丽轻轻地叹了口气,悠悠地说:"我现在才明白过来,夫妻也不是一个人,你是你我是我,大家就是个合作的关系,我以前太天真了,竟然认为你就是我的,真是可笑。以后不会了,我不管你那么多了,只要你对我好就行,我也不追究你了,怎么样不是一辈子?"

马小波的心向深渊坠去,扯得胸口隐隐作痛,闭上了眼睛,泪水就热热地下来了。他不知道,多大的痛苦才能让一个人改变对人生的看法。

不知是安慰她还是安慰自己

马小波打定主意，一定要好好补偿庄丽，让她重新对婚姻充满希望，也让自己心里能够少一些愧疚。而庄丽也像是换了一个人，仿佛真的完全忘却了马小波所有的过错，至少看上去她像是彻底原谅了他。马小波发现，庄丽开始像个得病的孩子一样对他撒娇，他反而有些不安，尝试着去提醒她以前的不快，甚至故意去激怒她，但她的表现都是那么的软弱，那么的楚楚可怜。马小波一点也没有为此感到欣喜和骄傲，他开始变得忧心忡忡，担心庄丽是否受刺激过大，精神出了问题。"如果真的是这样，就是我亲手毁了她，我死一次都不够补偿她。"马小波感到痛心疾首。

第二天是星期一，马小波起床后轻手轻脚地弄好早饭，然后给公司打电话请假，打算陪庄丽去她爸妈家好好待一天。姜永年接的电话，一听马小波的声音马上道："我正要给你打电话呢，九点开副经理以上会议，听取下个季度的改革建议，总经理办公室刚刚打电话通知的。"马小波问："你能不能替我请个假，我家里有点事情。"姜永年压低声音说："你最好来，可能要讨论用人改革问题，据说要形成初步议案，我可能要调到总经理办公室去，策划部我推荐你接，你不在的话万一有个变动，你就错过了一个机会。"马小波犹豫地说："那，我去吧，我，马上到。"放下电话，看到庄丽也起床了，正从卫生间出来。

庄丽看到马小波站在电话前沉思，走过来问道："怎么了？

单位有事？"马小波迟疑地说："我打电话告假想陪你去爸妈那里，姜永年说九点开会，要研究人事改革问题，他要调走，怕我接不了策划部，叫我一定去。"庄丽马上说："去吧，事情分大小，爸妈那里我一个人去就行了，千万不能耽误了公司的大事，你的前途就是咱们家的前途。"马小波都听傻了，瞪着庄丽想："这是庄丽吗？这是以前那个只要不遂她的意就胡搅蛮缠、是非不分的女人吗？她要不是被洗脑了，就是精神真的出了毛病。"庄丽不了解马小波的心理活动，抱住他柔声说："反正我现在也不用上班了，你什么时候有时间咱们说去就去了，今天我一个人去；你快吃点饭去公司，别迟到，让领导对你有了看法不好。"又说："往后我做早饭吧，你以前不是说日本的家庭结构合理吗？男人挣钱养家，女人打理家务，老公回到家老婆赶紧鞠躬说'您回来啦，您辛苦了'，我以后就学日本女人吧？"马小波不知如何回答，庄丽问道："你觉得这样好不好？"马小波有点机械地说："好，好。"被庄丽拉到饭桌前，痴痴呆呆地吃完饭，夹上包匆匆出了门。

出了单元门，马小波眯着眼仰头望望涂抹到楼群的阳光，感觉回到了童年连环画里的童话世界，一切都那么美好，又那么不真实，美好和不真实得让人担心。没来由地，他的眼泪就下来了："看来庄丽真的受刺激了。"

马小波回头之前，庄丽领到两万块钱补偿安置费，心想："都被人抛弃了，还给谁省啊。"就买了一辆电动自行车，准备上下班骑，骑了没一个月，就下岗了。现在马小波去公司开会了，她洗涮了锅碗，把家具和地板都擦了一遍，让家里一尘不染——这是她在半年的单身生活中养成的习惯——然后下楼骑上电动车，一个人去了娘家。

庄丽若无其事地把买断工作的事给爸妈说了。老头一皱眉头：

第八章 覆 水

"没有工作怎么行,晚上我和你妈去找你老姨去,让她再给你找一份工作,这怎么行?"老太太也说:"就是,你们将来还要养活孩子呢,小波工资再高,现在物价那么高,一个人养家也不行啊!"庄丽不想给爸妈添心事,就说:"妈,是小波不想让我上班了,让我在家里给他做饭。"老太太一听来了精神:"你们是想要个孩子了吧?就是,都结婚快五年了,也该有个孩子了;你们要是有了孩子,除了喂奶,其他的都不用管了,我和你爸把外孙子养成小伙子。"老头认为女儿"放弃"工作是觉得有他这个依靠,没好气地说:"我没钱,我不管,养大了还不是人家的孙子!"老太太剜了老头一眼:"不管拉倒,你不管我管,看将来外孙和谁亲。"庄丽本来要跟她妈商量要孩子的事,听见他爸话头不对,也发起了脾气:"谁说要孩子啦,小波工作那么忙,哪来的精力和时间养孩子?"老太太傻眼了,空欢喜了一场,不甘心地说:"再忙早晚也要要个孩子啊,我看晚要不如早要,小波一个部门经理,还是副的,能忙到哪里去?"老头大声说:"怎么不忙?半年了他来了几次?翅膀硬了,不是用我的钱买房子的时候了!"庄丽一听不高兴了,皱起眉头说:"你们吵吧,我走呀。"下了楼,骑上电动车走了。老太太追出单元门来喊:"丽啊,在家吃中午饭吧。"庄丽装作没听见,一溜烟走了。老太太望着女儿的背影嘟囔:"跟你爸一个臭脾气,也不知道小波这些年怎么受得了!"转身匆匆回去了。

晚上有人给庄丽打电话,是个男的,马小波接的,给了庄丽,自己先睡去了。马小波躺在床上,尽量不让自己听到庄丽的声音,有些气闷地想:"看来庄丽这半年的确不是一个人过来的。"正胡思乱想,庄丽打完了电话,一脸喜色地跑进卧室,扑到马小波身上说:"我们张副总自己开了个公司,叫我过去给他当秘书……"马小波没好气地打断她:"不行,不能去!"庄丽的笑容凝固了:

"为什么！"马小波拧着眉头说："你知道他安的什么心，凭什么想得起你这个打字员？"庄丽情绪低落下来，不服气地说："你总把别人想得那么坏，总是瞧不起我，我就只能当打字员？我就那样没本事吗？"马小波壮着胆说："别麻烦了，说不行就不行。"庄丽不吭气了，贴住马小波侧过去的背，从后面抱住他，一个人想了好大一会儿。马小波见庄丽真的不跟他发脾气了，心倒软了，抬手关了灯，抱住庄丽说："好了，咱不是说好要孩子吗？现在就开始吧。"庄丽没有抗拒，任他摆弄，一个人睁着眼睛想事情。

马小波完事后，庄丽突然说："你回来了，工作又没了，总是叫人心里不舒坦。"马小波转身抱住她，柔声说："你那点工资不要也罢，安心怀孩子吧，放心，饿不死你们娘儿俩。"庄丽说："你以为想怀就能怀上啊，要是一年两年怀不上呢？"马小波说："你不是说要以日本女人为榜样，在家操持家务吗？"庄丽说："说是那么说，你整天不在家，我一个人连个说话的都没有，时间长了怕寂寞。"马小波说："那就把咱妈接来陪你。"庄丽说："我爸肯定不让，他越老脾气越怪了，每天骂我妈，可是我妈不在他眼前又不行。再说，我习惯了咱们两个人，有别人在不太方便。"马小波听了有些感动，心想："看来她对我比对她妈亲啊。"心里更觉得歉疚了，不由用力抱紧了庄丽，不知是安慰她还是安慰自己。

让我们从头开始吧

马小波去上海出差一个星期回来，给庄丽买了一套内衣。晚上

第八章 覆 水

庄丽试穿给马小波看，问效果怎么样。马小波说："我近视，你往跟前站站。"庄丽翻了他一眼，又在穿衣镜前顾盼一番，一扭一摆地走过来，把被新款文胸托得高耸的胸脯戳到马小波眼前说："看吧看吧，让你看个够。"马小波把她拦腰抱起来，两个人倒在了床上，马小波的手就伸进了庄丽文胸里。自从马小波回头，他们之间多了一点生疏和拘谨，却又开始会像恋爱时一样玩情调，夫妻生活的前奏总有些演戏的感觉。一个星期没在一起，马小波有些冲动，表现不是很出色，匆匆就结束了，庄丽急得要哭，忍了几次，想给他一个理解的微笑，鼻子里重重地哼了一声，眼泪还是下来了。马小波惭愧地说："今天怎么搞的，这么激动。"庄丽嘬着嘴，泪汪汪的，她现在不怎么发脾气了，却动不动就哭。马小波歉意地去抱她，庄丽推开他，起身去了卫生间。马小波自我解嘲地提高声音冲庄丽的背影说："这说明我没在外面干坏事啊。"说了又后悔了，怕庄丽想起自己那些事来，好在庄丽没什么反应。

星期六，庄丽在政法部门当过干部的老姨打来电话，说公安局打算培训一批下岗女工做女子交警，她托人要了一个指标，培训两个月下来就可以上岗。老姨对庄丽说："辛苦一点，但比闷在家里强，先干上，以后再找机会再往局机关调。"庄丽正学着和面，两手面粉，用的是电话免提，马小波正在旁边看书，听见这话，赶紧站起来对庄丽摆摆手，把双手叉在后腰上跛着腿走了几步，脸上做出痛苦的表情。庄丽似乎会意了，就笑着对电话说："老姨呀，恐怕不行，我可能是有了，往后身子不大方便。"老太太马上大呼小叫："有了？你妈知道了吗？没有？我马上去告诉她！这我要说她，闺女都这样了还让找什么工作，真是比我都老糊涂了，不知道一点轻和重。小丽你要注意营养，多活动活动，到时候生着容易，知道吗？"马小波瞪着眼睛扑到电话跟前，老太太正好兴冲冲地挂了电话。马小波看了看庄丽，想了想，又回拨过去，没有人接，看来急着去给庄丽妈报喜了。

马小波放下电话冲庄丽皱起了眉头："怎么回事，你怎么能说怀孕了？"庄丽笑着说："你刚才做了个孕妇的动作，不是让我这样说的吗？"马小波哭笑不得："我是让你告诉老姨你有腰疼的毛病，不能站马路，什么孕妇的动作！"庄丽笑得倒在沙发上，举着满是面粉的双手滚来滚去，不住地咳嗽。马小波叹口气说："行了行了，别神经了，赶紧给你妈打个电话解释一下，要不然就押你去做B超呀。"庄丽醒过神来，站起来问马小波："我为什么不能去当交警？我这才反应过来，你是不是真打算让我给你当一辈子'日本女人'呀？"马小波说："你脾气不好，当了交警肯定每天跟人吵架，碰上个二杆子司机看不敢拿车轧你。"庄丽说："当交警的都是脾气好的？那你让我干什么去，去承包公用厕所？"马小波温柔地说："不是说了吗，什么也不用你干，把家里打理好就行，有机会我带你出去旅游。还有，有时间你要多看点书，提高修养，别一天到晚闹脾气，神经兮兮的，哭起来比小孩还难哄……"庄丽不高兴了，好在电话铃又响了。庄丽看看来电显示，是家里的电话，就按下了免提，她妈在那头火急火燎地大声问："丽啊，你老姨说的是真的吗？怎么你没告诉妈？"庄丽皱着眉头盯了马小波一眼，马小波赶紧摆摆手，庄丽这回不猜他的意思了，自作主张地说："妈，还不一定呢，我只是感觉不大得劲。"老太太神秘地压低声音问："身上是不是没来？"庄丽不耐烦叫道："哎呀妈，你别问了，还得好几天呢。"老太太有点生气："你看你这女子，这种事也是能大意的？妈明天去看你。"庄丽没好气地说："你别来啊，我明天不在家。"老太太退而求其次："明天星期天啊，干啥去？要不那你回来？"庄丽说："哎呀没有影子的事情，过几天再说

第八章 覆 水

吧。我正和面呢，挂了啊。"不由分说挂了电话。

庄丽去厨房和面了，马小波跟过去，站在厨房门口开她的玩笑。电话又响了。庄丽说："你有本事，你去说吧，我看你能不能解释清楚。"马小波说："我接就我接。"转身去客厅接起电话，毕恭毕敬地说："喂？"却听不见对方说话，心说岳母是不是不好意思问我啊，就又"喂"了一声，才听见一个男人迟疑地问："哦，请问是不是庄丽家？"马小波眨眨眼睛说："是啊，您是哪位？"对方说："我是她朋友，您是他父亲吗？"马小波乐了："我有那么老吗？我是他爱人。"对方"啊"了一声说："她爱人？你们什么时候结婚的？"马小波觉得有些不对头，语气有些生硬地说："我们结婚好几年了，有什么不对吗？"对方恍然大悟道："明白了，您是她前夫对吧，您好您好。"马小波火了："什么前夫后夫，你到底是什么人？"对方说："不是啊！庄丽不是离婚了吗？"马小波大声说："你才离婚呢，你是不是没事找事啊！"

庄丽闻声从厨房出来，夺过电话说："老刘啊，你怎么想起给我打电话了？是啊，是我老公。"她有些惊慌地看了马小波一眼，马小波阴郁地盯她一眼，坐到沙发上，眉头拧成了疙瘩。那个人似乎在质问庄丽，庄丽说："我回头给你说吧，这我先挂了。"放下电话，坐到马小波身边去，望着他的侧脸，笑吟吟地不说话。马小波坚持了一会儿，终于转过头来，注视着庄丽问："刚才那是什么人？"庄丽依然笑吟吟的，口气轻松地说："以前的同事。"马小波说："我是问你跟他什么关系。"庄丽皱了皱眉，忍不住又笑了："同事关系呀还有什么关系！"马小波望着庄丽的眼睛，像要望到她的心里去，他沉着脸说："他可说是你的朋友，怎么不说是同事？"庄丽说："我们不是都买断了吗？他现在给一个公司的老总当司机呢，我们早就不是同事了。"马小波冷笑着说："好一个'我们'，你们把我当什么人了？"庄丽有些不耐烦地说："那你说我们什么关系？"马小波突然抓住庄丽的肩膀说："小丽，你告诉我，你们是不是情人？"庄丽推开他说："去去去，哪儿跟哪儿啊？！"马小波推心置腹地说："你跟我说实话，我不会怪你，因为是我先做错了。"

庄丽望着马小波，转转眼珠说："他听说我离婚了，打我的主意，我没答应，就跟他吃过几次饭，没别的。"马小波显然不相信，突然间就失去了平常心，嘲讽地说："你还不答应呢，都跟人家说你离婚了！"庄丽望着马小波，眼里泛起久违的怒气："你一走就是半年，我知道你干吗去了？别人问我为什么没有男人，我还能怎么说？我说我看不住男人，让别的女人勾引跑了？我不说离婚说什么？！"马小波也愤怒了，浑身发抖，变了声调说："我早就知道你不可能变得这么快啊，对我这么好，一点也不发脾气了，原来有了情人，心情好！好啊，我一时糊涂被人勾引了，你就要找一个男人报复我是不是？"庄丽望着马小波，眼里渐渐积蓄了泪水，站起来去了卧室。马小波不甘休地在背后说："你要找也找个优秀的人啊，找个司机，你知道吗，小车司机是最骚的男人，小心被传染上性病。"庄丽正走到门口，突然转回身来，指着马小波叫道："我警告你，不要侮辱别人，如果你想闹，咱们就算算总账，我奉陪到底！"转身回卧室，把门摔上了。马小波沮丧地望着那扇久违的门，不由想起了言听计从的刘阿朵，大叫一声，闭上眼，仰倒在沙发上。半晌，喃喃道："哼哼，我早应该想到事情没这么简单。"

庄丽跟马小波怄了好几天气，一个多星期没有在一起——这是前些年没有过的，以前生了气白天谁也不搭理谁，晚上上了床也不

第八章 覆 水

说话，但是夫妻生活照过，一点也不影响情绪和效果，而现在明显感到了厌倦和仇恨。

马小波开始整天不回家，一天三顿在外面吃，很晚才回来，回来上床就睡。庄丽以为他在找茬想真离婚，就更生气了，一个人的时候就默默流泪。马小波回来看到的却是一个铁青着脸也铁着心的庄丽，仿佛以前那个蛮横的庄丽又复活了，他越发丧失了对生活的信心。有一天半夜里，庄丽被一个噩梦吓醒了，猫一样钻进了马小波怀里，"呜呜"地哭。马小波在睡梦中犹豫了一下，搂紧她，有口无心地喃喃："好好，不哭了，宝贝不哭了，不哭了……"庄丽把湿漉漉的脸贴在马小波脸上，发出小猫似的声音说："宝，你相信我，我真没跟那人有什么，你怎么才能相信我呢？"马小波的心在半梦半醒中柔软起来，想起自己要补偿庄丽的打算，很为自己这些天的态度感到内疚，吻着她说："好了，我相信你，相信你，都是我的不对。"庄丽喃喃地说："宝，你不敢再离开我了，你不知道，你走后我都不想活了。再有这么一次，我肯定死掉。"马小波万箭穿心，紧紧地搂住了庄丽，心里想："罢了，就算你真的有了情人我也认了，这样就公平了，让我们从头开始吧"。

天亮时，庄丽的眼睛已经肿成了桃子，马小波吓了一跳，鼻子就有些发酸，安慰庄丽："宝，你放心，我这辈子都会对你好的。"庄丽点点头，努力地睁大红肿的眼睛对马小波说："我可能真的怀孕了，这个月身上没来。"马小波笑道："傻瓜，这是好事啊，真怀上了就生下，反正你妈早就着急抱不上孙子，我妈也唠叨了好几年了，生下来她们抢着养呢。你正好不上班，不养孩子干什么？回头检查一下，要真怀上，我给你请个保姆，你就天天给咱养孩子。"庄丽说："我不要保姆，我要你伺候我。"马小波说："好好好，我不伺候谁你伺候你啊。"庄丽又要哭，马小波伸手去抚摸她，两个人又亲热起来。

电话铃骤然响起，吓了俩人一跳，庄丽拿起听筒，马小波听见岳母在问："丽啊，身上来了吗？"

庄丽回答："还没有，都迟了三四天了。"

"那就让小波陪你去医院检查一下？"

庄丽扭头看看马小波说："先不急吧，我以前也有过两个月来一次的时候，也许是正常现象，下个月再说吧。"

老太太提高了声调："什么正常现象，你又没生过孩子，懂个什么！小波要忙，妈一会儿过去，陪你去医院看看？"

"不用了妈，我也没觉得不对劲得厉害。"

"吃饭怎么样，喜欢吃酸的吗？恶心吗？"

庄丽不耐烦地说："哪那么快啊，我都说过了，也许下个月就会来的，以前也有过这事。"

老太太的声音低了下来："不管怎么样，不敢大意，营养要跟上，看你现在瘦的。"

庄丽搁了电话，马小波笑着说："你要算是瘦的，我还不成了非洲难民？"庄丽说："快起床吧，怀上也不一定是你的呢！"马小波马上脸色大变，庄丽面带笑容，饶有兴味地望了马小波半天，抱住他哄道："傻子，我逗你呢！"

也许只有死了才能真正赎罪

两个月，庄丽都没有来月经，马小波没留心，庄丽也没跟他说。星期天一早，庄丽对马小波说："吃了早饭咱们去我妈那里

第八章 覆 水

吧？"马小波问："有什么事吗？"庄丽说："没什么事，好些天没过去了。"马小波说："我有点累，你自己去吧，把我从绍兴带回来的黄酒给爸捎去。下个星期天咱们一起去。"庄丽看看马小波，欲言又止。马小波觉得不对劲，狐疑地问："是不是出了什么事？"庄丽说："没有，能出什么事？你好好休息，我自己去吧。"

吃过早饭，庄丽骑着电动自行车去了爸妈家，马小波就躺在床上睡觉。却一点睡意都找不见了，想后脚跟去岳父家，给庄丽一个惊喜，却提不起精神来，就躺在那里乱想。最近，马小波老是懒得动弹，对许多从前感着迷的事情突然就失去了兴趣，情绪波动很大，但他学会了掩盖自己，不让庄丽和身边的人看出来。

庄丽前脚去了她妈那里，后脚就有人敲门。马小波以为是物业公司抄煤气表的，慢腾腾地过去拉开门，竟然是苏小妹，一下愣住了。苏小妹越发丰满了，笑模笑样地站在那里打量他。马小波一把把她拉进来，关上门说："你怎么来了？有事吗？"苏小妹径直走进客厅，一边说："别紧张，我看见你那位骑车走了，要不然我敢来？"马小波的确有点紧张，苏小妹是第一个他在婚姻之外发生过关系的女人，虽然因为他没有外遇经验，当时很快就不行了，而且感觉十分糟糕，现在见了她还是有些心跳加快。时过境迁，马小波忘记了当时的糟糕情绪，却记住了苏小妹少见的敏感和疯狂，后来有很多时候，马小波有过再次真正占有苏小妹的冲动，他一直渴望她，又有点怕她。虽然就是因为苏小妹，自己的生活才发生了诸多变故和不幸，面对面的时候，马小波却找不到一丁点怨恨她的情绪。此刻，望着苏小妹丰腴的腰身，马小波控制不住自己，手抖抖地从后面搂住她。苏小妹把包放在茶几上，回身勾住马小波的脖子，用力地吻住了他。马小波的手向苏小妹的胸脯上伸去，腿也有点发抖。苏小妹很积极地迎合他,并摸索着去解他的皮带。意乱情迷之时,马小波突然感到庄丽正怨恨地望着自己,下意识地一把抓住苏小妹的手,大声说:"别,我们不能这样了!"苏小妹愣了一下,很失望地放开马小波,带着母性的温情望着他,叹了口气说:"你怎么还是这个样子?"马小波突然想起一件事来,问道:"小妹,你那次怀上我的孩子没有?"苏小妹意味深长地打量着马小波,笑而不答。马小波追问道:"到底有没有,我只是想知道我是不是有了孩子,没别的意思。"苏小妹无所谓地笑笑:"这是我自己的事情,与你无关,我们说好不再提这件事的。"然后决然地放开马小波,一手拿起她的包,一手抱着马小波的肩在他脸上吻了一下,眼神复杂地望着他说:"再见,我的小波哥,我赶时间呢,有空再来找你,反正我知道你家住哪了。"马小波呆呆地看着苏小妹拉开门,又回过身来对他笑笑,出去把门关上了。

马小波疲惫地坐进沙发里,不知道刚才是不是一个梦。"我怎么可以再和她那样?庄丽知道了非气死不可。幸亏悬崖勒马!"马小波正在猜测苏小妹是否已经生下自己的孩子,电话铃响了,吓了他一跳,搞清是电话,起来过去抓起了听筒,竟然又是苏小妹的声音。

"小波,刚才忘了一件事,你愿不愿听听?"

马小波以为她要说孩子的事情,放松了一下,调笑道:"好事还是坏事?"

"当然是好事,是你老婆有好事。"

马小波的心揪紧了,失口道:"你不要伤害她,她要是知道了咱们的事,我跟你没完。"

苏小妹停顿了一会儿,叹口气说:"到底和你老婆亲啊,看把你心疼的,我都不敢说了。"

第八章 覆 水

马小波不吭气，等着命运的宣判，再次为自己做过的事情感到无比懊悔。

苏小妹说："我老公的公司在你们这里开了分公司，缺个会计，你老婆不是下岗两三个月了吗？会用电脑吧，要想来，我跟我老公说一声就可以。"

马小波松了口气，问道："你老公是经理？"

"嗯，他只会挣钱，没别的本事。"

马小波想了想问："会计是很重要的职位，能随便给人吗？"

苏小妹说："这你就别管了，相信我好了，跟你老婆商量一下愿不愿意吧。"

马小波为难地说："可我怎么跟她说？"

"就说你的一位大学同学介绍的，反正我又不怎么去他们公司，见不着几面的。"

马小波很想给庄丽把这个好工作安排下，让自己在她面前找回点尊严，可又怕这样会埋下一颗定时炸弹，况且让苏小妹老公察觉了麻烦就大了，于是说："还是算了吧，她最近身体不舒服，我不想让她上班。"

苏小妹有些失望地说："我就是想给你办点事情，想让你在老婆面前有面子啊。你还是跟她商量一下吧，两天之内给我个回话，过了这个村就没有这个店了，你想清楚啊。"

"好吧，我跟她商量一下再联系你，再见。"马小波等着苏小妹挂电话，却迟迟听不到断线的声音，问道："干吗不挂啊？"苏小妹这才幽幽地说："你先挂！"马小波顿了顿，一横心，挂了。放下电话，仰靠在沙发上，感到了深深的失落，久违的爱情的冲动在心头跳跃。

很晚了庄丽还没回来，马小波心乱如麻，打了个电话过去。

岳母接上了说:"正要给你打电话呢,你明天一大早过来吧,在这边吃早饭。"马小波说:"明天上班啊。"老太太很不高兴地说:"庄丽都这样了,你还有心思上班?"马小波的心向下沉去,胆怯地问道:"庄丽怎么了,妈?"老太太不留情面地讥讽道:"你也太不把她当回事了吧,她身子不正常你就不知道?"马小波有些气闷,口气开始生硬:"她没给我说过啊。"这时庄丽接过了电话,先问马小波吃过晚饭没有,然后说:"明天你请个假吧,陪我去医院检查一下。"马小波有些生气地说:"你怎么不跟我说,跑你妈那里说去了?"庄丽有些理亏地说:"我以为不是什么事情,听妈一说才害了怕。"马小波见庄丽不像从前那样对他发火,反而对自己的态度不好意思起来,温柔地说:"好吧,总是你最重要,我明天一早就过去。"

第二天,马小波早早来到岳父家,岳母的脸色不大好看,马小波没在意,一起吃过早饭就去了医院。

医生说庄丽是因为精神原因引起的月经不调,要注意营养,开了一大堆药,叫明天来拿详细诊断报告。岳母见不是有孩子了,很失望,回来时一路埋怨女儿不会照顾自己,听得马小波耳根子直发烧。先把老太太送到了家,两口子没下车,又回自己家。进了家门,马小波愧疚地对庄丽说:"小丽,我对不起你!"庄丽笑笑,把马小波的脑袋搂在胸前,柔声说:"傻子,你以后对我好就行了,还有大半辈子呢!"马小波想到和苏小妹还有刘阿朵的事情,更觉得心里有愧,竟然哭了起来。庄丽像母亲哄孩子一样哄着他,马小波越发悲伤了,哭得头晕眼花。后来庄丽也哭了起来,不过她只是不出声地抹着眼泪。

吃过午饭,马小波没有去上班,陪着庄丽。

第八章 覆　水

　　第二天，马小波去医院拿诊断报告，专家确诊庄丽为精神障碍性闭经，提醒马小波注意病人的心理需求，尽量让她心情愉快一些。马小波马上有了负罪感，去岳父家送诊断报告时，不敢抬头看岳母的眼睛。从岳父家出来，马小波决定打电话给苏小妹，无论如何要给庄丽找个好工作，这样或许她的心情会好一些。苏小妹说："我回老家了，半个月后回去，你别担心，我已经跟我老公说好了。回去我给你打电话，咱们面谈吧。"

　　半个月后，庄丽看不出什么变化，马小波又黑又瘦，没了个人样，以至于去苏小妹住处找她的时候，把对方吓了一跳。苏小妹叫道："妈呀，你怎么搞的，跟个非洲难民似的！"马小波说："没事，这段时间忙得厉害，怎么样，都安排好了吧？"苏小妹捧着他的脸说："先别说别的，让我看看你，都瘦成什么样子了，你心疼死我了！"眼泪汪汪的。马小波任凭她摆弄，木然地说："我再说一遍，无论如何不能让庄丽知道咱们俩的事情，会要了她的命！"苏小妹叹口气说："我只在乎你的命，你怎么把自己弄成这个样子了？"马小波说："那多会儿能上班？"苏小妹说："你先叫她来学习几天，总得有一个适应过程吧，完了我给你几本会计电算化的书，叫她好好看看。"马小波说："她以前学的就是这个专业，只是一直没机会用上"。苏小妹说："那最好了，明天叫她到公司报到吧，我等着她。"

　　马小波点点头，发觉苏小妹的眼神开始不对，就开始紧张。苏小妹对马小波笑笑，走过去反锁了房门，回来竟然一把抱起他，边往里间走边说："老天，看你轻成什么了，不到一百斤了吧，心疼死我了！"马小波尴尬地说："快放下我，你干什么，小心你老公回来。"苏小妹固执地抱着马小波进了卧室，把他放到床上说：

"你放心,他今天不回来。"笑着解去马小波的衣服。马小波躺在那里,突然发现自己不再发抖了,他平静地望着苏小妹说:"咱们不要这样了,你不在乎,我会无法面对庄丽的。"苏小妹说:"我不管。"站起来脱掉了裙子,俯到马小波身上。马小波说:"小妹,咱们每次一见面就只有欲望,这很庸俗。"苏小妹笑着说:"别人搞情人还不都是这样?谁爱谁才跟谁做爱吗?"马小波心里起了厌恶,冷哼一声说:"至少我还在乎庄丽,你在乎过你的老公吗?"苏小妹愣了愣,兴味索然地说:"你别老提他好不好,你知道我眼里只有你。"马小波推开苏小妹,坐起来,慢慢地穿上衣服,把手放在她浑圆的肩头上说:"你穿上衣服,咱们聊一会儿。"

苏小妹怜爱地望着马小波笑,又扑到他身上说:"你先满足了我再说。"马小波无可奈何地闭上了眼睛。有过第一次,第二次的拒绝显得那么虚伪和没有意义。

从苏小妹家出来,马小波觉得浑身都是苏小妹身上的味道,怎么都甩不掉,想到又对庄丽犯下了一宗罪,心里就闹腾起来。想招手拦辆车,却蹲到马路边呕吐起来,吐得浑身大汗。站起来时,马小波感到浑身发冷,几近虚脱,仿佛马上就要死了。

当幸福和健康一起降临

吃晚饭的时候,马小波假装突然想起一件事来,对庄丽说:"对了,有件事忘了告诉你了:今天碰见了我大学时的一个同学,成都人,好多年没见了,可巧今天就碰上了。她老公那个公司要

第八章 覆 水

在咱们这里开个分公司，正招兵买马呢，说是缺个电脑财务会计，问我能不能找个知根知底的。我想你就是学财会的，这是个好机会，又怕你身体不行，不想让你上班。你有没有兴趣？"庄丽停下筷子，盯着马小波问："真的假的？"马小波轻松地说："当然是真的。"庄丽放下筷子，绕过餐桌来，抱住马小波使劲亲了一口："老公，你真是我的好老公！"马小波也兴奋起来，问道："你愿意去啊？"庄丽满脸幸福地说："我早知道你给我操着心呢，故意不早告诉我！"马小波得意地笑了，庄丽却咧嘴要哭："都是我没本事，拖累你了，给你增添了心事和压力，还要欠人家的人情。"马小波说："什么欠人家人情，我给他们找了需要的人，还是我老婆，他们才欠我人情呢。"看到庄丽因为找到工作兴奋的样子，马小波想："值了，就当是我跟苏小妹交换来的。"这样一想，心里好受了许多，希望看到庄丽的病情能够因此好转。

吃完饭，庄丽抢着洗涮，马小波要擦地板，庄丽抢过抹布说："你累了一天了，去玩会儿游戏吧，很久没见你玩了。"马小波听话地去了书房，打开电脑，对着显示器发呆，想着明天怎么带庄丽去苏小妹老公的公司。

第二天，庄丽刻意打扮了一番，化了个淡妆，挑了一条套装裙穿上，感觉自己已经是个公司的白领了。马小波给苏小妹打了个电话，苏小妹有些冷淡地说："你带着她直接去吧，我都跟我老公说好了。"马小波有些忐忑，看到庄丽激动的样子，暗暗叹了口气，他发现，比较来说，庄丽还是最让他感到亲近感到爱的女人，也是这个世界上他最不愿意伤害的女人，——虽然他一直在伤害她。出门的时候，马小波忍不住抱着庄丽的肩膀走，这亲昵的动作，已经久违了，庄丽因为幸福而变得腼腆了许多，很乖地走，生怕动作大了把马小波的手从自己的肩膀上震落下来。马小波感觉到了庄丽的心情，他一阵的辛酸，默默地想："幸福终于降临了，但愿我们能一辈子这样走下去。"

苏小妹的老公很热情地接待了他们，告诉庄丽马上就可以上班了，这个南方生意人为能够找到老婆的同学的老婆做自己的财务会计感到很欣慰，一个劲地说："小妹老跟我提起你啊，你的太太能在我这里工作，咱们就是一家人，彼此都放心多啦。"马小波听了很不是滋味，觉得很对不起人家。让马小波惊奇的是，苏小妹的老公长得非常帅，个子虽然不高，外形很像马小波欣赏的香港明星梁朝伟。马小波有点自惭形秽，看到庄丽景仰地望着人家，心里感到酸酸的。第一次，他开始恨自己没有本事，当不了老板。

自从上了班，庄丽的情绪明显好了很多，虽然已经第三个月没来月经了，气色有些灰暗，精神却很好。马小波要带她再去一次医院，庄丽笑着说："没事的，我这一段很忙，等国庆节公休再说吧。"马小波只好随她的高兴。

庄丽下班回来，马小波正抱着一本厚重的大书用笔勾勾画画。庄丽说："你看什么书呢，这么厚？"马小波依旧趴在书上说："《妇科大全》，我想闹懂你的毛病是怎么回事。"庄丽从背后抱住他柔声说："傻子，别费功夫了，我身上来了。"马小波扭头盯着庄丽看了半晌，一把拉住她的裙子："真的吗？快，给我看看！"庄丽推推他说："有什么好看的！"马小波坚持要看，庄丽只好撩起裙子，让他看了看脏了的内裤。马小波大叫一声："我的老天！"抱起庄丽乱转圈子。庄丽叫道："快放下，快放下，弄脏了你的衣服，还得我洗！"马小波这才轻轻放下庄丽，气喘吁吁地说："小丽，等你身上干净了，咱们就生，生他一个儿子。"庄丽娇嗔说："人家喜欢女儿，女儿跟妈亲。"马小波宽怀大笑：

第八章 覆 水

"行行,只要你好好的,我什么都行,就怕你妈和我妈不高兴。"庄丽打他一拳:"别瞎美了,我打算上两年班再说。"马小波大度地说:"我不管,你能说服你妈就行。今天高兴,别做饭了,咱们到街上去吃,我要喝两瓶啤酒,庆贺一番。"庄丽有些眼圈发红,说:"宝,还是在咱家里吃吧,我给你做。想跟你多说说话。"马小波说:"好吧,家里就家里,随你,我来炒菜。"

吃饭时庄丽问马小波:"那个介绍我去公司上班的苏小妹真是你同学吗?"马小波心里一凛,尽量平静地说"怎么了?"庄丽说:"她跟我们经理好像夫妻感情不太好。"马小波松了一口气:"咱不管人家的闲事,你以后只操工作的心,老板的私事与你无关。"庄丽皱皱眉头说:"你想哪里去了,我关心苏小妹的夫妻感情,是因为我这个工作是人家找的。"马小波严肃地说:"各归各,你那么尽心尽力给她老公工作,对得起她了。"庄丽不高兴地翻了他一眼,马小波假装没看见。

吃完饭,马小波去街上买了几张盗版游戏碟,打算痛痛快快地玩几个晚上。

两个星期以来,马小波每天晚上熬夜玩电脑游戏,庄丽的病好得太快,让他一时没有思想准备,生活习惯和工作计划都处于无序状态,仿佛被洗了脑,回到了儿童时代。让马小波更为不安的是,苏小妹从庄丽上班后再没跟他联系过,他倒不担心苏小妹做出什么对庄丽不利的事情来,苏小妹不是那样的人,但他总是隐隐觉得不安,仿佛有什么坏事就要发生似的。马小波想:"如果有什么罪孽,全部降临到自己头上,千万不能再伤害无辜的庄丽。"庄丽每天下班回来都看见马小波坐在电脑前玩游戏,不但没有像以前那样责怪她,下班的路上还顺道给他买了一张影碟,说:"不要总是打游戏,换换脑子吧,看看电影,这是《魔戒Ⅲ》,原版原声的,这一段很红。"马小波惭愧地说:"我怎么感觉自己像个下岗工人?"庄丽温柔地笑着说:"你是什么我也爱你。"马小波说:"从明天开始不玩游戏了,早点吃晚饭,完了我带你去公园散步。"庄丽幸福地笑了。马小波却笑不出来,他总觉得,健康幸福出人意料地一起降临,让人有些不踏实。

晚上,庄丽偎在马小波怀里说:"宝,我是不是真有什么毛病了?"马小波心里一沉,说:"别胡说,你不是好了吗?"庄丽担忧地说:"我身上都十几天了还没有完。"马小波感到头上骤然一冷,先在心里安慰了一下自己,又安慰庄丽说:"没事的,半年没来了,来一次还不时间长一点?睡吧,明天我陪你去检查一下。"庄丽说:"明天没时间,我们发工资。"马小波尽量轻松地说:"那就后天上午吧,兴许那天就没了呢。"

别哭,我最爱的人

马小波醒来的时候,庄丽已经上班走了,他靠在床头,望着对面依然簇新的结婚照,有点不敢相信竟然已经结婚五年多了,而且就在不久前还发生过那样剧烈的变故。一切仿佛就是昨天的事情,但马小波已经有些记不起那些吵架斗嘴的岁月,仿佛就在眼前,又仿佛从来没有发生过。对庄丽,马小波微微感到有些厌倦,从前那个任性的庄丽已经没了踪影,如今的庄丽,越来越像刘阿朵,温顺、乏味、动不动就流眼泪。

闹得最厉害的那些年头,马小波好几次假设过庄丽会突然死

第八章 覆 水

去，车祸、疾病或者其他原因。他想过自己那时候会完全原谅庄丽，只记得她的好，也许会因为她的死从此垮掉，至少从此少言寡语并且终身不娶；所有人都会为他的痴情而感叹，当然还有许多女人被他的遭遇感动，无法自拔地爱上他。或许，他最终会重组一个家庭，但和庄丽的爱情已经成为生命中最珍贵的回忆，成为心底最隐秘的财富，让他得以享受到晚年，到生命结束的时候。他还会比庄丽在世时更孝敬岳父、岳母，他一定会常去看望二老，依然喊他们爸和妈，给他们养老送终。他会和他们感伤地谈起庄丽，一起默默地掉泪，从对她刻骨铭心的思念中，感受着生者之间的亲情和抚慰。

那是一个已婚男人不可告人的狂想，是一个男人最后的浪漫。此刻，马小波靠在床头，想到从前的那些幼稚的幻想，忍不住摇着头笑了。"多么不切实际的胡思乱想啊，我那个时候可真不成熟。"马小波感叹着爬起来，去了卫生间。

走出小区门口，马小波等了好几辆出租车，都有客人。他想了想，去了公交车站，摸了摸口袋，正好有一块零钱。站到车上，马小波环顾一下乘公交车的人们，突然发现自己好长时间没坐过公交车了，生活在不知不觉间向前迈了一大步，没觉着怎么努力，自己转眼就成了高薪阶层的白领，成了拥有一定人事和经济权力的部门经理。而这种感觉在有一个家、有老婆的时候才觉得实实在在，这就是家的意义吗？它让一个男人的奋斗有明确的目的，也让他的成功有了直接的反映。马小波想道："或许，应该给庄丽买辆私家车了，这个已经早已可以变成现实的梦想，怎么我们都给忘了呢？难道我们需要的仅仅是梦想吗？"马小波又想道："双休日一定陪庄丽去做头发，再给她买几身名牌衣服，买块上万块钱的名表，还有其他的东西，比如坤包、项链，都该换名牌了。不单单为了补偿她，也为了从她的改变来印证一下自己的成功，毕竟，老婆的消费水准某种程度上是老公能力的最直接反映。"

马小波已经能从社会的角度看待自己的家庭和庄丽了。

车在十字路口等红灯的时候，马小波无意间看到好像李浩骑着摩托车从另一个方向驰过路口，他穿着便衣，有个女人抱着他的腰坐在后面，从背影看，好像是刘阿朵。马小波愣了愣，再细看时，已经看不见他们了，他琢磨了一会儿，脸上露出了笑容。

第二天，马小波逼着庄丽请了一上午假，陪她去医院检查。让马小波始料不及的是，他们竟然把全城的大医院都跑了个遍，因为专家们除了那几句术语，谁也说不出个有效的治疗方法来，只有个老中医开了副草药让"吃吃看"。马小波心里有些发毛，两个人回到家，庄丽让他歇着，自己去做饭。马小波坐立不安，对庄丽说："不行，我得带你去北京看病。"庄丽看看他，笑着说："没那么严重，自己吓自己！"马小波严肃地说："你听我的，我宁愿没事，但咱不能把病耽搁大了，吃完饭就走。"庄丽跑过来抓住马小波的胳膊，紧张地盯着他说："你别吓唬我，我怕死！"马小波笑了："你倒想死，哪就死得了？我只是以防万一。"庄丽说："那还去不去北京？"马小波说："去，当然要去。"

吃完饭，庄丽要去公司请假，马小波说："打个电话就行了。"庄丽坚持要去，马小波说："那我陪你一起去，咱把该带的东西带上，我在门外等你，你请了假咱们就去火车站。"庄丽说："好，那我收拾点东西。"收拾东西的时候，庄丽问马小波："要不要给我妈打个电话？"马小波说："算了吧，别让他们操心了，回来再说。"庄丽想了想，同意了，问马小波："我穿什么衣服啊？"马小波笑道："你是去看病，又不是去看戏，穿什么

第八章 覆 水

不行？"庄丽说："我穿结婚时买的那条白色连衣裙吧？"马小波说："恐怕季节不行了，早晚气温低，怕会冷的。"庄丽说："没事，我那是两件套，春秋都能穿。"马小波说："你自己决定吧。"庄丽就找出来穿上了，试给马小波看。马小波看了一眼说："不错，挺好。"转念又说："去北京看完病，多住两天，给你买几身衣服。"庄丽高兴地扑过来，抱住马小波说："你心里有我就行了，咱们别乱花钱，将来有了孩子开销大呢。"马小波有些心酸，拍了拍庄丽的背说："快走吧，还要赶火车呢。"

出了门，两个人打车去庄丽的公司。没走多远，庄丽慢慢往马小波身上靠，马小波起初没在意，后来觉得庄丽的胳膊凉得厉害，脸色也有些苍白，担心地问道："你没事吧？"庄丽小声说："没事，可能刚才的饭吃得不对了，肚子有点不舒服。"马小波说："就快到你们公司了，上个厕所就好了。"庄丽点点头，闭上了眼睛。马小波刚想催促司机快点开，转眼看见庄丽脸色开始泛黄，嘴唇也变得苍白，气息非常微弱。马小波心里一惊，赶紧抱住庄丽，对司机说："师傅，麻烦送我们去最近的医院！"司机从后视镜里已经看到了后面的情形，安慰马小波："别担心，前面就是人民医院。"马小波感激地笑笑，低头问庄丽："宝，你感觉怎么样？马上就到医院了。"庄丽脸上绽出一朵憔悴的微笑，马小波惊恐地看见她白色连衣裙的下摆渐渐洇出一朵鲜红的大花，感到彻骨的寒冷从头上直传到脚下，整个人变得麻木而僵硬，眼泪夺眶而出。

岳父、岳母赶到的时候，马小波正在手术室外面兜圈子。岳母责怪地望着马小波说："你是怎么照顾她的！"岳父宽解道："没事的，小丽身体好，小毛病，你先坐下。"岳母刚坐下，医生出来了，问道："谁是庄丽的亲属？"三个人闻声都站起来，异口同声地说:"我是。"医生说:"直系亲属吗?谁是O型血,病人失血过多,需要大量输血,最近O型血浆很紧张,很多医院血库都没有O型血浆了,我们已经去其他血库调了,但不一定会有,最好让你们立即输血给她。"那一刻,马小波真是恨透了自己不是O型血,庄丽是O型血,只能输O型,而自己却是该死的B型!岳母顾不上擦眼泪,推一把岳父说:"你快去呀,你是O型,和丽的一样!"岳父一边挽袖子,一边跟着医生进去了。

马小波扶着岳母坐在长椅上,晕晕乎乎,还是难以确信事情的真实性,心里想着:"怎么可能真的发生这样的事情呢,要是个梦赶紧醒了吧。"岳母只是抹眼泪,问马小波事情的经过,马小波正要告诉她,医生又出来了,对马小波说:"小伙子,快再去找个O型血的人吧,刚才那位老人血压有问题,抽血多了有生命危险。"马小波没等医生说完,站起来就往出跑,仿佛逃离医院就能从噩梦中醒来。

跑出医院马小波才想起谁是O型血的问题,那辆出租车竟然还在门口等着,司机看见他出来,迎上来问:"你老婆怎么样了?咱是红旗车队的,需要去哪里我白拉你去,救人要紧。"马小波抓住他的手问:"你是O型血吗?"司机说:"我是A型,可以吗?"马小波摇摇头,司机说:"没事,你知道谁是O型,我马上拉你去。"马小波看看他,感到头脑异常迟钝,他望着车辆稀少的马路发呆。司机以为他在思考,耐心地等着他。初秋正午的阳光晒得马小波满脸油汗,头发像点着了一样,他忽然想起来:苏小妹说过她是O型血!马小波翻开手机,拨打苏小妹的手机,听到的是空号提示,突然想起苏小妹新换了手机号码,而自己为了不再跟她纠缠,竟然没记下。幸好还去过一次苏小妹的家里,马小波简短地叫道:"走!"司机马上给他拉开车门,跳上车,直奔苏小妹家里。

第八章 覆 水

路上，马小波想："只要苏小妹肯救庄丽，我马上给她跪下！"他也不怕撞见苏小妹老公了，直奔单元门口摁响了门铃。小保姆问清他的来意后说："苏阿姨和叔叔回成都了，今天早上刚走。"马小波感到一阵透心凉，转身就跑，竟然忘记了出租车司机在等他。出租车司机开着车追上马小波，问道："这下去哪里啊？咱们要尽量快点。"马小波说："是的是的，"上了车，告诉司机："只有去我们公司了，一定有人是O型血！"

还不到上班时间，公司大楼门口值班的两个年轻保安给马小波打招呼："马经理这么早上班啊？"马小波被提醒了，用内线给策划部办公室打了个电话，没有人接，又打总经理办公室，依然没有人接。一位保安说："都没上班呢吧。"马小波看看两个保安，突然掏出钱包，把钱全拿出来往他们怀里塞，嘴里说："两位大哥，你们谁是O型血？我老婆失血过多，急需输血，你们救救她吧！"两个小伙子脸上写满了惊讶，一起推开马小波拿钱的手，一个说："马经理你快别这样，都挺熟的，怎么能要你的钱！我不知道自己是什么血型，嫂子在哪家医院，去了再说吧。"另一个说："对对，先去医院吧，验出谁是O型血来就抽谁的吧。"两个人跑进大楼，大声喊着，把午休的保安都叫出来了，马小波看见大概有五六个人，感到很振奋，就领着他们往外跑。保安们都挤进了等在门口的出租车里，马小波对司机说："师傅，你先拉上他们去医院吧，我再去找O型血的人。"司机说："这些人没一个是吗？"马小波说："他们没验过，去了再说。"司机说："你最好快点，我们出来四十多分钟了！"马小波笑笑，突然觉得浑身发热，脑袋发晕，挺着目送他们远去。

出租车在正午的炎热中消失了，马小波握着手机，一时不知该去哪里，直感觉胸发闷、腿发软，脚刚迈出去，就像被骄阳晒化一样软软地倒在滚烫的水泥地上。正午的大街上空空荡荡,连丝风也没有,马小波趴在那里,意识模糊,半睡半醒,远看像一堆废纸或者一条被车碾死的狗。此刻,远处一家卖磁带的小商店里隐约传来郑智化带着哭腔的歌声:

别哭,我最爱的人,
今夜我如昙花绽放,
在最美的一刹那凋落,
你的泪也挽不回的枯萎。

别哭,我最爱的人,
可知我将不会再醒,
在最美的夜空中眨眼,
我的梦是最闪亮的星光。

是否记得我骄傲地说,
这世界我曾经来过,
不要告诉我永恒是什么,
我在最灿烂的瞬间毁灭。
……

是否记得我骄傲地说,
这世界我曾经来过,
不要告诉我成熟是什么,
我在刚开始的瞬间结束。
……

马小波静静地伏在坚硬滚烫的马路上，倾听着这似有似无的歌声，眼泪汇聚到鼻尖，又滴落在地上，湿润了一下，很快就蒸发了。

生活还得继续下去

庄丽死于肾及子宫功能紊乱和长期失血造成的脏器功能衰竭，医生终于弄明白了，这是精神因素导致的内分泌失调和长期严重抑郁造成的。

庄丽火化后的一个星期后，马小波病愈出院了，之前他一直昏迷着，没能给庄丽送葬。

马小波的父母一直陪着他，出院后又住了两个星期，回农村去了。临走的时候，老太太宽解自己的儿子："娃，人死不能复生，你千万不敢想不开；我和你爸先回去了，你别让我们放心不下，妈说句现在不该说的话，你还年轻，有合适的再找一个，日子还长着呢。"

马小波默默地点头，送走了父母。回来的路上，马小波泪水汹涌，旁若无人。

回到家里，面对庄丽的遗像，马小波不敢想庄丽的死是因为自己的出轨造成的，但是脑海里只有这一个想法，像海藻爆发一样占据着他思想的全部。马小波把庄丽笑盈盈的遗像抱在怀里，仰面朝天，把泪水吞进肚里，哆嗦着念叨："宝啊，我实在没有想到有些错误是致命的，现在什么都晚了！"

马小波想起来，有过好多次，在两个人感到最幸福最快乐的时候，庄丽突然就问道："宝，你说我会不会死啊？"马小波笑道："当然会死。"庄丽就噘起了嘴，马小波赶紧补充道："迟早会死，谁能不死呢？"庄丽就威胁他："你要敢做出对不起我的事，我就死给你看！"马小波笑笑，没当回事情，知道庄丽在吓唬自己呢。

可是，庄丽说到做到，她真的就死给马小波看了。而马小波却没有任何思想准备，除了悲伤，更多的是懊悔。

此刻，当庄丽把他一个人孤零零抛弃在这个世界上，马小波不知道如何将生活继续下去，可是，生活还是得继续下去。

后记
就是要你疼痛

在长篇小说《婚姻之痒》的结尾，我安排了女主人公庄丽含恨死去，这是经过慎重考虑的，是决定摒弃文学意义上的完美，以更直接的方式给婚姻现实和现实婚姻中的人一个警示。我知道这种文以载道的写法是为现在的读者所厌弃的，但我不能说服自己，还是用了这样忐忑却理所当然的结局。

果然在网上一直跟读的数十万读者中的绝大多数因为这个结局而对我和男主人公马小波怀恨在心。与一直以来受到的赞誉和鼓励不同，最后我们落入了绵延至今的毁骂和指责之中，在读者的口水里挣扎。其实，早在我打算用一个悲剧戛然而止之前，有敏锐的读者已经预感到了结局的不完美，他们开始对我进行"威逼利诱"。唱红脸的说：我们相信作者是善良的，他会给我们一个美好的结局；唱白脸的说：如果你敢用悲剧结尾，我从此不再买你的书，也不再把你的作品向别人推荐，你将失去一个忠心的读者。更有心者替我设计好了结局，让我参考或者干脆按照他的提纲去写。

这些善良的劝说让我感动，我一度为之动摇。思之再三，我还是固执己见，按照自己的心灵指向完成了结尾。虽然早有心理准备，毁骂之烈还是出乎我的意料。指责和诟病的焦点是庄丽的死去，她的命运与多数读者所期盼的理想化的美好结局反差太大。从中，我看到了善良和美好依然是多数人的美好愿望，也看到了人们耽于安逸害怕变故的脆弱心态。置身于社会变革阶段，竞争的激烈、人际的紧张、信任的危机、道德的沦丧，都使人们感到疲惫和厌倦，自觉或不自觉地逃离和回避。当在现实中逃无可逃时，精神世界便成为人们最后的皈依家园，于是，他们希望从小说中、从影视故事中读到轻松、温馨、成功和感动。正是这种心态，催生了无数只讲娱乐不讲艺术，只讲现状不讲思想，只讲安慰不讲批判的小说和影视作品。它们像遍地的螺蛳壳，为软体动物们提供着精神的庇护，并鼓励和利诱着艺术品的生产者的创作方向。然而，有谁见过自欺欺人的安全和美好能够成为现实？我们总是把臆想主义和理想主义的概念混淆。诺贝尔在他的遗嘱中强调的获文学奖的作品必须是"理想主义"的，我想他不是鼓励文学家们去制造逃避和臆想的东西，他所指的应该是直面现实、改变现实的理想主义精神，比如《老人与海》里的那种悲壮而伟大的胜利。

说到理想主义，我想到如今走红的作家们作品里这种精神和道德批判的缺失，更可悲的是，他们公然宣布对文学高峰无意企及，只是为生存而写。还有那些20世纪80年代出生的年轻人，他们在获得巨大的商业上的成功后，面对批评家"没有思想、没有激情、无病呻吟"的忠告，他们的态度是：从来没想过当作家，只是想写就写。我想，他们确实不是作家，虽然他们的作品印数上百万，那些以个人经验和隐私为卖点的读物，的确跟文学无关，对于他们以及他们作品的研究，不属于文学的范畴，应该从社会流行文化的意义上去研究。有谁见过没有灵魂而活着的人，有谁见过没有理想主义精神和道德批判的著作深入人心？

　　我承认，《婚姻之痒》里没有理想主义的精神，只有刻意的道德上的审判。我们需要直面婚姻，反思婚姻，而不是无视矛盾粉饰幸福；我们必须坚强地直视伤口，并有足够的勇气撒上一把盐来感受它刻骨的疼痛，逼迫自己从灵魂深处进行反思和忏悔。先俯察灵魂深处，我们才有资格仰视理想的光芒。

创作年表(要目)
(1995-2019)

▲ 1995 年

1月，短篇小说处女作《清早的阳光》，发表在《山西文学》1995年第1期。

1月，短篇小说《不惑之年》发表于《太原日报》双塔文学周刊头版。

▲ 2000 年

1月，诗歌《迟到的乌鸦（外一首）》发表于《诗刊》2000年第1期。

5月，诗话《仰视诗人》发表于《诗刊》2000年第5期。

10月，《大家》（时任主编李巍）2000年第5期推出中短篇小说辑，发表《局外人》《一位小姐的心灵史之谜》《女儿国》《小叔的艺术生涯》四篇。

10月，随笔集《比南方更南》由作家出版社出版，收入"青藤丛书"。

11月，短篇小说《局外人》由《短篇小说选刊版》2000年第11期转载。

12月，散文《对乡村的两种怀念》发表于《人民文学》2000年第12期。

▲ 2001 年

2月~4月，在《山西文学》开设"名著篇名短篇小说"专栏，发表《一个青年艺术家的画像》《存在与虚无》两个短篇。

6月，长篇小说《奋斗期的爱恋》发表于《黄河》2001年第3期头题。

7月，诗歌《黑与亮（二首）》发表于《诗刊》2001年第7期。

9月，《奋斗期的爱情》由长江文艺出版社出版，收入"九头鸟长篇小说文库"。

▲ 2002 年

5月，诗歌《纪念（外一首）》发表于《诗刊》2002年第5期下半月号。

6月，短篇小说《解决》发表于《山西文学》2002年第6期。

8月，《解决》由《小说精选》2002年第7期转载。

9月，短篇小说《师傅越来越温柔》发表于《鸭绿江》2002年第9期。

12月，《师傅越来越温柔》由《小说选刊》2002年第12期转载。

12月，获得2002年度山西新世纪文学奖。

▲ 2003 年

1月，短篇小说《流氓兔》发表于《广州文艺》2003年第1期。

3月，《流氓兔》分别由《小说月报》2003年第3期、《短篇小说选刊版》2003年第3期转载；短篇小说《把游戏进行到底》发表于《人民文学》2003年第3期。

4月，短篇小说《解决》收入人民文学杂志社选编、李敬泽主编《2002年文学精品·短篇小说卷》，敦煌文艺出版社出版。

▲ 2004年

1月，短篇小说《流氓兔》收入人民文学出版社《21世纪年度小说选·2003短篇小说》。

5月，长篇小说《公司春秋》由中国社会出版社出版。

7月，短篇小说《后福》发表于《中国作家》2004年第7期。

7月，短篇小说《最近比较烦》发表于《北京文学》2004年第7期。

10月，长篇小说《公司春秋》由《长篇小说选刊》2004年试刊号"小说故事"选介。

▲ 2005年

3月，短篇小说《后福》收入谢冕、朝全选编，华艺出版社出版《好看短篇小说精选》。

5月，长篇小说《婚姻之痒》由朝华出版社出版。

▲ 2006年

10月，中篇小说《炊烟散了》发表于《现代小说》寒露卷头题。

▲ 2007年

9月,《李骏虎小说选》中篇卷、短篇卷由山西古籍出版社、山西人民出版社联合出版,收入《炊烟散了》《爱》《梦谭》三个中篇,《解决》《后福》等短篇。

9月,由省作协选送鲁迅文学院第七届中青年作家高级研讨班学习。

▲ 2008年

1月,短篇小说《奔跑的保姆》发表于《鸭绿江》2008年第1期。

2月,中篇小说《心跳如鼓》发表于《飞天》2008年第2期。

2月,应《山西文学》副主编鲁顺民之约,推出小说作品专辑,发表中篇小说《玫瑰》、短篇小说《漏网之鱼》、创作谈《享受写书的过程》。配发评论家杨品同期评论。

3月,应邀在刘醒龙主编《芳草》文学杂志开设"年度精锐"专栏,陆续发表中篇小说《前面就是麦季》,短篇小说《七年》《焰火》,分别由评论家王春林、刘川鄂、韩春燕配发同期评论。

4月,《前面就是麦季》由《小说选刊》2009年第4期转载。

5月,《前面就是麦季》由《中篇小说选刊》2009年第3期转载。

5月,短篇小说《退潮后发生的事》发表于《绿洲》2008年第5期。

8月,长篇小说《母系氏家》发表于《十月》长篇小说2008年第4期头题。

▲ 2009年

2月,短篇小说《七年》收入人民文学出版社《21世纪年度小说选·2008短篇小说》。

4月,长篇小说《婚姻之痒》由中国友谊出版公司重新出版。

6月,中篇小说《逆流而上》发表于《小说界》2009年第3期。

7月,中篇小说《五福临门》发表于《山西文学》2009年第7期头题。

10月,中篇小说《五福临门》由《小说月报》2009年增刊中篇小说专号第4期转载。

10月,获得第十二届庄重文文学奖。

11月,《山西日报》黄河文化周刊"黄河关注"刊发记者朱慧访谈《用小说探索人的精神世界——专访第十二届"庄重文文学奖"获得者李骏虎》。

12月,长篇小说《母系氏家》由陕西人民出版社出版发行。

▲ 2010年

4月,中篇小说《五福临门》入选中国小说学会2009年度中国小说排行榜。

4月,长篇小说《母系氏家》修订本发表于《黄河》双月刊2010年第2期,配发创作谈《我为什么要重写〈母系氏家〉》,以及评论家杨占平文章《成功的跨越——由〈母系氏家〉谈李骏虎小说创作的转型》。

4月,散文《属于"晋南虎"》发表于《天津日报》文艺周刊。

6月，短篇小说《牛郎》发表于《黄河文学》2010年第6期。

6月，《山西日报》黄河文化周刊"黄河关注"刊发长篇小说《母系氏家》评论专辑，发表评论家傅书华《现实主义的力量极其现实意义——读李骏虎的长篇小说〈母系氏家〉》、宁志荣《乡村生活的艺术呈现》、王晓瑜《芸芸众生的生命轨迹》三篇文章。

7月，长篇小说《母系氏家》由《长篇小说选刊》2010年第4期"小说视点"选介。

9月，长篇小说《小社会——铅华与骚动》被立项为2010年度中国作协重点作品扶持选题。

10月，中篇小说《前面就是麦季》获得第五届鲁迅文学奖全国优秀中篇小说奖。

11月，长篇小说《母系氏家》获得2007—2009年度赵树理文学奖长篇小说奖。

11月，因第十二届庄重文文学奖和第五届鲁迅文学奖，获得两项赵树理文学奖荣誉奖。

12月，中篇小说《前面就是麦季》转载刊发《北京文学中篇小说月月报》第五届鲁迅文学奖获奖小说专号。

24日，散文《手不释卷的李存葆》发表于《中国艺术报》九州副刊。

▲ 2011年

2月，短篇小说《割草的男孩》发表于《芒种》2011年第2期。

3月，短篇小说《还乡》发表于《红岩》2011年第2期。

3月，评论《看刘心武魔幻手法续红楼》发表于《中国艺术报》文艺评论版。

5月，中短篇小说集《前面就是麦季》由北岳文艺出版社出版。

6月，散文《老鼠旅馆》发表于《今晚报》今晚副刊。

11月，描写山西抗日民族统一战线选题《中国战场之共赴国难》，入选中国作家协会2011年作家定点深入生活名单。

▲ 2012年

1月，定点深入生活选题中篇小说《弃城》发表于《当代》2012年第1期。

1月，《文艺争鸣》2012年第1期发表评论家傅书华文章《〈母系氏家〉对现实主义的真实书写》。

2月，短篇小说《科比来了》发表于《青年文学》（上旬刊）2012年第2期。

2月，中篇小说《弃城》由《作品与争鸣》2012年第2期转载。

3月，散文《景老师消失在地平线》发表于《文艺报》文学院专刊。

4月，中篇小说《弃城》由《中篇小说选刊》增刊2012年第1期转载。

8月，《文艺报》文学院专刊头版刊发作家李骏虎专版，发表创作谈《慢慢地，学会了怀疑》，配发鲁迅文学院教研室赵兴红评论《精神向度决定作品高度》、《芳草》编辑郭海燕文章《南人北相小虎子》。

9月，《中国战场之共赴国难》入选2012年中国作家协会重点作品扶持选题定点深入生活专项选题。

12月，《创作与评论》"文艺现场"专栏发表中篇小说《此岸》、创作谈《命运才是捉刀人》；配发山西大学文学院教授王春林访谈《让作品跟身处的时代发生关系——李骏虎访谈录》，山西省社科院文学所所长陈坪评论《向着大地的回归——李骏虎中短篇小说创作论》，以及马顿《细节与方言是乡土文学的优胜点——以李骏虎长篇小说《母系氏家》为例》。

12月，《人民日报·海外版》刊发中华读书报记者舒晋瑜文章《李骏虎：现实主义才是最先锋的》。

▲ 2013 年

1月，中篇小说《庆有》发表于《山西文学》2013年第1期。

1月，《芳草》杂志2013年第一期刊发山东师范大学教授张丽军访谈《李骏虎：于传统束缚中开疆辟域——七〇后作家访谈录之五》。

1月，《映像》杂志2013年第1期刊发诗人阎扶访谈《"现实主义是最先锋的"——青年作家李骏虎访谈》。

3月，《莽原》双月刊"当代名篇聚焦"发表李骏虎点评毕飞宇《家事》，评论家张丽军评介。

5月，短篇小说《亲密爱人》发表于《山花》2013年第5期。

5月，电视连续剧《婚姻之痒》由吉林电视台都市频道播出。

7月，《山西日报》文化周刊刊发记者杨东杰访谈《书写我们身处的时代》。

7月，散文《大风到来之前》发表于《散文》2013年第7期。

8月，散文《河北三思》发表于《文艺报》新作品版头条。

8月，中篇小说《大雪之前》发表于《清明》2013年第4期。

8月，长篇小说《婚姻之痒》由北岳文艺出版社出版第三个版本。

8月，散文《北地树》发表于《光明日报》光明文化周末"大观"版。

9月，中篇小说《此案无关风月》发表于《长江文艺》2013年第9期。

9月，散文《大风到来之前》转载于《散文选刊》2013年第9期。

10月，散文《那年花好月圆时》发表于《山西日报》黄河文化周刊。

11月，长篇小说《浮云》发表于《芳草》文学杂志双月刊。

11月，散文《广武怀古》发表于《山西日报》河文化周刊。

12月，散文《河北三思》收入河北美术出版社《品鉴河北》。

▲ 2014年

1月，短篇小说《刀客前传》发表于《大家》2013年第1期。

2月，散文《行走广西》发表于《光明日报》光明文化周末作品版。

3月，散文《大风到来之前》收入北岳文艺出版社《2013年散文随笔选粹》

3月，文论《寻尧记》发表于《深圳特区报》人文天地首发版。

4月，散文《不安的"出逃"》发表于《人民日报》大地副刊。

5月，长篇小说《奋斗期的爱情》由北岳文艺出版社再版。

5月，短篇小说《一日长于百年》，发表于《福建文学》2014年第5期。

5月，散文《在乡亲和大师之间》发表于《山西日报》黄河文化周刊笔会版。

5月，短篇小说《来自星星的电话》发表于《光明日报》光明文化周末作品版。

6月，长篇小说《奋斗期的爱情》修订本附记《我与〈奋斗期的爱情〉》发表于《中华读书报》书评周刊文学版。

7月，点评陈忠实散文《原下的日子》发表于《散文选刊》2014年第7期上半月刊。

8月，《小说评论》推出小说家档案–李骏虎专辑，刊发栏目主持人於可训《主持人的话》，傅书华、李骏虎对话《现实是文学的起飞点和落脚点》，李骏虎自述《用心灵思考和创作》，李骏虎主要作品目录，傅书华《论李骏虎的小说创作》等一组文章。

8月，散文《不安的"出逃"》转载于《散文选刊》2014年第8期。

8月，中篇小说《爱无能兮》发表于《芳草》2014年第4期。

9月，中国新文学学会会刊《新文学评论》"文学新势力"栏目推出李骏虎专辑，发表"作家语录"《谈我的创作转型》《〈奋斗期的爱情〉修订本附记》，以及王莹、张艳梅评论《李骏虎小说创作论》，张丽军、乔宏智《从都市情感到重返乡土——李骏虎中短篇小说漫谈》，马顿《〈母系氏家〉：一部见微知著的家庭政治演义》，李佳贤、王春林《人性倾斜与社会批评——评李骏虎长篇小说〈浮云〉》等研究文章。

9月，文化散文集《受伤的文明》由山西人民出版社版。

9月，散文《不安的"出逃"》由《发展导报》"阅读"版转载。

10月，散文《雨中去吕梁》发表于《山西日报》黄河文化周刊笔会版。

11月，散文《汉的长安》发表于《光明日报》光明文化周末文荟版头条。

11月，短篇小说《云中归来》发表于《深圳特区报》人文天地"首发"版。

12月，长篇小说《中国战场之共赴国难》发表于《芳草》文学杂志2014年第6期。同时单行本由北岳文艺出版社出版。

12月，长篇小说《中国战场之共赴国难》获得第四届汉语文学女评委奖最佳叙事奖。

12月，创作谈《人民是文学的生命力》发表于《文艺报》。

▲ 2015年

1月，创作谈《人民是文学的生命力》发表于《作家通讯》2015年第1期。

1月，在《小说选刊》开设"小说课堂"专栏，文学评论《经典的背景》发表于《小说选刊》2015年第1期。

1月，小说集《此案无关风月》由北岳文艺出版社出版。

1月，长篇小说《众生之路》发表于《莽原》杂志2015年第一期。

1月，散文《不安的"出逃"》收入漓江出版社《2014中国年度精短散文》。

1月，文学评论《化身：大师的"壶中妙法"》发表于《文学报》论坛专版。

1月，《山西晚报》开始连载长篇小说《中国战场之共赴国难》。

1月，《山西晚报》文化访谈版刊登专版：《李骏虎：〈共赴国难〉中，我写了段比文学更有价值的历史》。

2月，《中华读书报》发表评论家何亦聪文章《〈受伤的文明〉：笔墨从胸襟中来》。

3月，《黄河》杂志"黄河对话"刊发中国小说学会副会长、著名评论家王春林教授和小说家杨东杰对话《启示：李骏虎〈中国战场之共赴国难〉的新历史叙事价值》。

3月，《文艺报》发表著名评论家山西省作家协会主席杜学文评论《历史观、方法论与艺术表达——读长篇小说〈中国战场之共赴国难〉》。

4月，《山西日报》黄河文化周刊刊发《中国战场之共赴国难》创作谈《红色题材的求真魅力》。

4月，《太原晚报》天龙文苑刊发《中国战场之共赴国难》创作谈《三年走出的三十万言》。

4月，《都市》杂志2015年第4期头题刊登长篇散文《橘子洲头畅想》、长篇小说《中国战场之共赴国难》节选《决战兑九峪》。

4月，《太原日报》双塔文学周刊刊发徐大为、李骏虎对话《历史丰厚了文学，文学更应对历史负责》。

4月，中国作家协会《作家通讯》刊发《中国战场之共赴国难》创作谈《文学怎样为历史负责？》。

5月，《中国战场之共赴国难》精装典藏版由北岳文艺出版社出版。

5月，《名作欣赏》杂志2015年第5期刊登著名评论家、山西省作家协会主席杜学文评论《历史观、方法论与艺术表达——读长篇小说〈中国战场之共赴国难〉》。

5月，山西卫视新闻午报播出《长篇小说〈中国战场之共赴国难〉首发式举行》。

5月，山西新闻联播报道《我省新作——首部展现抗日民族统一战线形成过程的长篇小说》。

5月，新华网电《中国作家历时三载完成反法西斯战争纪实新作》。

5月，《中国新闻出版报》发布2015年4月优秀畅销书榜，《中国战场之共赴国难》进入文学类前十名。

5月，《山西青年报》新闻专题专版报道《首部描写红军东征的历史小说》。

5月，《发展导报》"聚焦"专版《山西作家书写红色救亡史——李骏虎新著〈中国战场之共赴国难〉讲述抗日民族统一战线形成过程》，并专版发表《长篇小说〈中国战场之共赴国难〉故事梗概》。

5月，光明网讯《长篇抗战历史小说〈中国战场之共赴国难〉引起反响》。

5月，散文《生命因为阅读而丰盈》发表于《群言》杂志2015年第5期。

6月，《文艺报》新作品专版发表《中国战场之共赴国难》创作谈《今天怎样写"救亡史"》。

6月，《文艺报》公布中国作家协会重点作品办公室2015年重点作品扶持项目篇目，长篇小说《巨树》列入"中国梦"主题专项。

7月，长篇小说《众生之路》由山西出版传媒集团山西人民出版社出版。

7月，散文《不安的"出逃"》，收入人民日报出版社《人民日报2014年散文精选》。

8月，《中华读书报》发表记者夏琪访谈《李骏虎：战争题材让我重拾宏大叙事》。

10月，评论集《经典的背景》由山西出版传媒集团北岳文艺出版社出版。

10月，《文艺报》发表刘慈欣、李骏虎对话《科幻文学与现实主义密不可分》。

▲ 2016年

1月，短篇小说《六十万个动作》发表于《飞天》2016年第1期。

3月，短篇小说《皮卡的乡下生活》发表于《星火》2016年第3期。

5月，中篇小说《银元》发表于《解放军文艺》2016年第5期。

5月，长篇小说《中国战场之共赴国难》获得山西省第十一届精神文明建设"五个一工程"奖优秀作品奖。

5月，散文《他与高原互为表里》发表于《山西日报》黄河文化周刊，纪念陈忠实。

6月，长篇小说《母系氏家》由北岳文艺出版社再版。

9月，《时代文学》2016年第9期"名家侧影"刊发小辑，发表短篇小说《在世纪末的夏天》，配发梁鸿鹰评论《论李骏虎乡村小说里的女性形象》，马顿、康志宏评论《矛盾密布，终织成幅》，以及五篇印象记：胡平《我眼中的李骏虎》，任林举《鲁28的"骏虎"》，曾剑《牵手的兄弟》，李燕蓉《有分寸的人》，孙峰《我的邻居和文友》；附李骏虎重要作品目录。封二、封三、封四刊发"李骏虎书法作品"。

9月，散文《雨城遐思》发表于《中国艺术报》副刊。

11月《光明日报》光明文化周末文荟版发表《地球的这一边》（组诗）。

11月,《文艺报》第九次全国作代会专刊发表《期待中国文学大繁荣》。

12月,散文《赐生我们的巨树永青》发表于《文艺报》原上草副刊。

▲ 2017 年

1月,随笔《赐生我们的巨树永青》发表于《文艺报》原上草副刊。

1月,理论文章《在中国写作的优势和障碍》发表于《文艺报》。

4月,长篇小说《浮云》由江苏凤凰文艺出版社出版。创作谈《那是救亡的先声和前奏》发表于2017年4月19日《解放军报》"长征"副刊。

8月,诗集《冰河纪》由北岳文艺出版社出版。

8月,散文《铜鼓笔记》发表于《文艺报》。

8月,中篇小说《忌口》发表于《作品》2017年第8期。

9月,中篇小说《忌口》转载于《中篇小说选刊》2017年第5期。配发创作谈《没有贺涵,也没有尹先生》。

12月,散文《梅溪上的"西客"》发表于《山西日报》黄河副刊。

▲ 2018 年

1月,评论《我们全部的尊严就在于思想》发表于《安徽文学》2018年第1期。

1月,散文《在乡愁里徜徉的新时代》发表于《群言》2018年第

1期。

1月，评论《讲政治 谈文学 搞创作》发表于山西日报《文化周刊》。

2月，散文《梅溪晋韵》发表于《人民文学》2018年第2期。

2月，评论《如何创造山西文学新"高峰"》发表于山西日报《文化周刊》。

3月，短篇小说《飞鸟》发表于《大家》2018年第2期。

4月，评论《国之光采，通达纵横》发表于《群言》2018年第4期。

5月，评论《两翼齐飞振兴山西文学》发表于山西日报5月16日《文化周刊》。

6月，评论《这些书影响了青年习近平的成长》发表于《支部建设》2018年第16期。

6日，评论《山西文学创作如何再攀高峰》发表于山西日报《文化周刊》头条。

8月，评论《文学要有社会功能和现实意义》发表于山西日报《文化周刊》。

8月，散文集《纸上阳光》由中国言实出版社出版，收入全民阅读精品文库，王巨才主编"当代最具实力作家散文选"。

8月，评论《文学创作关乎现实人生》发表于《文艺报》。

10月，散文《铜鼓笔记》收入中国作家协会编《遥望那片星群——中国作协"迎接党的十九大暨纪念建军九十周年"主题采访活动作品集》，作家出版社2018年10月第一版。

10月，随笔《那是救亡的先声和前奏》获得第六届长征文艺奖。

11月，自述《记录山西的神韵和荣光是我的责任和光荣》发表于《山西日报》文化周刊。

▲ 2019 年

1月，中篇小说《献给艾米的玫瑰》发表于《芙蓉》2019年第1期。

2月，中篇小说《献给艾米的玫瑰》被《北京文学中篇小说月报》2019年第2期转载。

4月，诗歌《家书》发表于《山西日报》文化周刊。

5月，散文《一个小镇的故事》发表于《山西日报》文化周刊。

9月，中篇小说《太原劫》发表于《红豆》2019年第9期。

10月，中篇小说《太原劫》被《小说选刊》2019年第10期转载。

10月，中篇小说《太原劫》被《小说月报》2019年中长篇专号第四期转载。

11月，散文《延安时间》发表于《光明日报》光明文化周末作品版。